Grünerløkka
PETRUS
GRØNLAND
GAMLEBYEN
BJØRVIKA
BISPEVIKA
Sofienberg kirkegård
Sofienberg sk.
Petrus
TØYEN BOTANISKE HAVE
Zoolog. mus.
Mineral.m.
Sarsgaten sk.
Herslebs sk.
Vahl sk.
Tøyen k.
Tøyen sk.
Tøyen
Bellevue
Lakkeg.
KAMPENS PARK
Grønlands torv
Kjøtthall
Grønlands politi
Grønl. sk.
Grønland k.
Botsfengslet
Kredsfengsel
Jernb. tollsted
Schweigaards gate
Østbanest.
Jernbanetorvet
Børsen
Tollbod
Sørengen
Sørengbryggen
Bispegaten
Gamlebyen gravl.
Kapell
Oslo hospital
Gamlebyen sk.
Konows gate
Tiedemanns
Akerselva
Gassverk
Ankertorvet
Jacobs
Vår Frelsers
Landsfengs. for kv.
Nytorvet
Storgaten
Brugaten
Grønland
Lilletorv
Vaterland
Fattighuset
Deichm. bibl.
Krist. kirkeg.
Teknolog. Inst.
St. Akers k.
Foss sk.
Paulus k.
Paulus plass
BJERKE-LUNDEN
Grünerl. sk.
Idretts pl.
Olaf Ryes pl.
Schous pl.
Helgesens gate
Grüners gate
Sofienberggaten
Toftes gate
Thorvald Meyers gate
Markveien
Schleppegrells gt.
Sannergt.
Lilleborg sk.
Lilleborg
Sagene sk.
Torshov Institutt
Iladalen
Diakonissehusets sykehus
Fossveien
Waldemar Thranes gt.
Nordre gt.
Søndre gt.
Th. Kittelsens pl.
Bispebr.
Jernbaneg.
Tøyengaten
Åkebergveien
Kongsveien
Hollendergaten
Motzfeldts gt.
Vahls pl.
Lakkegaten
Monrads gate
Hasleveien
Trondhjemsveien
Sofies minde
C. Berners pl.
Sinsenveien
Nylandsveien
Galgeberg
St. Halvards gate
Minnep.
Arups
Bispeg.
Kanalen
Jarlsgaten
Kløsterengens idrettspl.
Kannestadgaten

MARIANNE KAURIN

BEINAHE HERBST

Aus dem Norwegischen
von Dagmar Mißfeldt

ARCTIS

Die Originalausgabe erschien 2012 unter dem Titel
Nærmere høst im Aschehoug Verlag, Oslo.

Die Übersetzung wurde gefördert von NORLA,
Norwegian Literature Abroad.

NORLA
NORWEGIAN LITERATURE ABROAD

MIX
Papier aus verantwortungsvollen Quellen
FSC www.fsc.org FSC® C014496

Deutsche Erstausgabe
1. Auflage

First published by H. Aschehoug & Co. (W. Nygaard) AS, 2012
Published in agreement with Oslo Literary Agency

Übersetzung: Dagmar Mißfeldt
Lektorat: Maike Frie, Münster
Umschlagillustration und -gestaltung: Helene Brox
Umschlagüberarbeitung: Suse Kopp, Hamburg
Bildnachweis: Karte von Oslo 1938 (Vorsatz) und 1940 (Nachsatz), mit freundlicher Genehmigung von Oslo byarkiv und Creative Commons BY-SA 3.0 NO (unveränderter Abdruck von https://www.oslo.kommune.no/OBA/Kart/Oslo 1938/index.html und https://www.oslo.kommune.no/OBA/kart/1940/index.html)
Satz: Pinkuin Satz und Datentechnik, Berlin
Druck und Bindung: GGP Media GmbH, Pößneck
Printed in Germany 2019
ISBN 978-3-03880-031-6

www.arctis-verlag.de
www.facebook.com/ArctisVerlag
www.instagram.com/arctis_verlag/

Der Sommer ist vorbei.

Die Blätter in den staubigen Straßen, vertrocknet und eingerissen, gelbe, rote, sie liegen haufenweise entlang der Mietshäuser und warten aufs Verfaulen. Die Luft ist beißend und bringt einen Geruch, eine Wende. Bald wird der Wind auffrischen und es gibt strömenden Regen, der gegen die Fenster, auf den Asphalt prasselt, tiefe Furchen in den Kies gräbt. Bald ist die Erde feucht und kalt, voller Würmer, Maden und Käfer, die sich eifrig den Bauch vollschlagen. Bald ist die Anhöhe hart und undurchdringlich, bald gibt es Schnee. Eine harte Haut auf gefrorenem Wasser und steifem Gras, weiß und kühl, um alles ruhen zu lassen, was tot ist.

Noch scheint die Sonne, sie steht tief und wärmt wenig, und jetzt fällt das Licht schräg auf ein Tor in Oslos Stadtteil Grünerløkka. Durch das Tor kommt Ilse Stern. Sie geht schnell, sie lächelt. Draußen auf der Biermanns gate dreht sie sich um. Das graue Mietshaus steht wie eine leere Hülle im trüben Nachmittagslicht, eine schlafende Mauerwand mit geschlossenen Fenstern. Von außen sieht es aus wie jedes andere Mietshaus. Vier Stockwerke, dunkle Gardinen, ein schmiedeeisernes Tor, durch das man nach einem Durchgang mit Abfalltonnen in einen schattigen Hof kommt. Hinter den Fenstern im zweiten Stock rührt sich nichts. Von außen kann man nicht alles erkennen, was sich dort drinnen bewegt, dort atmet, pocht und lebt.

Ilse biegt um die Ecke in die Toftes gate. Sie hat es geschafft. Sie ist aus der Wohnung entkommen, ohne dass Mutter sie mit all ihrem Gemecker davon abgehalten hat. Nicht ein Wort, dass sie immer nur an sich denkt, dass sie keine Rücksicht nimmt, kein »Pass auf dies und pass auf das auf« und dass sie vor der Ausgangssperre wieder zu Hause zu sein hat.

Sie machten Mittagsschlaf, als sie ging, Mutter und Vater, sie schnarchten so passend. Sonja und Miriam waren im Park Torshovdalen. Miriam hatte gequengelt, Ilse solle auch mitkommen: »Bitte, bitte, Ilse, komm mit, wir können die Anhöhe runter um die Wette laufen.« Ha! Was war Wettlaufen in Torshovdalen im Vergleich mit Ilses Plänen an diesem Samstagnachmittag? Was war das schon für ein Vorschlag an einem Tag wie diesem?

Wie eine Schlange war Ilse in der engen Wohnung herumgeschlichen, um die beiden schlafenden Krummrückigen nicht zu wecken. Mutters Handtasche hing im Flur am Hakenbrett. Ilse nahm sie lautlos ab, öffnete sie vorsichtig, Taschentücher und Quittungen, sie kramte darin, bis die Finger das Gesuchte fanden. Vor dem Spiegel in der Küche trug sie in dicken Schichten Lippenstift auf. Sie zog eine Schnute, legte den Kopf schräg, schloss die Augen, spürte die Kälte, die von der Spiegeloberfläche ausging, den Atem, von dem das Glas beschlug. Rot, rosa, die Lippen groß und voll, zum Küssen bereit. Ihr Haar hatte sie mit genau hundert Bürstenstrichen gebürstet, zuerst zur einen, dann zur anderen Seite. Sie spiegelte sich lange, im Profil von rechts, lächelte. Der Küchenboden lag voller schwarzer Haare, als sie fertig war. Mutter konnte es nicht ausstehen, dass sie sich in der Küche bürstete: »Das ist unappetitlich, Ilse, die Haare können ins Essen kommen.« Ilse bückte sich, sammelte die Haare auf, knäuelte sie zu einer kleinen Kugel zusammen und warf sie in den Mülleimer. Einen Zettel legte sie noch auf den Küchentisch, bevor sie losging: »Bin kurz weg.« Mehr nicht.

Die Wärme der Sonne legt sich auf ihr Gesicht, der Staub wirbelt von den Straßen auf, das Laub raschelt, sie watet hindurch. Die Toftes gate erstreckt sich vor ihr wie ein Boulevard, sie muss ihn nur hinab- und geradeaus gehen. Sie ist auf dem Weg. Jetzt passiert es. Sie trägt das Sommerkleid, das weiße mit den roten Punkten, das Sonja genäht hat, es ist viel zu spät im Jahr, um nur in einem Sommerkleid vor die Tür zu gehen, das weiß sie genau, aber trotzdem, wenn es einen Tag gibt, an dem sie im Sommerkleid geht, sich von ihrer allerbesten Seite zeigt, dann heute. Das Kleid ist kurzärmelig, aus einem dünnen Baumwollstoff, und einmal im Sommer, ja, genauer gesagt am 16. Juli kurz nach vier Uhr, hatte Hermann sie angesehen und zu ihr gesagt, dass es ihr stehe. Jetzt merkt sie, wie die kalte Luft durch den Stoff weht, wie sie Gänsehaut bekommt. Die Härchen auf den nackten Unterarmen stellen sich auf wie schwarze Fühler. Sie muss die Arme hinter dem Rücken halten, damit er das nicht sieht.

Ilse läuft fast die schmalen Wege im Park Birkelunden hinab. Heute macht im Pavillon niemand Musik, dort hat schon lange niemand mehr musiziert. Früher kam sie oft am Sonntag mit der Familie hierher, so wie viele Nachbarn aus dem Mietshaus in der Biermanns gate. Essen im Korb, Saft in Flaschen, sie machten es sich auf Decken gemütlich, sie und Sonja tobten mit Hermann und Dagny und den anderen Kindern. Odd Rustad aus dem

Dritten forderte seine Frau zum Tanz auf und bewegte sich selbstsicher über die Rasenfläche, wobei er laut trällerte und alle über ihn lachten. Jetzt ist es so anders, so still, alle sind wie auf der Hut. Die Pauluskirche steht auf der gegenüberliegenden Seite. Sie schaut zum Turm hoch. Als sie klein war, redete Sonja ihr ein, dass dort oben ein Mann wohne, ein Kirchendiener mit Holzbein und langen, strähnigen Haaren, der dort ein Mädchen gefangen halte, in einem eigens angefertigten Kerkerloch und sie hungern lasse, bis sie nur noch ein Skelett mit Brille war: »Ja, denn sie hatte eine Brille getragen, dieses Mädchen.« Ilse hatte sich immer besonders fest an Sonjas Hand geklammert, wenn sie Birkenlunden durchquerten, bis sie ungefähr zwölf war. So oft hatte sie von diesem bebrillten Skelett Albträume gehabt, so oft hatte sie einen Umweg gemacht, um dort nicht vorbeigehen zu müssen.

Die großen Birken im Park rauschen so schön. Die Straßen sind irgendwie breiter als sonst, weniger staubig, weniger vermüllt. Sie hat vier Worte im Kopf, sie sind einfach aufgetaucht, wie eine Regel, wie ein Marsch: »Alles beginnt im Herbst. Alles beginnt im Herbst. Eins, zwo, drei, vier. Alles beginnt im Herbst.« Irgendetwas wartet auf sie, *jemand* wartet auf sie. Sollen doch die Bäume so viele Blätter verlieren, wie sie schaffen, soll die Anhöhe doch hart und undurchdringlich werden, soll es doch so viel Regen und Wind geben, wie es will, und der Krieg, der blöde Krieg, kann sich zum Teufel scheren, denn sie, Ilse Stern, im Sommerkleid und mit Lippenstift, fünfzehneinhalb Jahre in den nächsten Tagen, ist unterwegs zu etwas, das heiß und rot pulsiert, und nichts und niemand kann sie aufhalten.

Auf dem Olaf Ryes plass sitzen Leute und unterhalten sich, einige auf dem Rasen, andere auf den grünen Bänken, die im Halbkreis um den Springbrunnen stehen. Noch ist Wasser darin, es gluckert, die hohen Bäume werfen Schatten auf den Platz, ein paar Kinder spielen Fangen, laufen lachend und schreiend hintereinander her. Es kommt ihr so lange her vor, dass sie auch einmal dazugehörte und so ein schmuddeliges Stadtkind mit dünnen Zöpfen war, das in den Parks und Straßen von Grünerløkka herumrannte.

Ilse schaut nach einem schmächtigen Jungen mit blonden, strubbeligen Haaren und einer Lücke zwischen den Schneidezähnen, einem Jungen mit schönen, schmalen Händen und schlenderndem Gang, einem, der wie Hermann duftet. Er ist nirgendwo zu sehen. Der Wind streicht durch die Baumkronen. Sie wartet.

Vor ein paar Tagen, ganz genau um Viertel nach sechs am Dienstag, klopfte es bei ihr zu Hause an der Tür. Er stand entspannt im Treppenhaus, die eine Hand hinter dem Rücken.

»Ilse Stern«, sagte er, wie es so seine Art war. Nein, nicht ganz, in seiner Stimme schwang etwas mit, etwas Neues.

»Hermann Rød«, antwortete Ilse.

Kurz war es still. Ilse Stern und Hermann Rød. Niemand sagte etwas. Ilse machte einen Schritt ins Treppenhaus, schloss die Tür hinter sich. Mutter saß beleidigt in der Stube, sie hatten sich gerade gestritten, jetzt überlegte sie sich bestimmt den nächsten Angriff. War Hermann aus dem Grund gekommen, waren sie und Mutter zu laut geworden? Mutters Stimme war ins Falsett gekippt, als sie das mit dem Mehl herausgefunden hatte: »Was hast du nur wieder für Ideen, Ilse, sich Mehl ins Gesicht schmieren?« Das war ein dämlicher Streit, einer von vielen. Hatte Hermann drinnen bei sich gehört, wie sie sich angeschrien hatten? Und hatte sie noch immer Mehl im Gesicht? Sie wischte sich schnell die Wange ab.

»Was gibt's, Hermann?«, fragte sie unsicher.

Er streckte die Hand aus, zwei Papierzettel, er wedelte damit in der Luft herum, beugte sich zu ihr.

»Kino im Parktheater, Sonnabend, fünf Uhr«, verkündete Hermann. »Reihe sieben, Plätze acht und neun.«

Sie hat diese Verabredung so deutlich vor Augen gehabt: Hermann, wie er unter den großen Bäumen auftaucht, sie, wie sie rot gepunktet und sommerlich auf der Bank sitzt, wie er ihr behutsam den Arm um die Schultern legt, sie ins Kino-Dunkel führt.

Oh nein, die Nachbarn aus dem Dritten, die gehen spazieren, die ganze Familie, die Mädchen laufen voraus, Herr und Frau Rustad hinterher. Warum hat sie keine Tasche mitgenommen, dann könnte sie jetzt darin wühlen, oder sie hätte ganz zufällig dort sitzen und ein Buch lesen können. Wenn sie sich nur ein bisschen verstecken könnte, gerade jetzt will sie nicht mit ihnen reden. Odd, der sich immer so aufspielt, Witze macht und lacht: Ach, guck an, im Sommerkleid sitzt du hier, das werden wir deiner Mutter sagen, und auf wen wartest du eigentlich? Ilse dreht sich weg, tut, als habe sie gerade etwas Interessantes zwischen den Baumstämmen entdeckt, streckt den Rücken durch, aber es ist zu spät, es nützt nichts, sie haben sie schon entdeckt. Odd Rustad hebt die Hand und winkt aufgeregt, Karin und Lilly kommen auf sie zugelaufen.

»Ach nee«, sagt Odd Rustad, er macht ein neugieriges Gesicht. »Hier sitzt das junge Fräulein Stern ganz mutterseelenallein und wächst und gedeiht?«

Warum muss er immer so was sagen, sich so unglaublich wichtigmachen?

»Wer wird denn das Vergnügen haben, die Dame zu treffen?«

Natürlich. Das musste er ja fragen. Sie hat keine Lust, ihm zu verraten, dass sie auf Hermann wartet. Dass sie blau gefroren und fein angezogen hier sitzt und auf den Nachbarsjungen wartet.

»Grete Kvist«, antwortet sie schnell, ohne nachzudenken.

»Ach was. Grete Kvist, so, so«, sagt Odd Rustad und zwinkert ihr schelmisch zu.

Grete Kvist. Wie um alles in der Welt ist sie nur auf diesen Namen gekommen?

Eine halbe Stunde vergeht. Sie sieht kein Stück von seinem schlendernden Gang, dem blonden, strubbeligen Haar, riecht keinen Hermann-Duft, und vor dem Parktheater hat sich eine Warteschlange gebildet. Haben sie verabredet, sich im Park zu treffen oder vor dem Kino? Sie ist sich plötzlich unsicher: War es um fünf Uhr, Reihe sieben, Plätze acht und neun? Auf dem Plakat vor dem Parktheater sieht sie, dass der Film zwei Mal gezeigt wird. Um fünf und um sieben Uhr. Die Zuschauer werden eingelassen, sie steht noch immer draußen, allein. Beide Beine zittern leicht, die Fühler stehen von ihren Armen ab wie schwarze Stacheln, kann es sieben Uhr sein, Reihe fünf, Plätze acht und neun?

Der Sommer. So schön ist er gewesen. Lange, heiße Tage, die Sonne brennend über dem Mietshaus. Die Nachmittage im Schatten des Fliederbusches unten im Hof, summende Insekten, Ilse auf der Bank unter dem Busch mit einem aufgeschlagenen Buch auf dem Schoß. Sie hätte genauso gut ein chinesisches Wörterbuch oder eine von Mutters Strickanleitungen mit nach draußen nehmen können, die Buchstaben verwandelten sich ohnehin in kleine schwarze Käfer, die über die Seiten kullerten, schnell und sachte wegkrochen, während Ilse hoch zu den Fenstern rechts im zweiten Stock schaute. War er dahinter, würde er sie bald entdecken, sich aus dem Küchenfenster lehnen, rufen, winken, nach unten kommen? Klappern von Fensterriegeln, Schritte über die Holzbohlen im Tordurchgang, Stimmen, das dumpfe Zuklappen der Haustür, das Zuschlagen des schmiedeeisernen Tores – sie deutete alles als Zeichen, setzte sich gerade hin und hielt sich das Buch vors Gesicht. Die Augen über der Buchkante, ein Soldat in einem Schützengraben, sie beobachtete alle, die vom Tordurchgang zur Haustür und von der Haustür zum Tordurchgang vorbeikamen. Und wenn Hermann auftauchte, ob er nach Hause kam oder nach draußen ging, dann war sie zur Stelle; zufällig und perfekt platziert, ein Zierstrauch, im grauen Hof plötzlich gesprossen. Dann legte sie das Buch auf den Schoß, rutschte ein ganz kleines bisschen nach links und machte ihm neben sich Platz, auf der rechten Seite, sie war von rechts am hübschesten, im Profil von dieser Seite sah sie erwachsener aus, sie musste sich ihm von der Schokoladenseite zeigen. Stundenlang konnten sie so dasitzen. Die Sonne verzog sich hinter den Dächern des Mietshauses zur Vogts gate, kühl die Luft, taufeucht das Gras, sie lachten, redeten, dicht nebeneinander auf der Bank. Mutter brachte alles immer damit zum Platzen, dass sie sich aus dem Schlafzimmerfenster lehnte und sie mit raschen, wütenden Handbewegungen ins Haus scheuchte.

»Weißt du was?«, sagte er eines Tages, als sie dort saßen. Er schaute sie an, lächelte ein wenig zaghaft, machte ein geheimnisvolles Gesicht, als gäbe es etwas, das er ihr erzählen musste. Wollte er ihr jetzt seine Liebe deklarieren oder wie das hieß? Am Ende jedes Romans, den sie las, gab es immer so eine Szene: Die jungen Liebenden bekamen einander, alle Handlungsstränge liefen da zusammen und wurden entwirrt. Sie streckte den Rücken durch, machte sich bereit, schüttelte den Kopf.

»Ich fange bei einem Kunstmaler eine Lehre an.«

Eine kleine Enttäuschung, winzig klein.

»Bei einem Kunstmaler?«

Er nickte.

Sie konnte es sich nicht vorstellen. Hermann hatte nie erwähnt, dass er malen oder zeichnen konnte, er hatte sich nie für so etwas interessiert. Kunstmaler? Vielleicht gab es manches, was sie nicht über ihn wusste, obwohl sie einander so gut kannten.

»Warum?«

»Weil ich Lust dazu habe«, antwortete er. »Und weil sich jetzt die Gelegenheit geboten hat. Ich fange schon nächste Woche an.«

Ilse wusste nicht, was sie sagen sollte. Glückwunsch, wie schön für dich, dann musst du nicht für den Rest deines Lebens Bierkästen verladen. Sie wusste, dass er die Arbeit in der Brauerei hasste. Sie sah ihn an. Hermann Rød, der weltberühmte Künstler aus Grünerløkka, der Arbeitersohn, der jetzt ein Künstlerleben in schicken Cafés führte, umschwärmt, verehrt, aber treu, immer der Frau treu, die mit ihm durch dick und dünn gegangen war, die immer an seiner Seite war, die schöne Ilse Stern.

»An was denkst du, Ilse?«

Sie schaute ihn an. Seine leuchtend blauen Augen sahen gespannt und zugleich ängstlich aus.

»Was sagt dein Vater dazu?«, fragte sie nach einer Weile.

Hermann runzelte die Stirn. Die weißen Härchen in seinen Augenbrauen hoben sich widerspenstig.

»Ich habe es ihm noch nicht erzählt«, antwortete er und pulte am Lack auf der Bank. »Aber das wird ihm bestimmt nicht gefallen.«

Ilse sah es plötzlich vor sich: Hermanns Vater, ein stattlicher Mann, der nur für die Ringnes Brauerei gelebt hatte, der seinem einzigen Sohn Arbeit besorgt hatte, nach seinen Worten eine anständige Arbeit, und jetzt wollte ausgerechnet dieser Sohn mit Kunstmalerei anfangen. Nein, Tinius würde diese Vorstellung nicht gefallen.

Genau das mochte sie an Hermann. Er traf seine eigenen Entscheidungen, er machte, was er wollte. Vielleicht hatte er festgestellt, dass er eigentlich Künstler war, dass es nicht zu ihm passte, in einer Brauerei zu arbeiten, vielleicht war das schon lange sein Traum gewesen, ohne dass er ein Wort darüber verloren hatte. Und dann machte er das eben. Weil er dazu Lust hatte.

»Viel Glück«, wünschte sie ihm, als sie Mutters winkende Hände in dem geöffneten Schlafzimmerfenster sah.

In diesem Sommer hatte sich etwas angeschlichen, worauf sie nicht gefasst war, aber jetzt hing es da, es hatte sich festgesaugt, ein Insekt, das süßes Blut schlürfte: die Liebe. Alles, was sie darüber gelesen hatte, sich ausgemalt und worauf sie sich eingestellt hatte, und trotzdem. Sollte hier die Liebe auftauchen, in einem Hinterhof in Grünerløkka, in einem dunklen Tordurchgang, wo es nach Abfall stank, wo sie immer Ratten und Mäuse fingen? Sie wohnten schon ein Leben lang Wand an Wand, jeweils in der eigenen Wohnung in der Biermanns gate 10, zweiter Stock, drei Schritte von Tür zu Tür. Sie hatten unter dem Fliederbusch geheiratet, als sie fünf war und er sieben. Dagny Larsen aus dem Erdgeschoss war die Pastorin: »Willst du Ilse Stern, die neben dir steht, haben?«, fragte sie feierlich und kicherte den anderen Kindern zu, die im Kreis um das Brautpaar standen. »Ja«, antwortete Hermann laut und deutlich und dann mussten sie sich küssen, meinte Dagny. »Das machen doch alle, wenn sie geheiratet haben, so was Ekliges.« Ilse hatte das Spiel bis zum Küssen mitgemacht, aber dann hatte sie den Strauß aus Löwenzahn weggeworfen und sich im Keller versteckt.

Hermann Rød. Der Held. Der nicht groß und dunkelhaarig war wie Helden sonst immer in den Büchern. Ilse konnte Nein antworten, wenn sie eigentlich Ja meinte, und Ja, wenn sie Nein sagen wollte, ihre Hände waren schweißnass, es war anstrengend, Arme und Beine zu koordinieren. Und plötzlich saß sie da, wie festgeklebt auf den grauen Brettern, jeden Nachmittag auf der Bank unter dem Fliederbusch, und wartete. Sie waren Freunde. Ja, schon. Doch war da nicht gleichzeitig noch etwas mehr an der Art, wie seine Hand mit den rauen Fingern über ihren Arm strich, wie er sie ständig berührte, während sie miteinander sprachen? War das Zufall?

Jetzt steht sie tropfnass im Tordurchgang und weiß nicht, was sie glauben soll. Sie hatte bis zur nächsten Vorstellung gewartet, sich wieder angestellt und gehofft, dass sie sich geirrt hatte, dass es um sieben Uhr *war*, Reihe fünf, Plätze acht und neun. Zwei Männer in Uniform kamen zu ihr, sprachen mit ihr Deutsch, boten ihr eine Zigarette an. Sie drehte sich weg, die zwei Uniformierten zogen ab, doch dann blieben sie ein Stück weiter stehen, glotzten sie an und lachten, ja, sie hatten sie ganz eindeutig ausgelacht. Im Schein von den Fenstern des Parktheaters sah sie sich: der Mund verkniffen, blass, das Haar platt am Gesicht, der Körper formlos und mager, zitternd in dem gepunkteten Kleid. Sie spürte, wie der Regen am Haaransatz juckte, die feuchte, dünne Luft, den Dunst vom Gehweg.

Rock und Jacke liegen zusammengeknüllt hinter der Abfalltonne. Ihr Plan war so klar, als sie am Nachmittag von zu Hause aufbrach, Mutter würde von dem Sommerkleid nichts mitbekommen, sie würde Jacke und Rock anziehen, bevor sie die Wohnung wieder betrat, aber sie hatte nicht bedacht, dass es Regen geben könnte. Sollte sie jetzt Jacke und Rock über das nasse Kleid ziehen oder zuerst das Kleid loswerden? Sie zieht die trockenen Sachen über das Kleid, das ihr am Körper klebt. Es ist spät geworden, viel zu spät, warum war sie nur auf dem Olaf Ryes plass stehen geblieben?

Mutters Stimme, schon im Treppenhaus kommt es ihr so vor, als könne sie sie hören, scharf an den Rändern, gezackt, vorwurfsvoll, sie weiß, welche Worte sie zu hören bekommen wird. Sie ist gedankenlos, sie nimmt keine Rücksicht, sie soll sich bloß nicht einbilden, dass sie kommen und gehen kann, wie es ihr passt, auch sie ist ein Mitglied dieser Familie, für sie gelten keine anderen Regeln. Dann kommen die Vorwürfe, das schlechte Gewissen, das ihr eingetrichtert werden soll. Hier haben sie sich die ganze Zeit Sorgen um sie gemacht, Mutter würde bald einen Nervenzusammenbruch kriegen, jeden Tag konnte sie mir nichts, dir nichts zusammenbrechen, zerbrechen, es konnte nicht angehen, dass sie sich so benahm.

Oben im zweiten Stock legt sie den Kopf an die Tür zur Nachbarwohnung. Dort drinnen ist es still. Ganz still. Sie kann es einfach nicht verstehen, dass er nicht gekommen ist. Er hatte doch mit den Eintrittskarten in der Hand vor ihr gestanden, gekauft und bezahlt, fünf Uhr, Reihe sieben, Plätze acht und neun, sie weiß es ganz genau, sie konnte es auswendig. Das Sommerkleid und der Lippenstift, und sie war nervös auf der Straße auf und ab gelaufen, alles beginnt im Herbst, zum Teufel, sie schämt sich bei dem Gedanken daran. Sie würde Hermann auf keinen Fall erzählen, dass sie so lange auf ihn gewartet hat, das darf er nie erfahren. Wenn er sie vergessen hat, dann würde sie ihn ganz bestimmt auch vergessen, ihn wegschieben, fort, hinaus.

Sie holt tief Luft und hält den Atem an, bis sie die Türklinke herunterdrückt. »Hallo«, sagt sie so gut gelaunt, wie sie kann, als sie den schmalen Flur betritt.

Hermann steht lange vor Ilses Tür, als er an dem Abend nach Hause kommt. In der einen Hand hält er das Gemälde, die andere ist frei, er ballt sie zur Faust, die Knöchel rot und trocken. Soll er klopfen? Traut er sich? Er hatte geglaubt, er werde ruhig sein, sobald er zu Hause ankommt, sobald er den Tordurchgang betritt, die Treppen hoch und sich etwas erholt, die Angst abgeschüttelt hat, dann sei er bereit, entschlossen, standhaft.

Da drinnen ist es still. Kein Ton zu hören. Ob sie noch wach ist? Nein, es ist spät. Sie ist bestimmt schon zu Bett gegangen. Wenn er klopft, muss er ihr erklären, warum er sie versetzt hat, und das kann er nicht. Soll heißen, er kennt zwar den Grund, sich aber eine Erklärung, sich auch noch eine gute und sachliche, auszudenken, die Ilse ihm abnehmen wird, bringt er nicht fertig.

Er geht zurück zur eigenen Tür und schließt auf.

In der Wohnstube herrscht Dämmerlicht. Die Verdunkelungsrollos sind heruntergezogen, aber eine Lampe brennt noch. Vater sitzt im Sessel am Fenster. Der Schein der Lampe fällt auf sein Gesicht, das mit einem Mal so sanft aussieht. Er sitzt nur im Netzunterhemd da, sein dicker Bauch bläht sich beim Einatmen immer zu einem prallen Ball auf, die Haare auf seiner Brust lugen durch die Maschen. Auf dem Tisch vor ihm stehen zwei leere Bierflaschen, eine halb volle. Er macht es sich jeden Samstagabend etwas gemütlich, er besäuft sich nie, sitzt nur im Sessel und trinkt in großen gierigen Zügen. Früher hörte er immer Radio, er konnte dann dasitzen, leise vor sich hin singen und im Takt mitschnipsen. Jetzt sitzt er nur noch rum, dreht Däumchen, kippt Bier in sich hinein und starrt Löcher in die Luft.

»Vater?«

Hermann legt ihm behutsam die Hand auf die Schulter.

»Vater? Willst du nicht zu Bett gehen?«

Sein Vater zuckt zusammen, richtet sich im Sessel auf und sieht Hermann an, als sei er ein Fremder.

»Ach nee, da bist du ja«, antwortet er nach einer Weile. »Das wird aber auch Zeit, dass du nach Hause kommst.«

Er wischt sich den Mund ab, reibt sich das Gesicht, streckt die Hand nach der halb vollen Flasche aus und nimmt einen Schluck.

»Ja, es ist spät geworden. Hoffentlich bist du nicht aufgeblieben, um auf mich zu warten.«

»Nee, so weit kommt's noch«, meint sein Vater. »Dann hätte ich in diesem Sessel schon viel Zeit verbracht.«

»War euer Abend nett?«, fragt Hermann vorsichtig.

»Nee«, antwortet sein Vater einsilbig.

»Ach, nein. Warum denn nicht?«

Sein Vater stöhnt erschöpft. Atmet stoßweise und schüttelt den Kopf.

»Deine Mutter ist den ganzen Abend hier rumgelaufen wie ein Tiger im Käfig. Wir haben's langsam satt, dass du uns nicht sagst, wo du bist. Und dann war Herr Stern hier und wollte wissen, ob du mit Ilse aus bist.«

Letzteres ist eine Frage, das erkennt er am Tonfall in der Stimme. Hermann hatte vorgehabt zu sagen, dass er mit Ilse aus war. Dass sie im Kino gewesen und danach spazieren gegangen waren, dass sie die Zeit vergessen hatten. Das geht jetzt nicht. Er würde auffliegen.

»Ich bin doch in Frogner gewesen«, erklärt er. Plan B. »Das habe ich wohl vergessen zu sagen.«

Als Beweis hält er das Bild hoch: ein Aquarell, eine Landschaft in gedämpften Farben.

»Hast du das da gemalt?«

»Ja«, sagt Hermann. »Gefällt's dir?«

Sein Vater schnaubt.

»Ich habe doch gesagt, ich verstehe nichts von Kunst. Und außerdem finde ich's merkwürdig, so spät am Samstagabend noch Unterricht zu machen.«

Hermann sagt nichts. Er weiß nicht, was er sagen soll. Welche Erklärung er auch immer liefert, nie wäre sie überzeugend, sein Vater würde mit den üblichen Floskeln kommen: Welchen Sinn hatten solche Kunstsachen, warum interessierte sich Hermann mit einem Mal ausgerechnet für so was, war er denn nicht mehr zufrieden mit der Arbeit in der Brauerei, war er sich vielleicht etwa mit einem Mal zu fein dafür?

Den ganzen Sommer über hatte er sich den Kopf zerbrochen, wie er seinem Vater die Sache beibringen sollte. Zuerst hatte er Ilse davon erzählt. Er hatte den Eindruck, dass sie das spannend fand. Etwas seltsam vielleicht, dass er sein Talent verschwiegen hatte, aber vor allem schien es sie zu beeindrucken. Sein Vater hatte allerdings nicht so reagiert.

»Kunstmaler?«, rief er. »Sag mal, hab ich mich da gerade verhört? Du willst bei einem Kunstmaler in die Lehre gehen?«

Er spuckte die Wörter beinahe aus, fast, als seien sie Gift und er könne sie nicht schnell genug loswerden.

»Ja«, antwortete Hermann. »Ich habe schon immer Lust gehabt, malen zu lernen.«

Sein Vater starrte ihn mit offenem Mund an. Er rief nach der Mutter. Zeigte mit dem Finger auf Hermann, als handelte es sich bei ihm um ein seltenes, in einem Käfig ausgestelltes Tier.

»Der Junge will mit Kunstmalerei anfangen«, rief er und fuchtelte Hermann mit dem zitternden Zeigefinger vor der Nase herum. »Hörst du das, Ingeborg, er will mit Kunstmalerei anfangen!«

Seiner Mutter fiel auch die Kinnlade herunter, Hermann hätte genauso gut erzählen können, er hätte einen Mann erschossen oder würde eine Expedition zum Nordpol machen.

»Und wie stellste dir das vor, wie du das unter einen Hut kriegst?«, fragte sein Vater.

»Was meinst du damit?«

»Ich meine«, fuhr er höhnisch fort, »dass du dich um deine Arbeit zu kümmern hast. Wann hast du denn vor, auch noch Kunstmalerei zu machen?«

»Am Nachmittag«, antwortete Hermann. »Es ist drüben in Frogner.«

»Ach so, in Frogner«, sagte sein Vater in einem sarkastischen Ton. »Da hat man bestimmt Zeit für so was.«

»Ich habe nicht vor, deshalb die Arbeit zu vernachlässigen«, murmelte Hermann.

Aber er hatte seine Arbeit vernachlässigt. Mehrmals hatte er sich verspätet, war unkonzentriert und müde gewesen, nachdem er sich die ganze Nacht um die Ohren geschlagen hatte. Einmal hatte er bei einem Kasten den Griff verfehlt und vierundzwanzig Bierflaschen waren herausgefallen und zu Bruch gegangen. Er merkte, dass der Vorarbeiter ihn beobachtete, dass er misstrauisch war – und seine Eltern auch. Seine Mutter stellte sich ganz dicht neben ihn, schnupperte an seinem Atem. Sie hatten die bange Vermutung, dass er zu viel trank, dass da draußen im Westend nur gezecht wurde, dass das der Grund war, warum er abends nicht nach Hause kam.

Vater schlurft ins Schlafzimmer, macht die Tür hinter sich zu, sagt nicht »Gute Nacht«. Hermann macht sich in der Stube das Bett, legt das Laken aufs Sofa und holt die Bettdecke aus der blauen Kiste. Lange liegt er wach und starrt einen Riss in der Deckenfarbe an.

Wenn Isak hier gewesen war und nach Ilse gefragt hatte, konnte das nur eins bedeuten: Auch sie war nicht nach Hause gekommen. Vielleicht hatte sie auf ihn gewartet, er sieht sie vor sich, fragt sich, was sie denkt. Wenn er sie richtig einschätzt, dann sind ihre Gedanken bestimmt nicht gerade stubenrein. Sie konnte manchmal so übertreiben, sie hatte sich bestimmt jede Menge Geschichten zusammengereimt. Oder vielleicht hatte sie Angst um ihn gehabt, gedacht, ihm sei etwas zugestoßen. Ganz kurz wird ihm heiß bei der Vorstellung.

Er fragt sich, was er ihr beim nächsten Treffen sagen soll. Wie er die Sache retten kann, ohne dass Ilse allzu misstrauisch wird. So vieles muss er im Griff haben, die ganze Zeit so viele Versionen. Es kommt ihm so vor, als würde er eine Kommode mit unendlich vielen Schubladen mit sich herumschleppen und müsste immer aufpassen, welche Schublade er gerade aufzieht, welche er geschlossen hält. Er wird auch morgen nicht dazu kommen, mit ihr zu sprechen. Um zehn Uhr muss er wieder in Frogner zur Stelle sein, bei Einar Vindju. »Wir haben jetzt viel zu tun«, hatte Einar gesagt, bevor Hermann sich an diesem Abend auf den Weg machte.

Hermann war heute den ganzen Weg zu Fuß nach Frogner gegangen, die Luft war kalt und beißend, aber die Sonne schien, sie hing über der Stadt, trübe und fern, wärmte vorsichtig. Er erreichte das Eckhaus in der Fredrik Stangs gate, klingelte, dreimal kurz. Einar Vindju stand in der Tür, als er die Treppe hochkam. Die großen Glastüren zum Wohnzimmer standen offen: sein Atelier, voller Farbtuben, Pinsel und Staffeleien, leerer Leinwände und Gemälde, die zum Trocknen auf den Boden gestellt waren. Der Gestank von Chemikalien stach in der Nase. Die große Wohnung, der Ort war perfekt. »Nebenan wohnen schwerhörige alte Tanten«, hatte Einar an einem der ersten Tage gesagt, »und sie lieben mich.«

Hermann hatte von der Verabredung zum Kino um fünf Uhr erzählt.

»Aha«, sagte Einar und pustete Rauchringe ins Zimmer. »Mit der jungen Ilse Stern?«

Hermann nickte.

»Ja«, antwortete er und schob die Hand in die Jackentasche, wie um sich zu vergewissern, dass er die Eintrittskarten bei sich hatte.

Warum hatte er das eigentlich getan, die Eintrittskarten gekauft? Er hatte eine Eingebung gehabt, hatte nicht nachgedacht, sich einfach in die Warteschlange eingereiht und bezahlt. Ilse wollte so gern ins Kino gehen, er auch, er wollte sich nur in einen Sessel setzen, in etwas versinken, was nichts mit ihm zu tun hatte. Jetzt stecken die Karten ungenutzt in derselben Jackentasche und er ist in Erklärungsnot und mit den Nerven fertig. Er darf sich jetzt nicht in noch mehr verstricken, es ist jetzt schon schlimm genug. Er kann niemanden so nah an sich heranlassen, das halten seine Nerven nicht aus, damit hätte er zu viel im Griff zu behalten, zu viele lose Enden, zu viele Schubladen in der verfluchten Kommode, die geschlossen bleiben müssen. Der Sommer war so schön gewesen. Ilse und er draußen im Hinterhof. Aber jetzt, jetzt ist Herbst, alles ist jetzt anders. Jetzt passt es nicht. Er hat genug mit sich selbst zu tun. Mehr als genug, genau genommen.

Er muss immer daran denken, wie Ilse sich bei ihrer nächsten Begegnung wahrscheinlich verhalten wird. Er schließt die Augen und sieht sie vor sich. Das dunkle Haar, den Hals, den Körper, die Stupsnase, die er so mag. Sie wird wütend auf ihn sein und er wird sich wie immer damit abfinden müssen, wie ein Schwein auf der Schlachtbank zu liegen. Er dreht sich um, zieht die Decke über den Kopf, hört seinen Atem, kurz und stoßweise. Nie hätte er gedacht, dass die Sache so anstrengend werden würde, als man ihn gefragt hatte, ob er mitmachen wolle. Er war so entschlossen, so wütend gewesen, zum Teufel, hatte er gedacht. Jetzt würde er am liebsten aus der Rolle des unzuverlässigen, gedankenlosen Zechbruders und Möchtegernkünstlers aussteigen. Er sehnt sich nach einer verdammten Kommodenschublade, nur einer, die immer offen steht. Es macht ihn im Grunde seines Herzens fertig, Hermann Rød zu sein. Und morgen würde es einfach so weitergehen. Und am nächsten Tag und am übernächsten auch. Aber wie lange noch, fragt er sich, wie er da liegt mit dem Gesicht zur Wand, wie lange lohnt sich das noch?

Alles ist weiß.

Ilse hat keine Schuhe an. Der Schnee reicht ihr bis zu den Knien. Sie steht nur im Nachthemd draußen und spürt, wie der kalte Wind durch den dünnen Stoff weht, auf ihren Körper trifft wie Stecknadeln – klein und spitz. Sie sieht die anderen; verschwommene Gestalten in der weißen Landschaft, weich und zerfließend, sie sind warm angezogen. Mutter, Vater, Sonja und Miriam. Sie ruft nach ihnen, ruft, dass sie stehen bleiben sollen, dass sie auf sie warten müssen. Sie hören sie nicht, drehen sich nicht um. Sie gehen einfach weiter geradeaus, weg von ihr, auf ein schwaches gelbliches Licht zu. Es gleicht einem Scheiterhaufen, der kurz vorm Erlöschen ist. Ihre Rücken, sie verschwinden vor ihren Augen, werden von dickem, qualmendem Rauch verschluckt.

»Ilse?«

Das ist eine Stimme. Da, tief im Schnee. Sie zieht langsam durch die kalte Luft, durch Schnee und Eis und Rauch, legt sich ganz nah an ihr Ohr, warm und wohlig. Mehrere Sekunden bleibt sie mit geschlossenen Augen liegen, während Miriam ihren Namen sagt.

Dann kommen die Geräusche, die anderen Geräusche: Metall und Aluminium, das in der Küche in der Abwaschschüssel klappert, Mutters flinke, fleißige Hände mit den Töpfen, das Plätschern von Wasser. Vater pfeift in der Stube ein Lied, das hat sie schon einmal gehört, wie heißt es noch? Der Wecker auf dem Nachttisch, tick-tack, vor dem Haus die Straßenbahn, das schrille Kreischen der Schienen; sie müssen das Fenster angelehnt haben, die Geräusche sind lauter als sonst. In Rustads Wohnung im Dritten hört sie Karin und Lilly zanken, eine von ihnen weint, schreit. Die Geräusche hören sich viel lauter an, wenn sie mit geschlossenen Augen daliegt. Alles wird so spröde und dünn, alles kann so leicht in die Brüche gehen.

»Ilse?« Miriams Gesicht an der Bettkante. »Warum hast du gerufen?«

Sie hat sich auf den Boden gesetzt, ein Blatt Papier in der Hand, neben ihr liegen Buntstifte, rote, grüne, gelbe.

»Ich habe gerufen?«

»Ja«, antwortet Miriam.

Ilse setzt sich im Bett auf, spürt, dass es im Arm kribbelt, sie hat auf ihm geschlafen, seltsam verdreht. Sie schüttelt ihn etwas, wie um ihn wieder aufzuwecken, und fühlt, wie das Blut stechend in die Finger zu fließen beginnt.

»Was habe ich denn gerufen?«

Miriam guckt sie neugierig an, sonst spricht Sonja immer im Schlaf, murmelt Wörter in die Dunkelheit, schon oft sind sie davon aufgewacht.

»Ich will nicht allein sein.«

Miriams Augen sind groß und fragend.

»Das habe ich gesagt?«

»Mhm«, antwortet Miriam. »Und dabei hast du so ausgesehen.«

Sie kneift das Gesicht zusammen und bildet mit dem Mund eine kleine Öffnung.

»Warum hast du das gerufen, Ilse?«

Ilse muss kurz nachdenken. Was hat sie da eigentlich geträumt? Sie schließt die Augen, um sich besser erinnern zu können. Der Schnee ist weg. Sie hat das Nachthemd an, aber ihr ist warm, sie liegt unter der Decke, zu Hause in ihrem Bett. Die anderen sind nicht vom Rauch verschluckt worden. Sie sind hier, in der Wohnung. Es ist Sonntag, irgendein beliebiger Sonntag. Es sind die gewohnten Geräusche, die gewohnten Gerüche. Ilse erzählt Miriam von dem Traum, lässt dabei die Augen geschlossen.

»Aber jetzt liegt doch noch gar kein Schnee, Ilse. Die Sonne scheint, guck doch.«

Mutter kommt ins Zimmer. Sie baut sich im Türrahmen auf, verschränkt die Arme vor der Brust und bleibt ohne ein Wort eine Weile so stehen. Sie hat die grüne Küchenschürze um, die sie fest zugebunden hat, ihr Haar liegt auf Wicklern unter einem dünnen Netz, wie immer sonntagmorgens.

»Mir gefällt es nicht, dass du so spätabends noch unterwegs bist.«

Schon wieder, meine Güte. Sie hatte sich doch bei Mutter entschuldigt, als sie gestern Abend nach Hause gekommen war, sie legte sich ganz flach hin, ließ sich von ihrer Mutter mit Worten überschütten, erwiderte nicht ein einziges böses Wort. Ihre Mutter hatte am Esstisch gesessen, als sie die Wohnungstür aufschloss, mit durchgedrücktem Rücken. Dann kamen die Worte, alle der Reihe nach, kleine Kugeln von einem Revolver abgefeuert: Sie hatte sich anzupassen. Sie war ein Mitglied der Familie, es gab Regeln, die galten für alle, sie war da keine Ausnahme. Ilse hatte gesagt, dass es ihr leidtue und dass es nicht wieder vorkommen werde. Mutter beruhigte sich nach einer Weile wieder, und bevor sie ins Bett ging, hatte sie Ilse rasch die Wange getätschelt. Doch jetzt, jetzt legte sie wieder los, sie war offenbar noch nicht fertig.

»Es war nicht so geplant«, murmelt Ilse.

»Nein, das ist es nie, oder? Aber du lieber Himmel, dafür kommt es reichlich oft vor.«

Mutter zieht mit einer schnellen Handbewegung das Haarnetz vom Kopf und macht sich daran, die Wickler herauszunehmen. Ihr Gesicht hat etwas, eine strenge Miene, eine neue Falte in den Mundwinkeln. Ihre dünnen Finger arbeiten auf dem Kopf, ziehen die Wickler heraus, die sie in die Schürzentasche steckt, ihr Atem drückt sich zwischen den zugepressten Lippen hinaus.

»Du weißt ja gar nicht, wie das für uns ist, Ilse. Wir haben so große Angst um dich. Vater ist sogar rüber zu den Nachbarn gegangen.«

Ilse setzt sich auf. Das hat sie gestern mit keiner Silbe erwähnt.

»Zu den Nachbarn?«

»Ja«, fährt ihre Mutter fort, »wir haben gedacht, dass du vielleicht mit Hermann zusammen bist.«

»Ja. Und?«

»Sie hatten auch keine Ahnung, wo Hermann war. Er war den ganzen Tag nicht zu Hause gewesen.«

Mutter bleibt eine Weile stehen und schaut sie an, forschend, bohrend, ihre Nase scheint fast noch spitzer zu werden, als sie ohnehin schon ist. Jetzt ist sie fertig mit dem Herausdrehen aller Wickler, das Haar ist voller brauner Knäuel, sie ähneln kleinen Waldschnecken, die in verkrampfter Stellung hintereinanderliegen.

»Ich war nicht mit Hermann zusammen«, murmelt Ilse. Leider, hätte sie am liebsten hinterhergeschoben.

Mutter holt einen Kamm aus der Schürzentasche, fängt an, die kleinen Schnecken zu kämmen, sie in Stücke zu reißen, sodass das dunkle Haar am Ende wie eine Wolke um ihren Kopf steht. Dann fängt sie wieder oben an, kämmt mit gleichmäßigen Bewegungen, bis die Haare an ihrem Platz um das schmale Gesicht liegen und es locker fallend einrahmen.

»Versprich mir, dass du nie mehr so spät nach Hause kommst«, fordert sie.

»Das kommt nicht wieder vor, Mutter. Ich versprech's.«

Die Mutter bleibt eine Weile stehen und blickt sich im Zimmer um, als suche sie etwas. Das gepunktete Kleid vom Vortag liegt zusammengeknüllt auf dem Boden am Fußende des Bettes, wenn sie es jetzt nur nicht entdeckt und anfängt, Fragen zu stellen.

»Wir wollen jetzt rausgehen«, verkündet Mutter. »Heute ist ein schöner Tag und wir wollen einen langen Spaziergang machen. Du kannst selbst entscheiden, ob du mitkommen willst. Wenn nicht, finde ich, kannst du das Zimmer aufräumen. Hier liegt viel zu viel rum und größtenteils sind es deine Sachen.«

Sie wirft einen Blick in Richtung Kleid, sieht es wohl nicht, denn sie verzieht sich wieder in die Wohnstube.

Ilse bleibt noch im Bett sitzen und denkt eine Weile nach. Am allerliebsten wäre sie allein. Sie ist nie allein, die anderen sind da, um sie herum, Mutter und Vater, Sonja und Miriam, immer. Sie denkt kurz an den Traum, wie viel Angst sie gehabt hatte, als die anderen sie verließen, wie einsam sie sich gefühlt hatte, aber es war nur ein Traum, nein, sie will zu Hause bleiben und ein bisschen für sich sein, auch wenn sie dann aufräumen muss. Sie hat heute über vieles nachzudenken, vieles für sich zu ordnen. Sie spürt eine Unruhe im Körper, die sie fast erdrückt, gleich unter dem Zwerchfell liegt etwas, das wehtut.

Ilse guckt auf den Wecker, der auf dem Nachttisch steht. Gleich zehn. Sie kann sich nicht erinnern, dass sie sie schon einmal so lange haben schlafen lassen. Sie müssen ohne sie gefrühstückt und Pläne für den Tag gemacht haben, Mutter hat vielleicht das Essen schon vorbereitet, einen Augenblick lang kommt es ihr so vor, als hätten sie ein ganzes Leben in dieser ruhigen Morgenstunde gelebt, ohne dass sie hätte dabei sein dürfen.

Sie hört Vater in der Stube, er sitzt noch immer im Sessel am Fenster. Jetzt hat er angefangen zu singen, dasselbe Lied wie vorhin: »Jeg var bare atten år og du kom meg i møte, månen lo, vi danset til den yndigste musikk.« Ilse bekommt plötzlich Lust, zu ihm zu gehen und ihn zu umarmen, wieder drei Jahre alt zu sein, auf seinen Schoß zu krabbeln, mitzusingen oder bloß still zu sitzen, ihn zu bitten, sie hoch in die Luft zu heben – sie strampelnd in der Luft, an seinen starken Daumen baumelnd.

Sie geht in die Stube.

»Ich komme heute nicht mit.«

»Nein?«, wundert sich Vater. »Wir haben noch Zeit und können warten. Wir wollen einfach raus und Herbstluft schnuppern.«

Du lieber Himmel, er musste wirklich gute Laune haben, es kam selten vor, dass er so etwas sagte, »raus und Herbstluft schnuppern«. Vielleicht sollte sie mitgehen, nur um Vater so zu erleben, so anders als in der letzten Zeit. Aber sie hat sich entschieden, ihr schwirrt zu viel im Kopf herum, zu viel, was an ihr nagt, was schmerzt, zu viele Gedanken kreuz und quer, sie will ganz einfach still sitzen und über alle nachdenken, einen nach dem anderen.

»Ich bleibe hier«, sagt sie.

Sie bleibt im Sessel sitzen, nachdem die anderen gegangen sind. Das Fenster ist angelehnt, Herbstluft kommt durch den schmalen Spalt, frisch und kühl. Von draußen dringt ein Gewirr aus Tönen ins Zimmer: die Straßenbahn auf der Vogts gate, eine Fahrradklingel, klingeling – wieder die Straßenbahn, diesmal weiter weg, jemand fegt den Gehweg, ein Kind ruft nach seiner Mutter.

Sie haben von den Stubenfenstern einen schönen Blick. Die Bäume auf dem Höhenzug Ekebergsåsen sind im Herbst rot und gelb, im See von Bjørkvika liegen mehrere Boote im Wasser, große Boote – die Mietshäuser in Grünerløkka, Schornsteine und Dachziegel, der staubige Platz, wo alle Brauereifuhrwerke aufgereiht nebeneinanderstehen, die sich in der Sonntagssonne ausruhen. Könnte sie malen wie Hermann, dann hätte sie ein Bild gemalt, von genau dem, was sie heute sieht. Ach je, sie will doch nicht an Hermann denken.

Die Wohnung ist so leer ohne die anderen. Die Tür zum Flur ist angelehnt, hinten in der Ecke vor dem einen Fenster steht der Esstisch, ein dunkelbrauner Holztisch mit fünf Stühlen, auf dem Tisch eine gelbe Decke mit Mutters zierlicher Stickerei und der siebenarmige Messingleuchter. Zwei Kaffeetassen sind vom Frühstück noch stehen geblieben. Auf der anderen Seite der Stube, an der Wand zum Schlafzimmer, das sie mit ihren Schwestern teilt, steht der Diwan. Er ist hellbraun, fast grau und an mehreren Stellen so abgenutzt, dass die Füllung hervorquillt. Mutter und Vater ziehen ihn jeden Abend aus und schieben ihn morgens wieder zusammen.

Ilse sieht, wie das Licht in Streifen durch die Fenster ins Zimmer fällt, sieht den Staub, der in der Luft schwebt, zwei dichte Säulen. Miriams Kleider über einem Stuhl im

Schlafzimmer, ein Paar Strümpfe liegen zusammengerollt neben dem Kleiderschrank. Alles sieht so friedlich aus, als sollte alles genau da liegen, wo es gerade liegt.

Ein Bogen Papier auf dem Boden unter dem Esstisch. Ilse hebt ihn auf, dreht ihn um. Es ist eine Zeichnung von Miriam. Fröhliche Farben, fünf dünne Strichmenschen, eine große, kindliche Sonne ganz oben, mit Sonnenstrahlen so lang, dass sie das ganze Blatt bedecken. Vater hat einen großen Hut auf dem Kopf, Mutter trägt einen grünen Rock. Ganz unten in der Ecke sitzt eine kleine Gestalt mit gelben Haaren, das muss Bella sein, Miriams Puppe. In die Ecke gegenüber hat Miriam in ungelenken Buchstaben ihren Namen geschrieben und dann das Datum: 4. Oktober 1942 – das ist Sonjas Schrift. Miriam muss das Bild heute früh gemalt haben. Wie friedlich es aussieht, eine glückliche Familie unter einer großen gelben Sonne, alle lächeln. Und doch ist alles ganz anders.

Sie zum Beispiel, hätte sie Grund zu lächeln? Heute nicht. Vielleicht gestern. »So ist das in deinem Alter«, sagt Mutter immer, »das wächst sich bei dir mit den Jahren schon noch aus.« Doch Ilse hat das Gefühl, dass sich Mutter in dem Punkt irrt, dass es nichts ist, was »sich auswachsen« würde. Bei ihr war schon immer alles ein bisschen mehr: mehr Tränen, mehr Lachen, mehr Geräusche. Ob Mutter mit fünfzehn auch so gewesen war? Sie kann es sich nicht vorstellen. Ganz und gar nicht.

Seit die Schule vor den Sommerferien dichtgemacht hatte, arbeitete Ilse bei ihrem Vater. »Bis ich weiß, was ich dann machen will«, hatte Ilse gesagt, als sie darum bat, ein paar Monate im Geschäft mithelfen zu dürfen. Sie hatten ein kleines Ladengeschäft in der Osterhaus' gate, ein Familienbetrieb in der dritten Generation. Vater hatte dort schon immer gearbeitet, er hatte Schneider gelernt, genau wie sein Vater und dessen Vater und bestimmt noch etliche Väter davor. Vor ein paar Jahren waren die Geschäfte gut gelaufen, er hatte mehrere Angestellte und viel zu tun gehabt, aber jetzt, durch den Krieg, war alles anders geworden. Jetzt waren die Tage ruhig, Vater trommelte mit den Fingern auf den Ladentisch, die Zeiger auf der Uhr über der Tür schleppten sich voran, sie, Vater und Sonja aßen zusammen, ohne viel zu sagen. Die langen, ruhigen Stunden kamen Ilse sehr gelegen. Sie konnte lesen oder mit Sonja schwatzen, das war alles andere als anstrengend. Mutter und Vater hätten es gern gesehen, dass sie weiter zur Schule ging, sie nervten sie damit. Bis zum letzten Jahr war sie ganz gut mitgekommen. Widerwillig hatten sie sich darauf eingelassen, ihr ein Jahr Bedenkzeit zu gewähren; vielleicht wäre sie in einem Jahr ruhiger, vielleicht ginge dann alles wieder seinen gewohnten Gang. »Es ist der Krieg«, sagten sie, wie immer, wenn sie sich gegenseitig mit so ernsten Mienen ansahen. »Es liegt am Krieg.«

Die Sagene Schule war von deutschen Soldaten besetzt worden, der Schulhof war übersät mit militärischem Gerät. Der Unterricht hatte mal hier, mal da stattgefunden, im Biermannsgård, in einem Kirchenraum, oft mussten sie frieren, weil es kein Brennholz gab, sie waren sogar reihum zu Hause unterrichtet worden. Mehrere Lehrer hatte man verhaftet und in den Norden geschickt, angeblich ins Arbeitslager, da kam man unmöglich noch mit, an einem Tag war dies, am nächsten Tag das, und am Ende hatte Ilse das Interesse verloren. Da konnte sie genauso gut im Hinterzimmer des Ladens sitzen, schläfrig, verträumt, und heimlich Liebesromane lesen.

Sie schaut das Strichmännchen mit dem schwarzen Hut an, das Vater darstellen soll. In letzter Zeit hat er so wenig geredet, er lächelt, sieht aber nicht fröhlich aus. Die Sorgenfalte auf der Stirn ist größer und tiefer geworden, jetzt bildet sie eine scharfe Linie und teilt die Stirn in zwei Hälften. Das Warenangebot ist spärlich, alles ist rationiert, viele seiner Stammkunden kommen nicht mehr.

»Liegt es daran, dass wir Juden sind?«, hatte sie ihn eines Abends gefragt, als sie am Esstisch saßen.

Er gab keine Antwort, rückte den Stuhl vom Tisch ab, stand auf und verzog sich in die Küche.

Mehrmals war es vorgekommen, dass er beim Essen aufstand, ohne ein Wort zu sagen – wegschlich, die Tür schloss; sie konnten seine Schritte die Treppe hinunter hören. Sie blieben immer sitzen, stillschweigend; sie und Sonja, Miriam und Mutter saßen mit gesenktem Blick rund um den Tisch, als würden sie sich schämen. »Er hat vieles zu bedenken«, erklärte Mutter ständig. Immer die gleichen Sprüche. »Der Arme. Er hat es in letzter Zeit nicht leicht. Seid lieb zu eurem Vater. Bringt ihn nicht so in Bedrängnis.« Es war eine einzige lange Leier an Vorschriften und Verboten, so vieles, worin nicht herumgestochert werden durfte. Vater war jetzt schon eine ganze Weile so. Das hatte sich auf sie alle, auf die Wohnung gelegt wie eine schwere Decke, die man kaum wegschieben konnte. Aber heute war er gut gelaunt gewesen, er wollte spazieren gehen und Herbstluft schnuppern, er hatte sie sogar umarmt, bevor sie aufbrachen.

In Miriams Zeichnung hat Mutter zwei schwarze Punkte als Augen und einen großen roten Mund in Form eines breiten Lächelns bekommen. So sah Miriam sie vielleicht. Ilse hatte ein ganz anderes Bild von ihr. Sie konnte sich nicht mehr erinnern, wann sie Mutter zuletzt hatte lachen hören. Sie konnte etwas kichern und ein trockenes Lachen herausquetschen, aber lachen, von ganzem Herzen lachen, sich auf die Schenkel klopfen und das Lachen aus dem Körper sprudeln lassen, wann hatte sie das zuletzt erlebt? Wenn sie die Augen schloss und an Mutter dachte, sah sie sie gebeugt über einem Topf, sah sie mit Flickzeug sitzen und die Löcher in ihrer aller Kleider stopfen, auf allen vieren auf dem Boden die Holzdielen scheuern, in langen Warteschlangen stehen – mit starrem Blick, während sie auf die Ration Zucker, Kaffee, Mehl und Hering wartete. Und das Geflüster, das hatte in den letzten Monaten stark zugenommen, die verärgerten, trockenen Laute, die ihrem Mund entwichen, heruntergerattert, Wörter, die kaum zu hören waren, ein Gemurmel, das weder Anfang noch Ende hatte.

Das war Mutter. Aber da war auch noch etwas anderes, etwas, was Ilse kürzlich erst aufgefallen war. Sie sah Mutter aus dem Fenster gucken – sie konnte lange so stehen, wie eine Statue hinter den Gardinen, vollkommen unbeweglich stand sie da und guckte hinaus, als spielte sich da draußen ein besseres Leben ab, ein Leben, das ihres werden könnte, wenn sie nur lange genug hinstarrte.

Nur einer der beiden mittelgroßen Strichmenschen hat Haare bekommen, lange braune Striche, die bis zur Hüfte reichen, das muss Sonja sein. Der andere Strichmensch hat nur ein paar Büschel, die von einem runden Kopf abstehen. Ilse fürchtet, dass das sie darstellen soll.

Sonja wird bald neunzehn, sie ist Vaters rechte Hand

im Geschäft und Mutters verlängerter Arm zu Hause. Sie hat einen Lehrgang im Nähen gemacht, sie soll das Geschäft an dem Tag übernehmen, wenn Vater es nicht mehr schafft. Hin und wieder denkt Ilse, wenn Sonja nicht so geschickt wäre, dann wäre *sie* vielleicht die Geschickte. Wenn Sonja nicht so schlau wäre, dann wäre *sie* vielleicht die Schlaue. Sie ist in einen Hohlraum hineingeboren, sie konnte nicht so sein wie Sonja. Ilse hatte man eine andere Rolle zugewiesen. Sie war die Impulsive, die Gedankenlose, die Lustige, die Verantwortungslose und Kindische. So war das schon immer gewesen, das stellte niemand infrage. Hin und wieder spürte Ilse, dass der Neid ihr einen Stich versetzte, wenn sie abends Mutter und Sonja, jede mit ihrer Handarbeit, am Esstisch sitzen sah, während sie es sich mit einem Buch bequem gemacht hatte. Nähen oder Stricken hatten sie nie interessiert, alles wurde immer nur schief und krumm, das Gestrickte musste sie immer wieder aufribbeln, die Säume auftrennen. Sonja machte alles mit größter Sorgfalt, es war gut, dass Vater sie hatte.

Sonne, die große gelbe Sonne, warum konnte es nicht wie auf Miriams Bild sein, warum konnte die nicht einfach in der Wohnung in einer Ecke hängen – alles etwas heller machen? Sie hatten es sonst immer so gemütlich zusammen – früher. Freitags legte Mutter immer ein weißes Tischtuch auf den Esstisch in der Stube, segnete die Kerzen, sie aßen zusammen, lachten. Jetzt war es so, als müssten sie die ganze Zeit auf der Hut sein, als dürften sie nichts Falsches sagen. Wie hatte sich doch alles in den letzten Monaten verändert!

Nein, Miriam hat wohl sich selbst gezeichnet, sie war die Einzige in der Familie, die von Herzen lächeln und lachen konnte. Sie verbrachte die Tage zu Hause mit ihren Zeichensachen, spielte mit Karin aus dem Dritten, ein einfaches, schönes Leben, es musste wunderbar sein, fünfeinhalb zu sein.

Wie ruhig es ohne die anderen ist, Ilse hört nur den Wecker aus dem Schlafzimmer, das dumpfe Ticken arbeitet sich durch alle Räume. Nein, da ist auch noch etwas anderes, jemand weint. Es kommt aus dem Dritten, das muss Karin sein. Ilse hört, wie Frau Rustad »Pst!« zu ihr sagt, eine Kinderstimme, die »Papa« ruft.

Hier ist es so hellhörig. Abends können Sonja und sie Herrn und Frau Rustad im Schlafzimmer über ihrem hören, sie können jedes einzelne Wort verstehen, das dort oben gesprochen wird, jedes Geräusch hören, als wären sie den beiden unters Bett gekrochen. Die beiden Wohnungen sind genau gleich geschnitten: zwei Zimmer und Küche, nur haben im Stockwerk über ihnen die Eltern das Schlafzimmer, die beiden Töchter schlafen im Etagenbett in einer Ecke in der Wohnstube. Ilse und Sonja horchen immer mit besonders spitzen Ohren, wenn sie das Bett knarzen hören, es fängt immer vorsichtig und leise an, aber dann wird es lauter und immer schneller, dann wieder still.

Sie guckt aus dem Fenster und sieht, wie Odd Rustad sein Taxi vor dem Tordurchgang parkt. Er nimmt den Hut ab, als er sie entdeckt, macht einen Diener, lächelt und winkt.

Kurz überlegt sie, ob Hermann nach Hause gekommen ist, ob er da drinnen in der Wohnung Wand an Wand mit ihr sitzt, vielleicht denkt er auch gerade an sie. Ein neuer Gedanke taucht auf, warum war sie nicht schon früher darauf gekommen? Was, wenn er mit einer anderen ins Kino gegangen war? Was, wenn er mit einem anderen Mädchen da in Reihe sieben, Plätze acht und neun, gesessen hatte? Eine mit blonden Haaren und hellen Augen, fülliger Figur, großen Brüsten, schmaler Taille. Sie sieht es plötzlich vor sich. Die beiden dicht nebeneinander. Das Mädchen hatte bestimmt auch einen hübschen Namen, vielleicht Cordelia oder Henriette. Vielleicht hatte sie sich an ihn geschmiegt und ihm zugeflüstert, dass sie sich freue, dass er sie ins Kino eingeladen habe, und vielleicht hatte Hermann gesagt, dass er eigentlich eine andere gefragt habe, nur um sich interessant zu machen. »Wen denn?«, fragte das Mädchen und was hatte Hermann darauf geantwortet? »Bloß ein Nachbarmädchen. Sie heißt übrigens Ilse, ja, das ist ein seltsamer Name, findest du nicht auch?« Und dann hatte das Mädchen vielleicht gefragt, wie diese Ilse denn aussehe, und Hermann hätte mit den Schultern gezuckt und gesagt: »Tja, sie sieht ganz nett aus, weder hübsch noch hässlich.«

Sie unterbricht sich, stellt sich vor den Spiegel, der zwischen den beiden Stubenfenstern hängt.

»Das bin ich«, sagt sie zu ihrem eigenen Spiegelbild. Sie lächelt sich eine Weile zu, ein verkrampftes, aufgesetztes Lächeln, das rasch verfliegt. »Das bin leider ich.«

Kein Wunder, dass Hermann es nicht über sich gebracht hat, mit ihr ins Kino zu gehen, das sieht sie vollkommen ein. Sie hat gerade ein neues Buch angefangen, ein sehr interessantes. Jetzt fällt ihr klar und deutlich ein Satz daraus ein: »Eine Frau muss erstens wissen, wie sie aussieht, und zweitens, wie sie aussehen *will.*« So ein Tag ist wie geschaffen für eine solche Untersuchung: allein in der Wohnung, viele Stunden, ehe die anderen nach Hause kommen. Ilse geht ins Schlafzimmer, holt ihr Schreibheft, das auf dem Nachttisch liegt, und nimmt es mit in die Stube.

»Bemerkungen, die über mein Aussehen gemacht wurden«, schreibt Ilse. Dann fügt sie in etwas kleinerer Schrift »positiver Art« hinzu. Sie denkt nach, sie kann sich an keine einzige erinnern, an kein einziges Wort. Vater sagt immer, sie sei sein hübsches Mädchen, aber das zählt nicht. Er ist schließlich ihr Vater.

Was hatte Hermann vor nicht allzu langer Zeit noch zu ihr gesagt? Dass sie einem Eichhörnchen ähnlich sehe? Er hatte sie bei den Worten angelächelt, sie erinnert sich ganz genau, wusste sogar noch, wo sie dabei standen, das war draußen im Hinterhof, das war jetzt in diesem Sommer, am letzten Julitag. Das musste so etwas wie ein Kompliment gewesen sein. Konnte sie das in die Liste eintragen? Ein Eichhörnchen ist doch ein süßes Tier, klein und weich, niedlich. Sie schreibt »ähnelt einem Eichhörnchen« und in Klammern, damit klar wird, von wem das kam, schreibt sie »Hermann«. Sie denkt weiter nach. Das kann doch nicht alles sein. Ein Eichhörnchen. Mehr hat sie nicht aufzuschreiben? Das ist doch zu blöd.

Jeden Abend hat sie in letzter Zeit etwas Neues ins Gebet hineingeschummelt. Zuerst zählte sie die üblichen Dinge auf: »Danke für alles, was ich habe, pass auf alle auf, die ich lieb habe, lass niemandem etwas Böses zustoßen.« Sie rappelte es ganz leise, schnell und zusammenhangslos herunter, vor allem, um es hinter sich zu bringen, um irgendwie auf der sicheren Seite zu sein. Aber dann kam sie zum Kern, zum Wichtigen, zu ihrem eigentlichen Gebet zu Gott: »Lieber, barmherziger, gütiger Gott, ich will dir ja nicht auf die Nerven gehen, aber ich muss hübsch werden, bitte mach da was. Ilse Stern muss hübscher werden!«

Sie steht auf, zieht sich aus und fängt bei den Füßen an, mustert sie eine Weile, ehe sie über den Stubentisch gebeugt notiert: »Der große Zeh am linken Fuß ist schief. Der Rest in Ordnung.« Sie ärgert sich, dass der eine Zeh so gewachsen ist, nach links zeigt, wie bei einer Hexe aussieht.

Die Beine. Sie sind dünn, die Haut ist trocken. Sie befeuchtet einen Finger im Mund und verteilt Spucke auf den Beinen, es kommt ein Streifen in einer anderen Farbe zum Vorschein, frischer und nicht so weiß. Könnte Butter helfen? Mutter würde in die Luft gehen, wenn sie sich Butter auf die Beine striche, wenn sie etwas unter Kontrolle hatte, dann das kleine Klümpchen Butter, das sie ergattern konnten, als es im Laden etwas zu kaufen gab. Ihr fällt das Weizenmehl wieder ein, wie sie es sich ins Gesicht geschmiert hatte, um herauszufinden, ob man es wie Puder verwenden konnte; wegen des bisschen, das sie genommen hatte, hatte es großen Krach gegeben, es würde alles nur noch schlimmer machen, wenn sie jetzt auch noch auf die Butter losginge.

Ihre Schenkel berühren einander in der Mitte nicht. Dazwischen ist eine Lücke, wenn sie mit beiden Beinen nebeneinander dasteht. Sie denkt an Sonja, während sie das notiert. Wenn sich Sonja abends auszog, verglich sie ihren Körper mit dem von Sonja. Sonjas ärgerlich schmale Taille, die den Oberkörper vom Unterleib trennte, die runden Brüste, die Muskeln auf dem Rücken, wenn sie sich bückte, um die Strümpfe auszuziehen. Sie sah aus wie eine Skulptur im Museum, dachte Ilse. Sie selbst war ein misslungenes Modell, das in der hintersten Ecke in einem Arbeitszimmer, in einem Keller stand, ein Modell in eine Sorte Stein gemeißelt, der nicht in Form zu bringen war, es kam nur etwas Kantiges und Schiefes dabei heraus, das zum Ausstellen ungeeignet war.

Brüste. Ein einziges Trauerspiel. Sonja hatte einen richtigen Büstenhalter bekommen, als sie vierzehn war, er wurde mit drei Häkchen am Rücken geschlossen. Sonja rückte zurecht, zog stramm und hakte ein, damit alles ordentlich an seinem Platz saß, Ilse stand in einem Kinderhemd daneben. Sie hatte Mutter gefragt, ob sie nicht auch so einen bekommen konnte, einen mit Häkchen am Rücken. Eines Abends im Winter war Mutter mit einem Päckchen für sie nach Hause gekommen; sie war im Unterwäschegeschäft gewesen, aber sie hatte ein anderes Modell gekauft, eins ohne Häkchen. Es war ein enges Unterhemd, das über den Kopf gezogen wurde und weder etwas anhob noch zurechtrückte.

Vielleicht kann sie etwas in das enge Hemd stecken, Socken oder etwas von Mutters Strickgarn, zwei kleine Knäule? Sie schreibt es in ihr Heft, als Idee, auf die sie zurückkommen kann. Was, wenn Miriam einmal so würde wie Sonja? Sie sah die beiden plötzlich als Erwachsene vor sich. Die Schwestern, beide mit Körpern wie eine Skulptur und Brüsten wie reife Früchte, und sie mit kantigen Formen und in einem Hemd vollgestopft mit kratzigen Wollknäueln. Puh, daran mag sie gar nicht denken.

Mit den Ohren bin ich wenigstens zufrieden, denkt sie und dreht sich vor dem Spiegel hin und her. Sie sind klein und wohlgeformt und liegen schön am Kopf an. Sie ist fast versucht, »schöne Ohren« ins Heft zu schreiben. Sie schmunzelt über sich selbst. Ilse mit den schönen Ohren. Das war doch was, nicht viel, aber immerhin etwas.

Das dunkle Haar reicht bis zu den Schultern, wenn sie die Zöpfe aufmacht. Sie schüttelt es und hofft, dass es in schönen Wellen fällt, sie hat es jetzt einige Zeit geflochten getragen. Es fällt nicht schön, überhaupt nicht. Es sieht unordentlich aus, erbärmlich, es hängt wie trockenes Stroh. Sie begutachtet die Spitzen, hält sie zwischen Zeige- und Mittelfinger, sieht, dass sie am Ende gespalten sind. Das Haar ist eigentlich das Einzige, womit sie etwas machen kann, damit braucht sie nicht einmal zu warten. Ihr kommt es vor, als ob die Schere in der Küchenschublade liege und auf sie warte. Vor dem Spiegel in der Stube versucht sie abzuwägen, wie viel sie abschneiden soll. Nicht zu viel und außerdem muss sie versuchen, es ordentlich hinzubekommen. Sie schiebt Haar in die offene Schere, drückt zu und sieht, wie es weich auf den Stubenboden rieselt. Sie schneidet alles auf dieselbe Länge. Doch als sie damit fertig ist, stellt sie fest, dass es links kürzer ist und schief. Sie stutzt die rechte Seite ein wenig nach, holt den Taschenspiegel heraus und betrachtet darin ihren Hinterkopf. Ist es nicht immer noch schief? Sie schneidet noch ein bisschen ab. Und noch ein bisschen. Jetzt ist es ziemlich kurz, es reicht bis zur Halsmitte. Konnte sie es jetzt immer noch hochstecken? Sie versucht, es hinten zusammenzufassen, aber das Haar an den Seiten ist zu kurz, es rutscht heraus.

Ilse fegt die Haarbüschel auf dem Boden zusammen und wirft alles in den Mülleimer in der Küche. Warum hat sie damit ausgerechnet heute angefangen? Hätte sie sich an diesem besonders traurigen Tag nicht etwas Erfreulicheres als die Bestandsaufnahme ihres Aussehens vornehmen können? Jetzt tut es im Zwerchfell noch mehr weh, die Unruhe, die Übelkeit, es flattert. Sie ist kurz davor, hinüber zu Hermann zu gehen und bei ihm zu klopfen, nur um sich trösten zu lassen.

»Aber das ist das Letzte, was du tust«, flüstert sie sich streng zu. Von nun an muss er zu ihr kommen. Wenn er sich mit Ilse mit den schönen Ohren treffen will, dann muss er sich anstrengen.

Sonja sitzt an der Nähmaschine. Der eine Fuß ruht auf dem Pedal, sie sitzt vorgebeugt, beide Ellenbogen auf dem Tisch; sie hantiert mit einem Bleistift, ein paar Striche auf einem Blatt Papier, sie tut so, als würde sie arbeiten. Die Uhr über der Ausgangstür: eine Viertelstunde nach Ladenschluss. Draußen fängt es schon an zu dämmern. Ein Hauch von Grau in der Luft, fast wie Nebel.

Vater fegt den Boden. Er pfeift leise, bewegt sich mit ausholenden, schleifenden Bewegungen, wippt auf den Füßen, das Fegegeräusch des Besens auf dem Boden. Ilse sitzt in der hintersten Ecke des Geschäfts, sie liest, versunken, wie es scheint.

Wollen sie nicht bald nach Hause?, denkt Sonja. Sie gehen sonst immer, sobald Vater die Tür abgeschlossen und das Schild im Fenster umgedreht hat. Ilse trippelt sonst immer schon eine halbe Stunde vor Ladenschluss ungeduldig auf und ab, guckt auf die Uhr, stöhnt genervt auf, sammelt mit raschen Handgriffen ihre Sachen zusammen, als könnte sie nicht schnell genug rauskommen.

Sonja trommelt mit zwei Fingern auf der Tischplatte, kleine, nervöse Bewegungen, sie schaut zum Karton, der im Hinterzimmer steht. Niemand hat Verdacht geschöpft, niemand hat gemerkt, dass etwas fehlt, niemand hat Fragen gestellt, warum sie in letzter Zeit noch länger geblieben ist, nachdem die anderen sich auf den Heimweg gemacht haben. »Du darfst dich nicht verausgaben, mein

Mädchen«, hat Vater gesagt, hat sie stolz und zugleich besorgt angeschaut, sie, seine älteste Tochter, die sich so sehr für den Familienbetrieb aufopfert, die den ganzen Abend noch bleibt, die ihre Freizeit opfert, damit das Geschäft über die Runden kommt. Wenn er nur wüsste.

»Ilse?«, sagt Sonja, flüstert fast. »Ilse, es ist schon Viertel nach.«

Ilse schaut kurz hoch, zur Uhr, guckt dann wieder in ihr Buch.

»Ich muss nur noch das Kapitel zu Ende lesen«, murmelt sie.

Vater stellt den Besen in eine Ecke, nimmt das Kehrblech und wirft, was er zusammengefegt hat, in den Mülleimer beim Ladentisch.

»Nein«, sagt er und klatscht in die Hände. »Mutter wartet zu Hause bestimmt schon auf uns.«

Er geht ins Hinterzimmer, holt seinen Mantel, setzt den Hut auf, bleibt stehen und sieht sie beide an, verwundert.

»Wollt ihr nicht mit nach Hause kommen, Mädchen?«, fragt er.

Sonja setzt eine Garnspule in die Maschine ein, die Hände stellen sich ungeschickt an, als würde sie zum ersten Mal eine Nähmaschine bedienen – sie hat es schon hundertfach gemacht, tausendfach, aber gerade in diesem Moment scheint das Gehirn nicht in der Lage zu sein, schnell genug Signale an die Finger zu senden.

»Ich bleibe noch etwas länger hier, Vater«, antwortet sie, ohne ihn anzuschauen.

»Heute schon wieder?«, fragt er. »Du musst doch was essen, Sonja. Jetzt gibt es doch nichts besonders Eiliges.«

Sonja befeuchtet den dunkelblauen Faden und fädelt ihn durch das Nadelöhr.

»Ich mache die Bestellung für Frau Nagel fertig«, sagt sie leise. »Geht ihr nur, ich bleibe nicht mehr so lange.«

»Das ist doch nicht zu fassen!«, ruft Ilse aus und klappt das Buch zusammen. »Dass ich es nicht schon früher gelesen habe. Es kommt mir vor, als würde es genau von mir handeln, da kommt auch eine ärgerlich schöne große Schwester vor.« Sie lächelt schief zu Sonja hinüber.

Sie gehen. Endlich. Sonja wartet ein paar Minuten, bis sie sich rührt, es könnte ja sein, dass Vater irgendetwas vergessen hat und zurückkommt, um es zu holen.

Im Laden ist es still. Sonja begibt sich ins Hinterzimmer. Der Karton steht dort, unter einem Tisch. Sie zieht ihn hervor, nimmt den Deckel ab, spürt das kalte, dünne Gewebe an den Händen. Sie nimmt es mit an den Nähtisch, breitet es aus und bleibt einen Augenblick stehen, um es zu betrachten. Es ist nicht mehr so viel zu tun, Saumband festnähen und Heftfaden entfernen, vielleicht wird sie heute Abend noch fertig, wenn sie sich beeilt. Am Dienstag soll sie es abliefern, bis dahin sind es nur noch ein paar Tage.

Seit einigen Jahren geht Sonja ins Nationaltheater, schleicht sich kurz nach Vorstellungsbeginn hinein, begnügt sich mit einem Stehplatz, steht im dunklen Zuschauerraum, bis ihr die Füße wehtun, schaut sich die Kostüme auf der Bühne an. Kleider, die im Licht der Scheinwerfer glänzen, Hüte, Perücken, Schuhe mit hohen Absätzen, die über den Bühnenboden klackern, eine Welt aus Parfüm und schweren Teppichen, aus Applaus und Kronleuchtern, Schauspielerinnen mit schwachen

Nerven und vornehmen Menschen, die in den Pausen an kleinen Gläsern nippen. In letzter Zeit hat sie einen Notizblock dabeigehabt, Skizzen gemacht, den Kopf voller quälender, schöner Träume. Sie kratzten an allem, was sie ausmachte, an allem, was für sie gedacht war, an allem, was von jeher bestimmt war.

Vor einem Monat traf sie Helene aus dem Nählehrgang wieder. Sonja guckte sich gerade die Plakate an, die hinter großen Glasscheiben an der Außenwand des Theaters hingen, las von der nächsten Vorstellung, die gegeben werden sollte: Maria Stuart, die wollte sie sich gern ansehen.

»Sonja?«

Sie schaute hoch. Helene stand in einem braunen, taillierten Mantel vor ihr und lächelte. Sie komme von der Arbeit, sagte sie und nickte zu dem großen Theatergebäude.

»Wirklich?«, staunte Sonja.

»Da bin ich schon eine Weile«, erklärte Helene, »in der Schneiderei. Das macht ziemlich viel Spaß. Und die Bezahlung ist anständig. Ich bin in was Eigenes gezogen, ein Zimmer mit Küche in Majorstua. Was machst du?«

Sonja erzählte, dass sie im Geschäft ihres Vaters stehe.

»Sie brauchen noch mehr Näherinnen«, sagte Helene. »Ich kann dich weiterempfehlen, ich weiß ja, wie geschickt du bist. Stell dir mal vor, wir könnten zusammenarbeiten, das wäre doch schön! Aber du musst eine Kostümprobe abliefern. Und den Stoff musst du selbst besorgen. Kannst du vielleicht aus dem Geschäft etwas nehmen?«

Sonja sah kurz das Hinterzimmer vor sich. Es war nicht gerade randvoll. Schöne Stoffe hatten sie schon lange nicht mehr, meistens Loden und gewebte Wollstoffe für solide Jacken und Mäntel.

»Ich kann bestimmt was auftreiben«, antwortete sie, ohne sich ganz im Klaren darüber zu sein, wo in aller Welt sie den Stoff hernehmen sollte.

Am selben Abend hatte sie den ganzen Laden durchsucht, hatte Schachteln geöffnet, Schubladen, Regale durchstöbert, das Lager durchwühlt, es musste doch etwas Brauchbares zu finden sein, etwas, das Vater weggelegt und vergessen hatte. In einem Karton im hintersten Winkel des Lagers hatte sie einen dünnen weißen Stoff gefunden, er war zwar kraus und roch schimmelig, aber Sonja hatte ihn hervorgezogen, die Qualität gefühlt, wie gut er in der Hand lag. Sie setzte sich an den Nähtisch und begann, Skizzen zu zeichnen. Was wollten sie haben? Es müsste etwas Umwerfendes und Schickes sein, etwas, das sich auf der großen Bühne gut machte.

Sonja breitet das Kleid aus, das sie geheftet hat. Ein Kostüm ist es vielleicht nicht gerade. Nicht prunkvoll und verschwenderisch, nicht glitzernd und voluminös, nicht einer Diva auf der Hauptbühne würdig. Aber es ist gutes Handwerk, das mussten sie doch erkennen. Das Überkleid ist aus dem hauchdünnen, fast durchsichtigen Stoff genäht, er ist mit einem festen, steifen Stoff unterfüttert. Das Kleid ist in der Mitte tailliert, ganz unten fällt der Rock in einem weichen Bogen und am tiefen Ausschnitt entlang wird sie ein Saumband aus einem kleinen Stück Seide befestigen, das sie gefunden hat. Der Geruch hängt noch immer im Stoff, ein ekelhafter Gestank nach Schimmel, Staub und Dunkelheit.

Vater hat nichts gemerkt. Noch nicht. Aber was, wenn es ihm auffällt, dass sie nach Ladenschluss wie eine Diebin herumgeschlichen ist, dass sie eigene Pläne geschmiedet hat, ganz andere Pläne als die, die er für sie vorgesehen hat? Schon bei der bloßen Vorstellung daran bekommt sie Bauchschmerzen. Und wenn sie angestellt wird? Die Eltern wären enttäuscht, Vater hatte den Nählehrgang bezahlt, der hatte viel Geld gekostet, aber das war eine Investition, ins Geschäft, in sie, für ihn selbst. Sie sollte den Laden übernehmen, den Betrieb weiterführen. Aber hatte er sie denn je gefragt? Wann hatten sie darüber das große Gespräch geführt?

Sonja wollte schon immer nähen, mit den Händen arbeiten, etwas Schönes oder etwas Praktisches erschaffen, ein Material in etwas anderes verwandeln. In federleichte Kleider, taillierte Kostüme aus weichem, angenehmem Stoff, Mäntel mit Pelzkragen, Herrenanzüge. Skizzen zeichnen, Muster, zuschneiden und heften, sie konnte alles Mögliche erschaffen – sie war gut, hatte eine sichere Hand, klare Vorstellungen wie eine Zauberkünstlerin, die mit ihrem Zauberstab ein bisschen in der Luft herumwirbelte und neue Kleidungsstücke aus dem Hut zog. Aber hier, was konnte sie hier erschaffen, auf lange Sicht? Sollte sie in Vaters verstaubtem Ladengeschäft sitzen und Kleider anderer Leute flicken, auslassen und enger machen, in der düsteren Beleuchtung sitzen bleiben und draußen die Sonne durch die niedrigen Fenster sehen?

Zu Hause sind sie es gewohnt, dass Sonja nach dem Essen den Tisch abräumt. Sie erledigt den Abwasch, sie stopft Strümpfe, strickt und näht, hängt im Hinterhof die Wäsche zum Trocknen auf die Leine. Sie oder Mutter, selten Ilse. Mutter mäkelte an Ilse herum, war hinter ihr her und bat sie aufzuräumen, schickte sie mit einem Einkaufszettel in den Laden, maulte mit ihr. Ilse maulte zurück. »Schrecklich, wie du meckerst«, sagte sie beleidigt. Mutter versuchte, Ilse das Handarbeiten beizubringen, Sonja versuchte es. »Das kriege ich nicht hin«, rief Ilse immer, wenn sie das Strickzeug hinwarf, dass die Nadeln klirrten. »Tut mir leid, aber das ist nichts für mich.«

Als Miriam geboren wurde, war Sonja dreizehn. Sie wechselte bei ihr die Windeln und kümmerte sich um sie, fütterte sie mit Brei, wiegte sie abends in den Schlaf, strickte Kinderkleider. Ilse war erst neun, aber hätte es etwas geändert, wenn sie diejenige gewesen wäre, die schon dreizehn war? Hätte Ilse dann dasselbe gemacht wie sie, wäre ihr die gleiche Verantwortung übertragen worden? Auch Ilse war eine große Schwester, aber das war etwas anderes, sie spielte mit Miriam, malte mit ihr, nahm sie mit zu den Nachbarn, zeigte ihr die Welt. Und zu Hause wartete Sonja mit Waschlappen und Ermahnungen, mit Läusekamm und Lebertran.

Ilse träumte von Reisen ins Ausland. Sie sprach das Wort eigenartig aus. »Auuusland«, sagte sie. »Wenn ich erwachsen bin, werde ich ins Auuusland fahren.« Sie redete von Amerika, von Paris. Sonja wünschte sich nichts sehnlicher als einen Beruf, mit dem sie zufrieden war, mit dem sie eigenes Geld verdienen konnte, der ihr die Möglichkeit bot, von zu Hause auszuziehen, eine Wohnung zu mieten.

Zu Hause ist es Ilse, die Geschichten erzählt, es war unmöglich, sich nicht von ihrem Lachen anstecken zu lassen, sie kann die Nachbarn aus dem Mietshaus nachahmen, darin ist sie gut. Und sie weint, laut, wenn etwas nicht klappt. Sonja drückt das Gesicht ins Kissen, wenn sie traurig ist, den Kopf zur Wand, stille Tränen, die im Kissenbezug versickern und die niemand bemerkt. Und die Nächte können voller Träume sein, scharfe, stechende, flirrende wie ein Bienenschwarm. In den letzten Wochen ist Sonja fast jede Nacht aufgewacht, hat sich im Bett aufgesetzt, den Schweiß auf der Brust gespürt, das Nachthemd nass am Körper, die Unruhe, die sich in die Dunkelheit ergießt, die gleichmäßigen Atemzüge ihrer Schwestern, die Geräusche, wenn Vater und Mutter zu Bett gehen, ohne zu ahnen, was sie im Begriff ist zu tun.

Sonja zieht die Stecknadeln aus dem Saumband, streicht den Stoff glatt und legt ihn vorsichtig unter die Nähmaschine. Sie tritt das Pedal und hört das vertraute Surren. Wenn sie eine Anstellung am Theater bekäme, könnte sie sich zu Hause an den Kosten beteiligen. So könnte sie es ihnen vielleicht schmackhaft machen. Helene hatte doch gesagt, die Bezahlung sei gut. Vielleicht wären Vater und Mutter damit einverstanden, sie würde die Rolle übernehmen, die sie ohnehin schon immer gehabt hatte, die sie von ihr gewohnt waren, die sie auf Wunsch der beiden haben sollte. Gleichzeitig gingen ihr aber Helenes Worte, ein Zimmer zu mieten, nicht mehr aus dem Kopf. Ein Zimmer mit Küche in Majorstua. Man stelle sich das mal vor! Sonja hat die Anzeige fertig im Kopf: »Junge Frau in fester Anstellung sucht möbliertes Zimmer zur Miete.« Sie hatte viele solcher Anzeigen gesehen. Es war bestimmt teurer, möbliert zu mieten, aber sie besaß nicht einmal einen Stuhl, es musste also etwas Möbliertes sein. Sie hat es sich schon so oft vorgestellt, immer wieder die gleiche Szene: Sie kommt spätabends aus dem Theater, hat den ganzen Tag gearbeitet, schlendert in der kühlen Abendluft durch den Schlosspark, schließt ihr eigenes Zuhause auf. Sie sieht das möblierte Zimmer so deutlich vor sich: ein Bett, ein Tisch und ein Stuhl, ihre eigenen Kleider, ihre Sachen, ein eigenes Zimmer, in dem sie die Tür abschließen und durchatmen kann. Es musste nicht in Majorstua sein, es konnte im Grunde überall sein. Eine Tür, ein Bett, ein Zimmer. Ruhe.

Das Saumband ist befestigt, nun muss nur noch der Heftfaden gezogen werden. Sonja schaut auf die Uhr. Es ist spät geworden. Sie muss die letzten Handgriffe morgen nach Ladenschluss erledigen. Sie legt das Kostüm in den Karton, macht den Deckel zu, trägt ihn zurück ins Hinterzimmer, nimmt den Mantel vom Haken, holt den Schlüssel heraus und geht nach draußen. Die Luft ist diesig und undurchdringlich, voller Herbst. Sie schließt das Geschäft ab, entdeckt ihr Spiegelbild im Fenster. In der unebenen Glasscheibe sieht alles verzogen aus, der Kopf, der Körper, das Gesicht, der Blick, als hinge irgendwie nichts zusammen.

Isak bleibt noch ein paar Minuten auf der Bettkante sitzen, bevor er aufsteht. Hanna liegt mit dem Kopf zur Wand. Er kann sie atmen hören, leise und gleichmäßig. In der letzten Woche ist er mehrmals nachts davon aufgewacht, wie sie sich hin- und hergewälzt hat; das Bett knarzt, sie spricht im Schlaf, murmelt, undeutlich. Und wenn er erst einmal wach ist, bleibt er im Dunkeln liegen, allein, und denkt nach. Jetzt liegt sie mit angewinkelten Beinen ruhig da. Er zieht sanft die Decke über ihre Schultern. Es ist noch nicht einmal sechs Uhr, sie kann noch eine Stunde schlafen.

Im Zimmer umgibt ihn Dunkelheit, die Tür zu den Mädchen ist zu. Isak kleidet sich in der Küche an. Er späht durch die schweren Gardinen, um festzustellen, wie draußen das Wetter ist. Es sieht frostig, beißend kalt aus – ihm graut vor dem ersten Schnee, der lässt nicht mehr lange auf sich warten, Schnee hat er noch nie gemocht. Auf dem Küchentisch liegt das Paket mit den Butterbroten. Er isst zu Hause nie etwas, bevor er zur Arbeit geht, morgens hat er keinen Appetit, hat nie Hunger. Hanna schmiert ihm am Abend vorher Stullen, wickelt sie ein, damit er sie essen kann, wenn er ins Geschäft kommt, erst am Vormittag hat er Appetit. Er steckt das Paket in die Manteltasche, mustert sich rasch im Flurspiegel, setzt den Hut auf, dreht vorsichtig den Schlüssel im Schloss um.

Auf der Fußmatte liegt etwas. Etwas Weißes, ein Stück Papier, fast wäre er daraufgetreten. Er bückt sich, hebt es auf, es ist ein Artikel, eine halbe Seite aus einer Zeitung gerissen. Die Überschrift springt ihm ins Gesicht, die Abbildung. Damit in der Hand bleibt er kurz stehen, blickt sich im leeren Hausflur um.

»Hallo?«, flüstert er.

Niemand antwortet. Er steckt den Ausschnitt in die Manteltasche und geht die Treppe hinunter.

Die Luft ist heute beißend. Er fühlt, wie der Puls in seinem Körper pocht. Wird das auch in ihr Zuhause eindringen, die Hetze, die Wörter, wird es nicht möglich sein, einfach nur in Ruhe gelassen zu werden, zu atmen, zu leben? Muss er den Tag damit beginnen, die Fenster zu putzen, einen Eimer mit Wasser zu füllen, Seife, draußen in der Kälte zu stehen, die Scheibe zu schrubben, sich zu beeilen? Er hat angefangen, besonders früh aufzustehen, er sorgt dafür, dass er im Geschäft ist, bevor die Mädchen kommen, jeden Tag, eine gute Stunde vor ihnen, nur für den Fall, dass er etwas von den Fenstern entfernen muss. Das zu sehen, soll ihnen erspart bleiben. Beim ersten Mal zuckte er zusammen. *»Die jüdischen Volksschädlinge haben Norwegen den 9. April eingebrockt.«* Die großen weißen Blockbuchstaben bedeckten das ganze Schaufenster. Jetzt zuckt er nicht mehr zusammen, er holt den Eimer aus dem Schrank, mechanisch, denkt nicht nach, putzt nur: *Judenpack*; er schrubbt, bis es weg ist; ein Davidstern, er gießt Seife direkt auf den Lappen, reibt, manchmal muss er mit den Fingernägeln nachhelfen, es vom Glas kratzen.

Isak Stern versucht zu lächeln. Er versucht, freundlich

zu sein. Er versucht, so zu sein wie immer. Es kommen kaum noch Kunden, die Buchhaltung ist im Minus, es ist schwierig, Material zu beschaffen, schwierig, selbstständig zu arbeiten. Aber Isak lächelt. Sooft er kann. Das gelingt ihm nicht immer, das weiß er, aber er zwingt sich dazu, Ja zu sagen, wann immer Hanna fragt, ob es ihm gut gehe. »Mir geht es gut«, sagt er immer. Aber er schaut ihr nicht mehr in die Augen, wenn er antwortet.

Jetzt steht er auf der Beierbrua und schaut zu, wie der Wasserfall im Akerselva wild gegen die glatten Steine prallt. Die Bäume so gelb und rot, es ist windig, ein Nebel aus Wassertröpfchen hängt in der Luft, ein feuchter, stickiger Rauch. Er kramt in der Manteltasche, friert an den Händen, holt den Ausschnitt heraus. Die Abbildung: Ein Mann mit schwarzen Haaren und markanter Nase streckt eine Hand mit Münzen aus, die Finger lang und gebogen, habgierig. *Wir werden von diesem Volk überschwemmt. Das zum Krebsgeschwür wird, wo es sich niederlässt. Helft uns, die Flut einzudämmen. Verhindert, dass unser Land zu Europas Abfalltonne wird.* Die Brücke schwankt, als ein Mann vorbeiradelt. Isak knüllt den Ausschnitt zusammen und wirft ihn in den Wasserfall, sieht zu, wie er vom schäumenden Nass verschluckt wird.

Das kann von der neuen Familie im Dritten kommen. Familie Kjølberg ist kurz vor dem Sommer eingezogen: Mutter, Vater und ein zehn Jahre alter Junge. Sie haben die Wohnung übernommen, nachdem Frau Nielsen gestorben ist. Isak ist aufgefallen, dass sie immer woanders hingucken, wenn er ihnen begegnet. Hanna hat erzählt, wie sie und Frau Kjølberg einmal im Hinterhof Wäsche auf ihre jeweiligen Gestelle zum Trocknen hängten. Der Sohn ging zu Miriam und redete mit ihr. Da war die Mutter sofort bei ihm, zog ihn zu sich, sah ihn streng an und flüsterte: »Das sind Juden, Finn, mit solchen Leuten sollst du nicht sprechen.« Hanna war entsetzt gewesen, wie konnte man nur so was zu Kindern sagen? Und er, was hatte er getan? Er hatte Hanna die Wange getätschelt und gelächelt. »Ja, ja«, hatte er gesagt, während er fühlte, wie sich die Wut wie eine ekelerregende Welle im Bauch wälzte.

Jetzt empfindet er denselben Zorn, als er sich dem Geschäft nähert. Heute muss er sich anstrengen, um ein Lächeln zustande zu bringen, das merkt er. Die Mädchen kommen immer um acht Uhr, er hat noch eine Stunde, um die Butterbrote zu essen, die Bestellungen für den heutigen Tag vorzubereiten, den Laden zu fegen und zu wischen, vielleicht die Fenster zu putzen – eine Stunde, um sich zu beruhigen. Und dann, wenn es acht Uhr ist, wird er nicht mehr daran denken, wie der Tag angefangen hat, er wird die Töchter mit einem Lächeln begrüßen und das Geschäft für die Kundschaft öffnen. Falls jemand kommt.

Er schließt auf, zieht die Vorhänge zurück und lässt das bläuliche Morgenlicht durch die beiden Fenster zur Straße ein. Er setzt sich auf den Hocker hinter den Ladentisch, unbeweglich, bleibt sitzen und starrt in den Raum. Diesen Morgen scheint sich alles bei ihm anzustauen. So als ob alles, wovor er Angst gehabt hat, alles, was er aufzuhalten versucht hat, einfach in das stille Geschäft fließt.

Er weiß, dass es nicht nur ihm so geht. Er kennt viele Juden, die in Oslo ein Geschäft führen, und alle reden über dasselbe: über Kunden, die nicht mehr einkaufen, über das, was in den Zeitungen steht. Früher liefen die Nähmaschinen im Hinterzimmer heiß. Die Bestelllisten konnten lang sein, oft arbeitete er bis spät in den Abend, um alles rechtzeitig fertig zu bekommen. Er hatte es sich leisten können, mehrere Näherinnen zu entlohnen, hatte es sich leisten können, für sich Geld zu entnehmen, hatte sogar jemanden zum Putzen des Ladens eingestellt. Und jetzt, was war noch übrig? Sie konnten sich nur noch das Allernötigste leisten, es gab nur noch ihn und Sonja und in der letzten Zeit auch Ilse. Er wünschte ihnen das nicht, ganz und gar nicht. Irgendwo anders könnten sie einen viel besseren Lohn bekommen, aber er ließ sie nicht unentgeltlich arbeiten. Er hatte beschlossen zu versuchen, so zu tun, als liefe alles wie am Schnürchen, das würde auf Dauer nicht gut gehen, das ging es jetzt eigentlich auch schon nicht, aber die Freude über das eigene Geld, wenn es auch nur ein bisschen war, ja, diese Freude gönnte er ihnen einstweilen. Er hätte Sonja Buchführung beibringen müssen. Aber dann würde es nicht mehr lange dauern, bis ihr klar wäre, dass es nicht wie am Schnürchen lief. Sie würde anfangen, sich Sorgen zu machen, dachte er, also musste das lieber warten.

Im Sommer hatte er eine Eingebung gehabt und plötzlich, ohne dass er genau den Grund dafür hätte nennen können, war er auf dem Weg zur Bank gewesen. Auf der Bank hob er das ab, was er auf die hohe Kante hatte legen können, er löste das Konto auf und nahm das Geld mit nach Hause. Das Bankschließfach, über das sie verfügten, hatte er ebenfalls geleert. Es kam trotzdem nicht viel zusammen. Ein paar Schmuckstücke, die Hanna von ihrer Mutter, ein paar Wertsachen, die er von seinen

Eltern geerbt hatte. Er hatte alles in eine Zigarrenkiste gelegt und sie zwischen seiner Unterwäsche in der Kommodenschublade versteckt. Nicht ein einziges Wort hatte er darüber zu Hanna gesagt.

Mit der einen Hand trommelt er auf das Butterbrotpaket. Wie schön wäre jetzt Kaffee, denkt er plötzlich, dampfend heißer Kaffee, echter Bohnenkaffee, eine ganze Kanne voll. Plötzlich entdeckt er unter Sonjas Nähmaschine ein Blatt Papier, eine Zeichnung, sie sieht aus wie die Skizze für ein Kleid. Seine Neugier ist geweckt, er steht auf und geht zu Sonjas Nähtisch, um sie sich genauer anzusehen. Er kann sich nicht erinnern, dass jemand so ein Kleid bestellt hätte, aber es war ja gut möglich, dass Sonja einen Auftrag angenommen hatte, ohne ihm etwas davon zu sagen. Das Kleid hat ein Saumband, eine schmale Taille und einen tiefen Ausschnitt. Ziemlich unmodern, denkt er, es konnte sich um ein altes Modell handeln, das geändert werden soll, das eine Kundin im Schrank gefunden hatte. Sonja hatte in der letzten Zeit bis spätabends über ihrer Arbeit gesessen. Ihm war aufgefallen, dass sie seinem Blick oft auswich, besorgt wirkte. Sie begriff wohl mehr, als ihm lieb war, vielleicht sollte er bald mit ihr die Buchführung in Angriff nehmen und sich dann lieber mit der Niederlage abfinden, wenn die Zahlen auf den Tisch kamen.

Die Angst, das Gefühl, dass sie Ausgestoßene sind, hat sich schleichend eingestellt. Mit den Radios fing es an. Sie mussten die Geräte vor allen anderen abliefern. Das schwere Tandbergradio, er hatte es aus der Stube getragen und bei den Behörden abgegeben. Sie durften kein

Radio besitzen, der Rest der Bevölkerung bald auch nicht mehr, aber an dem Tag, an dem er den schweren Holzkasten durch die Stadt geschleppt hatte, waren es immer noch nur Juden, die kein Radio mehr haben durften. Er setzte sich in den Sessel am Fenster, nachdem er nach Hause gekommen war, es war still in der Stube, er hörte Musik von den Rustads oben im Dritten, ein lustiges Lied, den Text kannte er gut, summte ihn mit, starrte auf das Regal, wo das Radio die letzten Jahre gestanden hatte, ein klaffendes, leeres Loch. Hanna hatte später eine Vase dort hingestellt, aber jedes Mal, wenn er Musik von oben hörte, überwältigte ihn die Stille in seiner eigenen Stube. Am Ende hatte er das ganze Regal abgeschraubt, in den Keller gestellt, die Löcher in der Wand sind noch immer zu sehen.

Im Winter hatten sie Bescheid bekommen, dass ihnen ein »J« in die Ausweise gestempelt werden würde. An dem Abend war er im Sessel sitzen geblieben, als die anderen schon zu Bett gegangen waren, mit dem Ausweis auf dem Schoß, saß bloß da und starrte den fetten roten Buchstaben an, der jetzt wie eine Klaue neben seinem Foto prangte. Ein Buchstabe, so viel und so wenig, er hatte sich so machtlos gefühlt, den hätten sie ihm genauso gut auf die Stirn stempeln können. Schon da hatte er das Gefühl gehabt, dass es noch schlimmer kommen würde.

Darauf brauchte er nicht lange zu warten, ein paar Wochen später mussten sie einen Fragebogen ausfüllen. Er war auf der Polizeiwache erschienen, um die Formulare abzuholen. Eine lange Liste mit Fragen: Nationalität, Staatsangehörigkeit, Privatadresse, gegenwärtige Glaubensgemeinschaft. Alle Personen über fünfzehn Jahre, denen ein »J« in die Papiere gestempelt worden war, mussten das Formular in dreifacher Ausfertigung ausfüllen. Isak hatte die Formulare im Laden in eine Schublade gelegt, hatte gedacht, dass seine Töchter nicht damit in Berührung kommen sollten, hatte gedacht, dass er das auf eigene Faust regeln und die Unterlagen für sie ausfüllen würde. Er übte, ihre Unterschriften zu fälschen, Ilses kindliche Unterschrift, Sonjas weiche Handschrift; doch, er meinte, er könne das hinbekommen. Hanna hatte es abgelehnt. Es ging nicht an, dass er Unterschriften fälschte, es waren doch nur Papiere, genauso gut konnten die Mädchen sie selbst ausfüllen. Sie saßen zu Hause am Esstisch.

»Was soll ich bei den letzten Fragen schreiben?«, fragte Ilse.

Er las die beiden letzten Zeilen auf dem Bogen. *Wann kamen Sie nach Norwegen? Letzter Aufenthaltsort außerhalb Norwegens?*

»Lass das einfach offen«, murmelte er.

Er wickelt das Stullenpaket aus und beißt etwas vom dunklen Brot ab, kaut lange auf dem Bissen herum, denkt nach. Geschichten sind ihm zu Ohren gekommen. Wie Leute alles stehen und liegen lassen, Arbeit und Heim aufgeben, alles mit Stumpf und Stiel ausreißen. Etliche haben es nach Schweden geschafft, das kann eine Möglichkeit sein. Was wird Hanna davon halten, wenn er mit so einem Vorschlag nach Hause kommt? Wird sie ihn gutheißen, den Mädchen das zumuten, wird *er* es tun? Er weiß nicht, wie so etwas vor sich geht, an welchem Ende er anfangen, zu wem er Verbindung aufnehmen soll. Es geht um mehr als nur darum, Auskunft zu erbitten, als handelte es sich um eine Urlaubsreise, für die er herausfinden will, wie sie ans Reiseziel kommen, in welchem Hotel sie absteigen würden. Fängt er erst einmal an, sich zu erkundigen, muss ihm klar sein, was er vorhat, dann muss die Entscheidung schon feststehen. Das muss er bedenken, das Für und Wider abwägen, bevor er Hanna einweiht. Die Mädchen will er ganz außen vor lassen, es ihnen ersparen, eine so schwerwiegende Entscheidung zu treffen, er muss erst einmal bei sich selbst anfangen.

Heute wird es sonnig, das sieht er jetzt. Das Licht fällt durch die Fenster. Er geht ins Hinterzimmer und holt das Schild, das er ins Schaufenster stellen will: *»Haben Sie Stoff übrig? Aus Ihrem alten Laken kann ein Kleid werden.«* Als er das Schild im Fenster aufstellt, sieht er Sonja und Ilse. Dann ist es also schon acht Uhr. Er schließt kurz die Augen, versucht, ein erfreuliches Bild heraufzubeschwören, verdrängt die Gedanken mit den scharfen Kanten. Und dann, als er die Augen wieder öffnet, sind sie da, wie das Bild, das er sich gerade gewünscht hat: seine Mädchen, Sonja und Ilse. Er spürt, wie sich sein Gesicht spannt, bevor er ein Lächeln hervorpresst, die Kiefermuskeln zittern.

»Guten Morgen, Mädchen«, sagt er, als sie das Ladengeschäft betreten.

Ilse steht vor der Ringnes Brauerei und wartet darauf, dass die Arbeiter Feierabend haben. Sie steht halb versteckt hinter einem Baum, will nicht, dass Hermann sie sieht, aber sie *muss* ihn heute einfach sehen, sehen, ob er anders aussieht, ob er nach Hause geht oder nicht, wohin er geht.

Hermann ist nicht zu ihr gekommen. Es ist still gewesen. Ganz still. Ilse hat jeden Abend in der Küche gesessen, den Kopf an die Wand gelegt, mit dem Ohr ganz dicht an den Balken, gehorcht. Schritte auf dem Boden dort drinnen, Geräusche aus dem Treppenhaus, jemand stieg die Treppe hoch, ging sie hinunter, Türen wurden geöffnet und geschlossen, Stimmen, sie hat alles gehört, gewartet, sich gerade hingesetzt, die Luft angehalten, ist wieder zusammengesackt, immer, wenn es wieder still wurde.

Hermann Rød. Sie hat versucht, ihn sich aus dem Kopf zu schlagen; seinen Duft, den Körper, das Haar, die Stimme, die Hände, alles wegzuschieben, irgendwo einzuschließen. Aber jetzt ist alles wieder da, mit einem Mal, quillt wieder hervor, sickert durch die Ritzen, wie kleine, bittere Wassertropfen. Sie will kein kläffender, bettelnder Hund sein, der an seiner Tür kratzt. Er soll von selbst kommen, sich bei ihr entschuldigen, erklären, Reihe sieben, Plätze acht und neun, sie muss jetzt aufhören, daran zu denken. Das ist sechs, sieben, acht, vierzehn Tage her; nur zu warten ist so schwer.

Die ersten Tage hatte sie die ganze Zeit über dem Buch verbracht, gedacht, sie würde so schlau, so schön werden und tatsächlich herausfinden, wie sie gern aussehen möchte, wenn sie alle Tipps befolgen würde. Jeden Abend cremte sie die Wimpern mit Vaseline ein, am ersten Abend hatte sie viel zu viel von der klebrigen Salbe genommen, mindestens eine halbe Stunde hatte sie mit Waschlappen und Wasser in der Küche gestanden, aufgeregt geblinzelt, weil es brannte. Aber jetzt hat sie herausgefunden, wie man es machen soll, sie muss einfach die Augen zumachen, die Salbe dünn auftragen und ins Schlafzimmer zurücktappen. Jeden Morgen legt sie sich einen warmen Waschlappen aufs Gesicht, die anderen decken den Tisch und bereiten das Frühstück vor, sie im Sessel, unter dem Waschlappen.

Aber Hermann Rød hat nichts von sich hören lassen.

Nach einer Weile entdeckt sie ihn, er kommt in ihre Richtung, schlendernd, unterhält sich mit einem Jungen in grauer Jacke, der auf einem Fahrrad rollert, sie lachen. Sie hört sein Lachen, was kann denn ausgerechnet jetzt so lustig sein, warum hat er so gute Laune? Ilse geht den beiden nach, hält Abstand, aber nur gerade so viel, um nicht zu riskieren, ihn aus den Augen zu verlieren. Der Junge radelt die Thorvald Meyers gate hinunter.

Hermann geht Richtung Birkelunden, stellt sich an die Straßenbahnhaltestelle, schaut zum Park hinüber, lächelt jetzt nicht mehr. Als die Straßenbahn kommt, steigt er vorn ein, sie schleicht sich hinten hinein. Er steht in der Mitte der Straßenbahn, sie kann seinen Arm zwischen allen anderen Fahrgästen sehen; das Handgelenk, den heruntergerutschten Jackenärmel, er hält sich an einer Schlaufe fest, die von der gewölbten Decke hängt. Die

Straßenbahn rumpelt Richtung Grünerløkka, nähert sich der Innenstadt. Er ist unterwegs zu dem Künstler, das muss sein Ziel sein. Ilse weiß nicht, wo der Künstler wohnt, sie weiß nicht einmal, wie er heißt, stellt ihn sich aber als alten Mann vor, groß, hager, feminin, mit Schnurrbart, fettigen Haaren, Piepsstimme und Damenparfüm, igitt. Hermann hat nur wenig erzählt. Es ist in Frogner, hat er gesagt und dann nichts weiter. »Ich lerne viel«, hat er gesagt und dann nichts weiter. Sie hat ihn mehrmals gefragt: »Erzähl schon, Hermann, na los, wie sieht er aus, was lernst du?« Aber er will nicht, er drückt sich, dreht sich weg, verschließt sich, kratzt sich an der Wange, lächelt und fragt sie etwas anderes, etwas ganz anderes.

Die Straßenbahn hält am Nationaltheater. Zwei Polizisten steigen ein, sie tragen Uniform, schwarze, sie reden laut, drängeln sich durch den vollen Waggon. Ilse sieht, dass Hermann den Kopf wegdreht, er beugt den Oberkörper und guckt aus dem Fenster, geht nach vorn zum Schaffner. Will er jetzt aussteigen? Es sieht so aus. Sie geht zur hintersten Ausgangstür, wartet, bis die Straßenbahn am Schlosspark hält, macht sich bereit, doch, ja, er steigt aus. Sie beeilt sich, das Gleiche zu tun. Hermann geht den Drammensveien hoch, setzt seinen Weg an den Straßenbahnschienen fort, schnell, ganz hinauf bis zum Solli plass, dieselbe Strecke, die auch die Straßenbahn fährt. Wie schnell er geht, sie folgt ihm, sieht, dass Hermann schräg über die Straße zur Bygdøy Allé läuft, seinen Rücken, die Schuhe. Die hohen Mietshäuser stehen schnurgerade im trüben Nachmittagslicht, fast kein Mensch ist unterwegs. An einer Kreuzung biegt er rechts ab, blickt sich um, läuft beinahe auf dem Fußweg. Er bleibt vor einer Tür an der Ecke eines großen weißen Gebäudes stehen, »Fredrik Stangs gate« steht auf einem Straßenschild. Er klingelt, sein Finger drückt auf den obersten Klingelknopf, er steht einen Augenblick da und verschwindet dann ins Haus. Die Tür knallt wieder zu.

Ilse wartet. Sie atmet, schnell, ihr Puls pocht. Sie geht hinüber zur Tür. Der oberste Klingelknopf: »E. Vindju«; sie legt den Kopf in den Nacken und schaut zum dritten Stock hoch, die Wohnung rechts. Ein großes Fenster geht zur Straße hinaus, darin brennt schwach Licht, mehrere Fenster nebeneinander, dunkel, ein geschwungener Balkon mit Ornamenten an der Mauer ragt aus der Fassade. Wie lange halten sie sich da oben immer auf? Sie kann warten, bis er wieder herauskommt, ihm auch zur Straßenbahn nach Hause hinterherschleichen, oder sie kann klingeln, nach ihm fragen, ob Hermann herauskommen kann, ob sie hineinkommen kann. Er ist jetzt so nah, nur ein paar Stockwerke, ein Treppenhaus, ein paar Türen entfernt. Und dennoch ist es ein weiter Weg, den Zeigefinger zum Klingelknopf hochzuheben, alle Treppen, Türen, alles, was sie erklären, offenbaren muss. Das Laub auf der Anhöhe wirbelt in kleinen Haufen umher, vertrocknet, gelb, rot, raschelnd auf dem Asphalt. Sie wird sich nicht wie ein Hund benehmen, sie will an keiner Tür kratzen, sie schaut die Straße hinauf, die Straße hinunter, zum Fenster, darin brennt nach wie vor Licht, sie geht zurück zur Bygdøy Allé.

Einar steht in der Türöffnung, als Hermann die Treppe hochkommt. Er hält ein Glas in der einen und eine Zigarette in der anderen Hand, macht ein ernstes Gesicht, lächelt nicht einmal, als er Hermann sieht, wie er es sonst tut. Hermann spürt, wie sein Puls arbeitet. Er hat immer drei Stufen auf einmal genommen, als könne er nicht schnell genug oben ankommen, nicht schnell genug die Tür zu Einars Wohnung hinter sich zumachen und sicher sein, dass er drinnen ist, dass sie abschließen können, dass niemand ihn sehen kann.

Die zwei Polizisten in der Straßenbahn, die kamen bestimmt von der Victoria Terrasse, von den Uniformen wurde ihm schlecht, er schwitzte in dem überfüllten Abteil. Er hörte die Stimmen hinter sich, vielleicht ein, zwei Meter, sie sprachen laut miteinander, lachten. Der eine kam ihm bekannt vor, die Stimme – er drehte vorsichtig den Kopf, erkannte das Profil, die Uniformjacke spannte über dem Bauch, das war der von dem Tag, an dem er mit Ilse verabredet war, er musste es sein. Hermann schwitzte auf der Kopfhaut, an den Händen, er rutschte aus der Schlaufe, blieb stehen und schwankte, um das Gleichgewicht wiederzufinden. Der Schweiß perlte, der Puls pochte, die Muskeln angespannt, ihm drehte sich der Magen um, der Körper seines Nebenmannes stieß ihn an, das schrille Quietschen der Schienen, er musste raus, schnell. Die Straßenbahn hielt am Schlosspark. Er drängelte sich durch, hielt die Arme ausgestreckt vor sich, pflügte sich einen Weg durch die Fahrgäste, schubste. Er rang nach Luft, draußen, er war draußen, die Straßenbahn stand noch hinter ihm, er setzte sich Richtung Solli plass in Bewegung, drehte sich nicht um. Die Straßenbahn holte ihn wieder ein, fuhr vorbei, er ging, so schnell er konnte, die Bygdøy Allé hinauf, lief fast – die Milchsäure brannte in den Muskeln, er klingelte wie immer dreimal kurz bei Einar, ihm wurde geöffnet, und dann, erst da drinnen, vor der geschwungenen Treppe, fing sein Herz wieder an zu schlagen, als hätte es seit der Fahrt mit der Straßenbahn Winterschlaf gehalten und würde jetzt die versäumten Schläge nachholen.

Einar lässt ihn in den Wohnungsflur, schaut ihn an, als er die Jacke auszieht.

»Was ist?«, fragt Hermann.

Einar zieht an der Zigarette, behält den Rauch lange in der Lunge, bevor er ihn ausstößt.

»Sie haben die Todesstrafe eingeführt«, antwortet er.

»Was?«

»Die Todesstrafe.«

Das Wort bleibt in der Luft hängen, sie sehen sich gegenseitig an.

Einar nimmt einen Schluck aus dem Glas, schmatzt, als ihm der Branntwein die Kehle hinunterläuft.

»Was machen wir jetzt?«, fragt Hermann.

Einar zieht wieder an der Zigarette, bläst Rauchringe in die Luft, sein Gesicht wird plötzlich offen, er lächelt schief.

»Weitermachen«, antwortet er. »Jetzt unter Einsatz des Lebens, verdammt noch mal.«

Er zuckt die Schultern und geht den Flur entlang, aufs gelbe Zimmer zu, wo sie immer arbeiten. In der letzten Zeit ist Hermann mehrmals in der Woche bei Einar gewesen. Oft die ganze Nacht. Er hat einen festen Platz in dem roten Schlafzimmer, wenn niemand anders dort wohnt.

Hin und wieder hat Einar Gäste, wie er sie nennt. »Ich habe Gäste«, sagt er dann immer und nickt zum roten Zimmer. Einars Gäste wohnen ein paar Tage dort, höchstens eine Woche, und sind dann wieder weg. Alle möglichen Menschen, junge, erwachsene, Frauen und Männer, manchmal sind es mehrere, manchmal nur eine Person. Einar kennt viele, kann jederzeit einen Anruf entgegennehmen, Papiere besorgen, ein Stück weiterhelfen. Als einzige Bedingung, die er stellt, müssen sich seine Gäste still verhalten, sie dürfen nicht aus dem Fenster gucken und nie, unter gar keinen Umständen, dürfen sie erzählen, dass sie bei ihm gewohnt haben.

»Hast du jetzt mit der jungen Ilse Stern geredet?«, fragt Einar, als sie sich gerade im gelben Zimmer eingerichtet haben. Er sagt immer »die junge Ilse Stern«. Hermann schüttelt den Kopf.

»Nein«, antwortet er, »ich weiß nicht, was ich sagen soll.«

Einar lächelt.

»Ärger mit den Frauen«, meint er. »Die einzige Art von Ärger, die ich nicht habe.«

»Darüber kannst du verdammt froh sein«, sagt Hermann.

Er atmet mit einem Stöhnen aus.

»Und zu Hause?«, fährt Einar fort.

»Immer noch die gleichen Zweifel an der Kunst«, erklärt Hermann und verdreht die Augen.

»Gut«, sagt Einar. »Das ist gut.«

Ilse. Die junge Ilse Stern. Hermann hat es nicht geschafft, mit ihr zu reden. Er hat sich den Kopf darüber zerbrochen, was er ihr sagen soll. Er hat sogar überlegt, ob er ihr alles erzählen soll, was an dem Tag geschehen und warum er nicht aufgetaucht war, ob er sie bitten soll, ihm zuzuhören, bis er ganz fertig ist, es rauszulassen, die Geheimnisse aus dem Körper zu kriegen – dann gibt es wenigstens einen Menschen auf der Welt, der weiß, was er gerade macht. Aber das kann er nicht, das weiß er genau, und er bleibt sitzen und denkt darüber nach, welche Möglichkeiten er hat. Was wird Ilse ihm glauben, was will sie hören? Es ist viel Zeit vergangen, aus den Tagen sind Wochen geworden, jetzt kann man vielleicht ebenso gut einfach Zeit verstreichen lassen, den Mund halten, die Daumen drücken, hoffen, dass sie es vergisst.

Sie arbeiten bis spät in den Abend. Hermann merkt, dass er Kopfschmerzen hat, als er im Flur seine Jacke anzieht. Einar öffnet die Schiebetüren zum Wohnzimmer, geht in den dunklen Raum und kommt mit einem Gemälde zurück.

»Bloß ein Mist, den ich gemalt habe«, erklärt er und gibt Hermann das Bild, »aber es ist bestimmt gut, wenn du zu Hause was vorzeigen kannst.«

Hermann schaut es an. Es ist ein Aquarell, eine Landschaft, rosa, grau, in der Bildmitte eine Brücke, die sich im Nirgendwo verliert, immer kleiner wird.

»Wir haben vielleicht diesmal an der Perspektive gearbeitet?«, fragt Hermann.

»Das haben wir wohl«, sagt Einar, lacht und macht die Wohnungstür auf.

Draußen ist es kalt und dunkel. Hermann geht schnell. Er will nach Hause. Einfach nur nach Hause. Und sich unter die Decke legen, sich in Luft auflösen.

Sonja lehnt den Rücken an die kalte Kellerwand, kneift wieder die Augen zu, gewöhnt sich an das dunkle Licht. Sie sitzen dicht gedrängt zusammen, alle aus dem Mietshaus, eine Gruppe von Menschen, die sich unter Tage verkriechen, die nur darauf warten, wieder an die Oberfläche kommen zu können. Zwei Laternen sind die einzigen Lichtquellen. Sie stehen in der Mitte des Raumes. Beleuchten den Lehmboden, ihre Füße, die Gesichter umgibt Halbdunkel. Hier unten haben sie jetzt schon oft gesessen. Es scheint fast, als hätten sie feste Plätze. In der hintersten Ecke des Kellerraumes haben sie sich einen Unterschlupf eingerichtet. Sie haben ein paar lange Bänke da unten hingestellt, die im Sommer sonst im Hinterhof stehen, haben dort Wasser in Flaschen, etwas Proviant für den Fall, dass es länger dauert.

Sie haben sich verhalten wie immer bei Fliegeralarm. Mit Ersatzkleidung und ein paar Decken sind sie hinunter ins Erdgeschoss gegangen, haben die Kellertür geöffnet und sind die steile Treppe hinabgestiegen. Sie und Ilse zuerst, dann Mutter und anschließend Vater mit Miriam auf dem Arm. Viele Nachbarn sind schon dort, als sie unten ankommen. Odd Rustad hat die Laternen angezündet. Nun sitzt er neben Anna, seine große Hand auf ihrem gewölbten Bauch. Es kann jetzt nicht mehr viele Wochen dauern, bis das Kind kommt. Anna stöhnt leise, fasst sich ins Kreuz. Ihre beiden Töchter Karin und

Lilly sitzen neben Miriam. Sie sind mit Malen beschäftigt. Mutter hat ein paar Buntstifte und Bogen Papier hier unten hingelegt, damit für Miriam die Zeit schneller vergeht, damit sie keine Angst bekommt. Jetzt sitzen die drei Mädchen auf der Bank an der einen Wand und stützen sich auf eine Kiste, die sie als Tisch verwenden.

Acht Wohnungen gibt es in der Biermanns gate, zwei in jedem Stockwerk, und jetzt sitzen hier alle Bewohner. Nein, nicht alle. Dagny Larsen aus dem Erdgeschoss ist nicht da, das sieht Sonja jetzt. Dagny hat unten im deutschen Theater in der Stortingsgata getanzt und gesungen. Dieses Frühjahr hatte Sonja einmal einen Mann in Uniform zum Tordurchgang hereinkommen sehen, mit einem Lächeln auf den Lippen ging er in die Wohnung im Erdgeschoss. Das Gerücht verbreitete sich in alle Stockwerke wie der Duft von frisch gebackenen Brötchen: Dagny Larsen hatte sich einen deutschen Freund zugelegt.

Heute Nacht ist es ruhig. Niemand unterhält sich, noch nicht einmal im Flüsterton. Ilse sitzt mit einem Buch da, das ihr Gesicht verdeckt, liest demonstrativ, Hermann sitzt ihnen schräg gegenüber auf der Bank, vorgebeugt, den Kopf in den Händen. Er schaut zu Ilse. Die neue Familie aus dem Dritten sitzt ganz in der Ecke. Sonja hat sie noch nicht gegrüßt, nicht mit ihnen geredet. Jedes Mal, wenn sie ihnen begegnet ist, haben sie weggeguckt, sind schnellen Schrittes hinaus- oder hineingeeilt. Nach Ingeborgs Worten stehen sie auf der anderen Seite. Das ganze Mietshaus war nach ihrem Einzug wie verwandelt, alle wurden leiser. Früher konnten sie es sich hier unten ziemlich gemütlich machen. Odd Rustad erzählte Witze, blöde Witze ohne gute Pointe, aber sie lachten trotzdem.

Jetzt ist es still. Die Sekunden vergehen, die Minuten, es ist kalt und feucht.

Auf Mutters Schoß liegt ein Buch: *Kostenlose Gerichte aus Wildpflanzen*; sie macht ein Gesicht, als dächte sie genau über dessen Inhalt nach. Sie hatten versucht, im Hinterhof etwas anzubauen, hatten um die Trockengestelle herum Erde umgegraben, Platz geschaffen für das, was einmal ein kleiner Gemüsegarten hätte werden sollen. Aber es war dort viel zu schattig, die Sonne kam nur kurz über die Hausdächer, ehe sie wieder hinter dem Mietshaus gegenüber verschwand, auf dem kleinen Fleckchen Erde war keine Saat aufgegangen. Vater sitzt neben Mutter, die Augen geschlossen. Sie sehen alt aus, fast mit einem Schlag. Als ob sie etwas sagen wollten, Mutters Konzentration, Fältchen auf der Stirn, Vater ruht mit dem Kopf an der Kellerwand. Sie stellt sich ihre Gesichter vor, wenn sie den beiden von ihren Plänen erzählt: Vaters Augen, schwarz, gefährlich, Mutter, die vielleicht in Tränen ausbricht oder wütend wird, die Stimme zu einer schrillen Leier hochschraubt, Vorwürfe, Klagen: »Denk doch mal an Vater, denk doch um Gottes willen bloß einmal an Vater.«

Sonja hat kein Wort verraten, noch nicht. Es hat sich noch keine passende Gelegenheit ergeben, sie hat sich die Worte noch nicht zurechtgelegt, weiß nicht, wo sie anfangen soll, wie sie es vorbringen soll. Aber sie hat Neuigkeiten.

Sie war nervös an dem Tag, als sie zum Theater ging. Das Kostüm hatte sie in graues Packpapier eingewickelt, schön zusammengefaltet. Eine Sekretärin in einem engen Kostüm mit einer kleinen runden Brille auf der Nase empfing sie und bat sie mit einem Lächeln, sie möge ihr hinauf in die Schneiderei folgen. Dort warte Herr Østli, sagte sie, er sei für Einstellungen zuständig.

Sie stiegen die mit Teppichen ausgelegten Treppen hinauf in die Schneiderei. Hier standen reihenweise Nähmaschinen, Kästen mit Garnspulen, Stoffballen bedeckten die eine Wand, in einer Ecke wurde von einem Schauspieler Maß genommen, während er trällernd seine Stimme aufwärmte. Das Licht fiel durch die ovalen Fenster, es roch süßlich, nach Parfüm und Theaterschminke. Eine der Näherinnen schaute zu ihr herüber, als sie den Raum betrat, Helene stand hinter einem Tisch und maß einen roten Samtstoff aus, sie nickte optimistisch.

Herr Østli saß hinter einem Schreibtisch. Ohne aufzublicken, bat er sie, Platz zu nehmen, die Sekretärin verließ unauffällig das Büro. Sonja hielt das Paket auf dem Schoß fest, sie hatte verschwitzte Hände, spürte, dass das graue Papier unter ihren Fingern weich, klamm wurde; Herr Østli war vertieft in einen Stapel Unterlagen. Er sah jung aus, jünger, als sie ihn sich vorgestellt hatte, das dunkle Haar klebte ihm am Kopf, sorgfältig gekämmt, sein Gesicht war schmal, die Nase gerade. In einem Aschenbecher lag eine halb gerauchte Zigarette, von der ein dichter Qualmstreifen aufstieg.

»Sie suchen also Arbeit?«, begann er, nach wie vor in die Unterlagen vertieft. »Warum möchten Sie ans Theater?«

»Weil das mein großer Traum ist«, antwortete Sonja mit klarer Stimme, über sich selbst erstaunt, es kam ihr plötzlich so leicht, so eindeutig und selbstverständlich vor. »Ich habe die Papiere dabei.«

Sie öffnete ihre Tasche, holte das Lehrgangszeugnis heraus und legte es ihm auf den Schreibtisch.

Herr Østli überflog es rasch, ehe er es beiseitelegte. Endlich schaute er hoch. Er sah sie eine Weile an.

»Darf ich Ihnen eine anbieten?«, fragte er lächelnd und hielt ihr ein Päckchen hin, aus dem eine weiße Zigarette hervorlugte.

Sonja streckte die Hand aus, zog eine Zigarette heraus, Herr Østli erhob sich, holte ein Feuerzeug aus der Jacketttasche, beugte sich zu ihr, sie spürte seinen Atem auf ihrer Stirn, er gab ihr Feuer.

»Wie alt sind Sie, Sonja?«

»Fast neunzehn«, antwortete sie, aber beim Sprechen blieb ihr der Rauch im Hals stecken, sie krümmte sich und hustete, merkte, wie ihr die Tränen den Blick trübten.

Herr Østli lachte.

»Ich habe mir gleich gedacht, dass Sie nicht rauchen«, erklärte er. Er nahm ihr die Zigarette ab, drückte sie mit einer schnellen Handbewegung aus. Dann setzte er sich halb auf den Schreibtisch, legte den Kopf schräg und blieb so mit einem Grinsen auf den Lippen sitzen.

»Wir brauchen noch weitere Näherinnen«, sagte er. »Aber vor dem ersten Dezember kann ich niemanden einstellen. Dann fangen die Vorbereitungen für die neuen Vorstellungen an.«

Er beugte sich zu ihr, ergriff ihre Hand, die noch immer auf dem grauen Papier lag, seine Hände groß und trocken.

»Wie würde Ihnen das gefallen, Fräulein Sonja? Sie sind doch noch Fräulein, oder?«

Sonja nickte.

»Aber die Kostümprobe, wollen Sie sich die nicht angucken?«, fragte Sonja und zog ihre Hand wieder zurück, begann die Schnur aufzuknoten, die um das Paket auf ihrem Schoß gewickelt war.

»Ich bin sicher, dass Sie eine hervorragende Näherin sind«, antwortete Herr Østli. »Die Kostümprobe können Sie hierlassen, wenn Sie gehen. Also erster Dezember, abgemacht?«

Er reichte ihr die Hand, nickte zu dem Paket im grauen Papier.

»Den Papierkram erledigen wir, wenn Sie anfangen«, verkündete er und legte das Paket auf ein Regal hinter dem Schreibtisch.

»Jetzt, finde ich, sollten Sie ausgehen und feiern, dass Sie eine Anstellung haben.«

Er ging zur Tür und hielt sie ihr auf.

»Sie sind ein hübsches Mädchen, Sonja. Sie werden ein Glanz in unserer Schneiderei sein.«

Wie anders es doch abgelaufen war; sie hatte sich auf Fragen vorbereitet, dass sie sich auf einem Stuhl sitzend in höchsten Tönen loben würde. Jetzt lag die Kostümprobe in einem Regal, vielleicht würde er sie nie auspacken. Sie blieb lange auf einer Bank im Park Studenterlunden sitzen, leer, müde, froh, ängstlich, alles drehte sich, klopfte, Vater, Mutter, die Schneiderei mit all den Stoffen, die Teppiche, die ovalen Fenster, der Laden – die Worte, die sie zu Hause sagen musste.

Sonja merkt, wie müde sie ist, die Augenlider fühlen sich trocken an, es pocht in den Schläfen. Es sind nicht mehr viele Stunden, bis sie wieder auf den Beinen sein müssen. Sie schmiegt den Kopf an Vaters Schulter, nimmt seinen Duft, die Nähe, die Distanz wahr. Er legt den Arm um sie, tätschelt sie wie ein Kind, wie er es immer getan hat. Sie zuckt zusammen, als das Signal ertönt: Gefahr vorbei. Sie können wieder in ihre Wohnung zurück. Schläfrig gehen sie die steile Kellertreppe hoch, die zwei Stockwerke hinauf in die Wohnung, Mutter und Vater zum Diwan in der Stube, sie, Ilse und Miriam ins Schlafzimmer.

Sonja bleibt wach liegen, sie hört Miriam und Ilse, sanfte Atem- und Schlafgeräusche. In der Stube brennt Licht, Vater sitzt im Sessel. Jetzt kann sie es einfach sagen, zu ihm gehen, gestehen, auf sich nehmen, was kommen müsste. Er sitzt da draußen, sie kann einfach aufstehen, es sind nicht viele Schritte. Sonja dreht sich um, zur Wand, zerrt an der Decke, zieht die Beine an. Das Muster auf der Tapete, das Licht von der offenen Tür zur Stube, sie hört, dass er in einem Buch blättert, hört, dass er es auf den Boden legt, dass er sich streckt. Er schaltet dort draußen das Licht aus. Schritte zum Diwan. In der Dunkelheit ist die Wohnung so still, so abgeriegelt.

Ilse läuft Hermann im Tordurchgang über den Weg. An einem Nachmittag, sie hat Mutters hohe, schrille Stimme im Kopf, die dort drinnen klopft. Sie muss raus, zur Brücke am Fluss.

Aber dann steht er da. Hermann Rød, springlebendig vor ihr. Er will hinein, sie hinaus. Das Tor knallt hinter ihm zu. Er scheint zusammenzuzucken, als er sie sieht, schiebt die Hände in die Jackentaschen, zieht die Schultern hoch, schaut sie nicht richtig an. Ilse würde am liebsten einfach an ihm vorbeigehen, gerade heute war sie nicht darauf gefasst, nicht jetzt, merkt, dass dieses Gefühl in ihre Füße schießt, doch sie bleibt stehen, ihr Körper sperrt sich, alles sträubt sich dagegen.

Er sieht mitgenommen, blass, müde aus, ist fahl im Gesicht. Ganz kurz tut er ihr fast leid.

»Ilse Stern«, sagt er wie immer. Er schaut sie an, lächelt vorsichtig, entschuldigend, das ist aber nicht sein Lächeln, das ist nicht Hermann.

»Hermann Rød«, sagt sie und sieht weit an ihm vorbei.

So bleiben sie neben der Abfalltonne stehen. Ein modriger Windhauch weht in den Tordurchgang, der den Gestank vom Müll mitnimmt.

Ilse hat ihn einundzwanzig Tage lang nicht gesehen. Einundzwanzig neugierige Tage sind vergangen, seit er nicht aufgetaucht ist, sie hat jeden einzelnen gezählt. Mit einer

Ausnahme: den Abend im Keller, als Fliegeralarm war. Ihr fiel sein Blick auf, wie er den dunklen Raum durchschnitt. Sie hatte sich hinter dem Buch versteckt, es vors Gesicht gehalten, doch hin und wieder hatte sie über die Kante gelinst, war seinem Blick begegnet, flackernd, schaute dann wieder nach unten.

»Wo willst du hin?«, fragt Hermann.

»Spazieren«, antwortet sie und guckt zum Tor.

»Ist alles in Ordnung?«

»Was?«

»Ist alles in Ordnung, Ilse?«

»Ja, bestens.«

Odd Rustad kommt um die Ecke.

»Aha, hier steht die Jugend von heute und trödelt rum«, sagt er und lächelt sie an. »Heute bist du aber passender angezogen, wie ich sehe«, redet er an Ilse gewandt weiter. Er hebt die Hand zum Hut und verschwindet nach draußen. Das Tor knallt. Dann ist es still.

Sie hat sich alles vorgestellt, genau das hier, mehrere Versionen der gleichen Szene. Hermann, der sich entschuldigt, Hermann, der ihr das Haar aus dem Gesicht streicht, sie, die wütend, froh, unterkühlt und abweisend, verständnisvoll, herzlich ist, sie hat sich auf alles Mögliche eingestellt. Mit Ausnahme von dem, was jetzt abläuft: dass sie einfach nur dasteht, steif, ängstlich.

»Du, Ilse?« Hermanns Stimme ist leise, er spielt an seinem Schlüsselbund herum. »Es tut mir sehr leid.« Er sieht sie auch jetzt nicht an. Die Schlüssel rutschen ihm aus der Hand, er bückt sich, um sie aufzuheben, steckt sie in die Tasche, sie hört, dass er weiter damit klimpert, es klirrt.

»Dass ich nicht gekommen bin, meine ich.«

Sie sagt nichts, öffnet den Mund, schließt ihn wieder, es darf nicht alles heraussprudeln, was sie gedacht hat.

»Hast du lange gewartet?«

»Nein.«

Sie antwortet fast schon, noch ehe er die Frage ganz ausgesprochen hat, schüttelt den Kopf.

»Gut«, antwortet er. »Ich weiß nicht, was ich sagen soll. Ich hatte einen guten Grund, warum ich nicht gekommen bin.«

Sie nickt. Es ist still. Odd Rustad fährt in seinem Taxi vorbei, hupt und winkt. Hermann kratzt sich an der Wange, seine schönen Finger, seine Hand, seine Hände hat sie schon immer sehr gemocht, er zieht die Augenbrauen hoch, die blauen Augen, sie sind wie immer.

»Bald gibt es Schnee, glaube ich«, sagt er nach einer Weile. »Versprichst du mir, dass wir zusammen skilaufen gehen, wenn der erste Schnee liegt, Ilse? Nur du und ich?«

Und jetzt schaut er sie an, wirklich richtig, schaut sie direkt an, als sei alles ganz normal. Sie gibt keine Antwort, warum nicht, es kommen keine Wörter, nur etwas anderes, und das darf er nicht sehen, es kitzelt im Hals, blubbert, Löcher in der Wunde, alles öffnet sich einfach. Sie geht an ihm vorbei, auf das Tor zu, öffnet es, hört den Knall, als sie die Biermanns gate entlangläuft.

Das Wasser rauscht im Akerselva. Mehrere Tage hat es geregnet. Sie lehnt sich übers Geländer, sieht zu, wie sich das Wasser über die Steine wälzt, wie es sich abwärts voranarbeitet und weg ist. Alles beginnt im Herbst, denkt sie plötzlich. Wie lächerlich. Was beginnt denn schon im Herbst? Der Herbst ist Verdunkelung, Ruhe, Stille, Tod, die Bäume verlieren ihre Blätter, die Erde fällt in eine Starre. In einer Woche ist November. Sie atmet die Luft tief ein, kostet sie, sie ist beißend, und bringt etwas: Winter. Vielleicht fängt es bald an zu schneien. Sie merkt, dass sie lächelt. Und vielleicht, nur um alles etwas durcheinanderzuwirbeln, vielleicht ist es ja so, dass alles mit dem Schnee beginnt.

Isak ist gerade aufgewacht, als es an der Tür klopft. Er sitzt da, wie er es jeden Morgen tut, auf der Bettkante, und denkt über den Tag nach, der vor ihm liegt. Heute ist er besonders müde. Der Fliegeralarm dröhnte vorige Nacht über der Stadt, er kann nicht viele Stunden geschlafen haben. Er hat gerade an die Bestellung gedacht, die er heute noch fertig bekommen muss und die um zwölf Uhr abgeholt wird.

Hanna setzt sich im Bett auf, mit einem Ruck, dreht sich zu ihm, das Haar zerwühlt, das Nachthemd verrutscht, eine nackte, schmale Schulter schaut heraus.

»Es klopft an der Tür, Isak.«

Er hört, dass Miriam sich im Schlafzimmer im Bett umdreht, etwas murmelt. Es klopft wieder. Isak schaltet die Lampe ein, schiebt die Füße in die Pantoffeln und geht zur Tür.

Er dreht den Schlüssel im Schloss um, öffnet die Tür einen Spalt und steckt den Kopf nach draußen.

»Isak Stern?«

Vor der Tür stehen zwei Männer. Der eine ist groß und kräftig, heller Mantel, der andere ist hoch aufgeschossen, schlaksig, runde Brille, sie ist beschlagen, er hält ein Papier in der Hand, die kalte Luft aus dem Treppenhaus dringt in die Wohnung ein.

»Ja«, antwortet Isak.

»Wir haben den Befehl, Sie zu verhaften.«

Er hört Hannas Schritte auf dem Fußboden. Sie kommt in den Flur zu ihm. Sie hat ihren Morgenmantel übers Nachthemd gezogen, steht da und knotet ihn fest um die Taille, während sie vom einen zum anderen schaut.

»Was geht hier vor?«

Sie verschaffen sich Zutritt in den schmalen Flur, schließen die Tür hinter sich. Der Mann mit der Brille drückt Isak das Papier in die Hand, holt ein Taschentuch aus der Manteltasche, nimmt die Brille ab und putzt sie.

Alle männlichen Personen ab 15 Jahren und jeglichen Alters darüber, die einen J-Stempel im Ausweis haben, sind zu verhaften und in den Kirkeveien 23, Oslo, zu bringen.

Hanna steht dicht neben ihm, beugt sich über das Blatt.

»Aber er hat doch nichts Falsches getan.«

Niemand gibt ihr eine Antwort.

Die Verhaftung ist am Montag, dem 26. Oktober 1942, um 6 Uhr morgens vorzunehmen. Das Blatt Papier ist mit Wörtern übersät, sie zerfließen ineinander; verbogene Zeichen, Buchstaben, Zeilen untereinander, Kommas und Punkte. Sein Blick flackert über die Seite, er liest ganz oben, liest ganz unten, er versteht und versteht dennoch nicht, Montag, heute ist Montag – das Papier ist steif, er hält es mit beiden Händen fest, da stehen zu viele Wörter auf einmal, er ist noch nicht einmal richtig wach und er hat Hunger. So schrecklichen Hunger.

»Sie müssen Wäsche, Lebensmittelmarken und sämtliche Ausweispapiere mitnehmen.« Das sagt jetzt der andere, der Mann in dem hellen Mantel, er zeigt auf das Blatt, wo das Gleiche steht, was er gerade gesagt hat.

»Aber wann kommt er wieder zurück?«, fragt Hanna. »Ich verstehe das nicht.«

»Frau Stern«, fährt er fort, »Sie haben die Pflicht, sich täglich bei der Schutzpolizei in der Kriminalabteilung zu melden.«

Das Vermögen wird beschlagnahmt. Bankkonten werden gesperrt und Bankschließfächer geleert. Er muss es Hanna irgendwie sagen, sie unter vier Augen sprechen. Die Zigarrenkiste. Eine Weile können sie mit dem Geld auskommen. Bis er wieder zurück ist, müssen sie von dem leben, was in der Kommodenschublade versteckt ist.

Die Mädchen sind in die Stube gekommen. Sie stehen bloß in ihren Nachthemden mit aufgerissenen Augen da, Sonja nimmt Miriam auf den Arm, drückt sie an sich.

Er hat zu lange gezögert. Das ist das Einzige, woran er denken kann. Zu spät. Wenn er bloß in der Lage gewesen wäre, eine Entscheidung zu treffen, hätte er bloß gewusst, wie wenig Zeit er noch zur Verfügung hatte, dann hätte er etwas unternommen. Jetzt hätten sie über der Grenze sein können, wenn er seine Pläne nur in die Tat umgesetzt hätte. Er hatte sogar schon einen Namen bekommen, ein paar Tage lang darüber nachgedacht, ob er zu einem gewissen E. Vindju in Frogner Kontakt aufnehmen soll. Das hatte er nicht getan. Und jetzt ist es zu spät, sie sind ihm zuvorgekommen.

Er wendet sich um und sieht sie an, die Mädchen, barfuß auf dem kalten Boden.

»Sie müssen jetzt Ihre Sachen packen«, sagt der im hellen Mantel.

Draußen ist es kalt. Isak dreht sich um und sieht zu den Fenstern im zweiten Stock hoch. Sie stehen am Stubenfenster und schauen ihm nach, vier dunkle Gestalten. Er hatte eine nach der anderen an sich gedrückt, bevor er ging, Hanna umarmt, sein Gesicht in ihr weiches Haar gedrückt, den Mund an ihr Ohr gelegt und dann, ohne dass jemand es mithören konnte, hatte er drei einzelne Wörter geflüstert. Er hätte so viel sagen können: Ich komme zurück. Beschütz die Mädchen. Gott segne dich. Das sagte er nicht, an so etwas dachte er nicht. »Zigarrenkiste in Kommode.« Er flüsterte es so leise, wie er konnte.

Sie gehen Richtung Vogts gate. Er hört, wie die Straßenbahn abwärts quietscht, Schritte auf dem Asphalt, seinen eigenen Atem, das Rumoren im Bauch. Die kühle Luft sticht in der Brust, bald wird es anfangen zu schneien, Schnee hat er noch nie gemocht.

Die Tage danach sind viel zu still. Jedes Geräusch erzeugt ein Echo. Die Tasse in der Abwaschschüssel. Die Schranktür beim Aufmachen, Buntstifte auf einem Stück Papier.

Sie bewegen sich umeinander, lautlos, vorsichtig, es gibt ein großes Loch in der Wohnung, es wächst in die Räume hinein, macht das Atmen schwer.

Ilse steht in der Tür zwischen Flur und Stube, steht dort ganz still und guckt ins Zimmer. Sie sieht Vaters Pantoffeln unter dem Diwan, zwei graue Puschen aus Wolle, der eine etwas über dem anderen. Mutter hat heute das Bett nicht gemacht, hat den Diwan nicht zusammengeklappt, die Bettdecke liegt zerknüllt am Fußende, das Laken ist kraus, der weiße Kissenbezug voll von Mutters dunklen Haaren.

Mutter sitzt im Sessel am Fenster. Sie hat die Augen geschlossen, vielleicht ist sie wieder eingeschlafen. Miriam liegt unter dem Stubentisch und malt. Sie redet fast nicht, sagt nur Ja und Nein, wenn sie etwas gefragt wird, abwesend, hört nicht richtig zu. Sonja wäscht in der Küche ab.

Die Sonne schneidet schräg durch die Fenster. Mutters Gesicht im Licht. Ihr Haar ist unordentlich hochgesteckt, die Gesichtshaut spannt über den Wangenknochen, eine Hülle, die jederzeit aufplatzen kann. Sie dreht sich um, wendet sich vom Sonnenlicht ab und legt den Kopf nach hinten an die Sessellehne.

Sie waren an dem Tag am Fenster stehen geblieben, noch lange nachdem Vater das Haus verlassen hatte. Hatten nur dort gestanden, als warteten sie darauf, dass er da unten auf der Straße jeden Moment wiederauftauchen würde, dass er zu ihnen hochwinken, die Schultern heben würde als Zeichen, dass es sich um ein Missverständnis gehandelt hatte, dass sie den falschen Mann mitgenommen hatten.

Mutter hatte sich zuerst bewegt. Sie ging zur Kommode, riss die Schublade auf und warf ein Teil nach dem anderen hinaus. Ihre Hände arbeiteten rasch. Auf dem Fußboden wuchs der Haufen: Unterwäsche, Pullover, Wollknäule und unfertige Handarbeiten, Stricknadeln, Stoffstücke, Vaters Unterwäsche. Dann richtete sie sich auf. In den Händen hielt sie eine Zigarrenkiste.

»Was ist das, Mutter?«, fragte Sonja.

Mutter ging mit der Kiste zum Stubentisch und öffnete den Deckel.

»Isak«, flüsterte sie, als sie den Inhalt erblickte. »Isak, was hast du nur getan?«

Sonja nahm das Geld an sich, ordnete es in kleine Stapel, zählte es jeden Abend. Das war alles, was sie zum Leben hatten, sie wussten nicht, für wie lange.

Mutter meldete sich jeden Tag auf der Polizeiwache. Sie ging nach dem Frühstück los, blieb etliche Stunden weg und kam dann nach Hause zurück, blass und still. Oft schlief sie gleich nach ihrer Rückkehr ein, entweder auf dem Diwan oder sitzend im Sessel am Fenster. Sie kümmerte sich nicht ums Kochen. War nicht in der Lage, die Wohnung in Ordnung zu halten. Das Haar lag ihr platt am Kopf, sie wickelte es nicht mehr auf, steckte es nur mit ein paar Haarklammern fest. Eines Tages hatte sie den Rock verkehrt herum an und als Ilse sie darauf aufmerksam machte, hatte Mutter sie nur mit geistesabwesendem Blick angesehen, die Tür geöffnet und war losgegangen.

Nachts schlief sie nicht. Ilse konnte sie hören, wie sie sich herumwälzte, vor sich hin murmelte. Eines Nachts war Ilse davon aufgewacht, dass Mutter im Schlafzimmer stand. Sie atmete schwer, guckte sich um, als fände sie sich plötzlich nicht mehr zurecht.

»Warum stehst du hier?«, flüsterte Ilse und setzte sich im Bett auf.

Mutter sagte kein Wort. In dem weißen Nachthemd sah sie durchsichtig aus.

»Mutter?«

»Sprichst du mit mir? Du sollst nicht mit mir sprechen, Sonja.«

»Ich bin Ilse, Mutter. Du musst wieder ins Bett gehen.«

Mutter rührte sich nicht.

»Kannst du mich hinbringen?«, flüsterte sie nach einer Weile.

Ilse hatte sie in die Stube geführt, sie zugedeckt. Mutter starrte ins dunkle Zimmer, der schmächtige Körper, das Gesicht, das unter der Decke hervorlugte, hilflos und verängstigt, ganz klein hatte sie ausgesehen.

Auf der Polizeiwache traf sie andere jüdische Frauen, die aus demselben Grund dort waren. Sie gingen nicht so oft in die Synagoge, aber die Gemeinde war klein, Mutter kannte viele von ihnen. Alle Männer waren verhaftet worden, am selben Morgen, niemand wusste, wo sie abgeblieben waren, aber Gerüchte waren im Umlauf, dass sie in ein Arbeitslager nach Nordnorwegen gebracht worden waren.

Am Freitag war Mutter nicht mehr aufgestanden, nachdem sie von der Polizeiwache zurückgekehrt war, sie hatte sich geweigert. Ilse und Sonja deckten den Tisch, so, wie Mutter es freitagnachmittags immer machte, so, wie sie es immer gemacht hatte. Das weiße Tischtuch lag steif auf dem Esstisch, die Kerzen standen bereit. Mutter lag mit dem Kopf zur Wand, ganz still.

»Willst du nicht die Kerzen anzünden, Mutter? Alles ist fertig. Willst du nicht die Kerzen segnen?«

Mutter antwortete nicht. Sonja ging neben dem Diwan in die Hocke, strich Mutter über den Rücken, versuchte, sie zum Aufstehen zu bewegen. Sie sträubte sich, krümmte sich wie eine Zange, die Arme fest um die Beine geschlungen. Sie hatten das Freitagsmahl zu sich genommen, sie, Sonja und Miriam, und auf dem Tisch standen die weißen Kerzen, nicht angezündet, Ilse konnte sich nicht entsinnen, dass das jemals vorgekommen war.

Miriam dreht sich unter dem Stubentisch um, streckt den Kopf hervor.

»Weißt du, was ich mal werden will, wenn ich groß bin, Ilse?«, flüstert sie. »Ich will Blumenfrau werden.«

»Wirklich? Was tut denn eine Blumenfrau?«

»Im Laden stehen natürlich. Und Blumensträuße verkaufen.«

Sie zeigt ein Bild vor: ein Mädchen, rotes Kleid, mit Blumen in den Händen, in der obersten Ecke ist die Sonne, Miriams Markenzeichen, die große gelbe Sonne mit den langen Strichen.

»Auf deinen Bildern ist immer eine Sonne, Miriam.«

»Ja, weil die so einfach zu malen ist. Man muss nur einen gelben Kreis malen und dann von da die Striche nach außen machen.«

Sie verzieht sich wieder unter den Tisch.

Ilse hat von Hermann nichts gesehen und gehört. Zwei Wochen ist Vaters Verschwinden her, sie hat mit ihm noch nicht darüber reden können. Jedes Mal, wenn sie den Müll nach draußen brachte, hatte sie gehofft, sie würde ihm begegnen. Sie blieb da unten stehen, besonders lange, drückte sich vor der Abfalltonne herum, roch den modrigen Windhauch, der sich immer wie eine kühle Tasche in den Tordurchgang stülpte. Warum kam er nie?

Jetzt war es kalt, es konnte jederzeit Schnee geben. Und dann wollten sie skilaufen gehen. Das hatte er gesagt. Sie merkt, dass sie sich doch sehr freut, wenn sie daran denkt. Sie geht in die Küche, ans Fenster, öffnet es vorsichtig und hält die Hand hinaus. Doch, es ist kalt. Man muss nur warten. Auf Vater warten. Auf Schnee warten. Einfach nur warten.

Sonja nimmt im Flur ihren Wintermantel vom Haken, schnürt die Stiefel zu, setzt die rote Mütze auf und steckt den Kopf zur Stube hinein.

»Dann gehe ich jetzt«, sagt sie.

Ilse sitzt mit Miriam auf dem Schoß in Vaters Sessel. Sie lesen Märchen. Mutter hat sich hingelegt. Wieder einmal. Ihr Rücken krümmt sich unter der zerknautschten Decke.

»Ich bleibe nicht lange weg. Ein paar Stunden vielleicht.«

Ilse lächelt ihr zu, nickt.

»Bestell Grüße von mir«, sagt sie.

Draußen fegt ein modriger Novemberwind um die Hausecke, eine dünne Schicht Raureif liegt auf dem Gras im Hinterhof.

Sonja überquert die Vogts gate, geht Richtung Fluss, sie ist auf dem Weg nach St. Hanshaugen, will in dem Stadtteil eine Freundin besuchen. Nun ja, wenn man es denn Besuch nennen will, niemand erwartet sie, kein Tisch ist gedeckt.

Vor einer Woche hatten Ilse und sie Marie getroffen, eine alte Schulfreundin von Sonja. Marie war aus einer jüdischen Familie und konnte dasselbe berichten: Die Polizei war an dem Montagmorgen auch zu ihnen nach Hause gekommen, hatte den Vater und ihre beiden Brüder abgeholt. Jetzt waren nur noch sie und ihre Mutter übrig, sie wohnten in einer Wohnung in der Bjerregaards gate. »Komm doch mal vorbei«, hatte sie zu Sonja gesagt. Sonja hatte gedacht, dass sie das nur aus Höflichkeit sagte, aber dann hatte sie darüber nachgedacht. Vielleicht wussten sie etwas, dachte Sonja, vielleicht hatten sie von ihren Angehörigen gehört.

An dem Tag, als Vater abgeholt worden war, hatten Ilse und Sonja die Straßenbahn nach Majorstua genommen. Mutter hatte eine Decke, ein Paar Stiefel, einen Wollpullover herausgesucht, alles in eine Papiertüte gepackt. Sie sollten damit in den Kirkeveien 23 fahren, sagte sie, und zusehen, dass sie Vater erreichten. Die Straßenbahn war voll, an einem ganz normalen Montag in Oslo, Leute in ihrer gewohnten Welt, die sich miteinander unterhielten, die lachten, und dann sie beide, sie und Ilse, ganz hinten im Waggon mit der Papiertüte zwischen sich.

Vor dem Kirkeveien 23 standen Wachposten.

»Was machen wir jetzt?«, fragte Sonja.

»Wir gehen einfach zu ihnen und sagen, dass wir zu Isak Stern wollen«, antwortete Ilse. »Wir gehen einfach direkt hin.«

Ilse ging zu einem der Wachsoldaten, zu einem jungen Mann, stellte sich vor ihn hin und erklärte ihm, warum sie gekommen waren. In ihrer Stimme schwang ein Unterton mit, sie hörte sich fast wütend an, wie ein trotziges Kind, das nicht nachgeben will.

»Hier ist jetzt niemand mehr«, erklärte der Wachsoldat. »Sie sind schon vor einer Weile abgefahren.«

»Aber wohin denn?«, fragte Ilse. »Das hier hätten wir gern übergeben.«

Sie zeigte auf die Papiertüte. Der Wachsoldat blickte sich um.

»Ich weiß nicht, wo sie hin sind«, sagte er nach einer Weile. »Lastwagen und Busse kamen und dann sind sie weggefahren.«

Ein älterer Wachsoldat kam auf sie zu.

»Ihr könnt hier nicht rumstehen«, rief er. »Seht zu, dass ihr wegkommt!«

Kirkeveien 23, das war das Letzte, was sie von Vater wussten. Jetzt überlegt Sonja, ob Marie mehr weiß. Was mit den Männern danach passiert ist, wohin sie gebracht worden sind. Hatten ihr Vater und ihre Brüder ein Lebenszeichen von sich gegeben?

Sie hat das Gefühl, dass es schon unendlich lange her ist, dass sie auf eigene Faust unterwegs war, schon lange her ist, dass sie allein war. Die letzten Wochen waren gefüllt mit so vielen praktischen Erledigungen. Schon merkwürdig, denkt Sonja, Vater war verhaftet, das Geschäft geschlossen, Mutter kurz davor, den Verstand zu verlieren, und sie selbst, was beschäftigte ihre Gedanken? Das waren die alltäglichen Abläufe, die Arbeit, durch die sie einen Tag hinter sich lassen und den nächsten in Angriff nehmen konnte. Ilse half auch mit, trug aber nicht die Verantwortung, sie war freier, wie eine Helferin, packte eine Weile mit an und ging dann mit gutem Gewissen aus. Sonja ging nie aus, sie blieb zu Hause bei Mutter, zu Hause mit Miriam. Sollte sie vielleicht anfangen, ein bisschen häufiger auszugehen, nur damit sie einmal Luft holen konnte? Sie reagierten so unterschiedlich, sie und Ilse. Während Ilse wütend wurde, die Stimme erhob und mit dem Fuß aufstampfte, wurde sie ganz still, verschloss sich. Sie ging lieber in die Küche, erledigte den Abwasch, arbeitete wie eine Maschine, die nicht abzustellen war. Noch immer hat sie Mutter kein Wort gesagt, auch Ilse nicht. Nach Vaters Verschwinden war zu Hause alles so anders geworden – wie sollte sie jetzt das mit dem Theater ansprechen? Sie hatte einmal versucht, mit Mutter zu reden. Mutter lag auf dem Diwan, Ilse war unterwegs, Miriam mit Karin im Schlafzimmer.

»Mutter?«

Sonja setzte sich auf die Bettkante. »Mutter, ich muss dir was sagen.«

Mutter lag vollkommen still da. Sonja beugte sich über sie, um festzustellen, ob ihre Augen geschlossen waren. Das waren sie nicht, sie starrte an die Wand vor sich, der Zeigefinger der linken Hand pulte vorsichtig an der Tapete, als wollte sie einen Fleck wegkratzen.

»Ich habe ...«

Weiter kam sie nicht. Mutter drehte sich abrupt um, stierte sie an.

»Kannst du Karin hoch zu den Rustads bringen?«, flüsterte sie. »Sie machen so viel Krach. Ich ertrage anderer Leute Kinder hier nicht.«

Sie drehte sich um. Wickelte sich fester in die Decke, schloss die Augen, verschwand.

Sonja warf einen Blick ins Schlafzimmer. Miriam und Karin lagen auf dem Boden und malten jede auf einem eigenen Blatt, sie redeten nicht miteinander, nur das Kratzen der Buntstifte auf dem Papier war zu hören.

Sie ließ Mutter in Ruhe liegen. Jetzt konnte man mit solchen Neuigkeiten nicht herausplatzen. Noch waren drei Wochen Zeit, bis sie anfangen würde, sie musste eine andere Gelegenheit finden, um es in ein Gespräch einzuflechten. Eigentlich könnten es gute Neuigkeiten sein, jetzt, da das Geschäft geschlossen war und sie nichts hatten, was ihren Lebensunterhalt sicherte. Es aber auszusprechen, die Worte über die Lippen zu bringen, es würde so schwierig werden, unmöglich.

Doch noch etwas anderes war vorgefallen, unmittelbar vor Vaters Verschwinden. Eines Tages, als Sonja gerade abschloss, stand Helene vor dem Geschäft.

»Ich hätte nicht gedacht, dass du Jüdin bist«, sagte sie. »Bist du richtig jüdisch oder nur ein bisschen?«

Sonja guckte sie an. Was versuchte sie ihr da zu sagen?

Sie gingen über den alten Friedhof Gamle Aker. Helene hatte gehört, was eine der Näherinnen über ihren Nachnamen geäußert hatte. »Stern«, hatte eine gesagt, »ist das nicht jüdisch?« Wollte der Theaterdirektor etwa eine jüdische Näherin einstellen? Er war doch von der Nasjonal Samling eingesetzt.

»Sag nichts davon«, riet Helene. »Warte ab, bis sie sehen, wie geschickt du bist, dann ist das vielleicht nicht weiter schlimm.«

»Aber was ist mit dem Theaterdirektor?«, entgegnete Sonja. »Weiß er, dass ich jüdisch bin?«

»Das weiß ich nicht«, fuhr Helene fort. »Aber er gehört nicht zu den Schlimmsten, glaube ich. Viele sind so wie er. Obwohl er in der NS ist.«

Sie geht die Bjerregaards gate hoch, liest die Hausnummern an den Mietshäusern. An einer Ecke befindet sich eine Schneiderei, große Schaufenster zur Straße, in einem steht ein Schild: *Schuhe aus Fischleder.*

An einem der ersten Tage nach Vaters Verschwinden gingen sie und Ilse zum Geschäft. An dem Tag hatte die Sonne geschienen, sich ein schwaches, mattes Licht auf die Schaufensterscheibe gelegt.

Da sahen sie es, etwas auf dem einen Fenster, ein Wort, ein einziges kurzes Wort in weißer Schönschrift: *Jude.*

»Hat er darum immer die Fenster geputzt?«, flüsterte Ilse.

Sie drückte die Türklinke hinunter. Es war abgeschlossen. Sie wussten nicht, wo der Schlüssel geblieben war, nachdem sie ihn bei der Polizei abgegeben hatten. An der Tür klebte ein Zettel: Bis auf Weiteres geschlossen.

Sie stoppt vor Nummer elf. Geht durchs Tor und gelangt in einen engen Hinterhof.

Niemand macht auf, als sie an die Tür klopft. Sonja bleibt eine Weile stehen, klopft noch einmal. Da wird die Tür zur Wohnung auf der gegenüberliegenden Seite geöffnet, eine ältere Frau streckt den Kopf nach draußen.

»Wollen Sie zu den Abrahamsens?«, fragt sie.

Sonja nickt.

»Tja, die sind nicht zu Hause. Frau Abrahamsen und ihre Tochter sind eines Morgens in aller Herrgottsfrühe weg, das muss gut eine Woche her sein«, erzählt sie weiter.

»Wo wollten sie denn hin?«, fragt Sonja.

»Tja, weiß ich wirklich nicht. Gehören Sie zur Familie?«

»Ich bin eine Freundin von Marie«, antwortet Sonja.

Die alte Frau schließt die Tür hinter sich und kommt ganz nah zu Sonja ins Treppenhaus.

»Ich weiß nicht, ob ich richtigliege«, flüstert sie, »aber ich glaube, sie kommen nicht mehr zurück.«

Sonja guckt sie an.

»Was wollen Sie damit sagen?«

»Abrahamsens hatten eine Katze. Und an dem Morgen, als sie weg sind, haben sie bei mir geklopft und gefragt, ob ich so freundlich sein und mich um ihre Katze kümmern könnte.« Sie zögert kurz, bevor sie weiterspricht.

»Ich glaube, sie haben rübergemacht.«

»Rübergemacht?«

»Ja, nach Schweden, über die Grenze. Sie haben zwar nicht gesagt, wo sie hinwollten, aber sie waren warm angezogen und sahen ganz besorgt aus. Seitdem habe ich sie nicht mehr gesehen.«

Sie lächelt zaghaft, kehrt zurück in ihre Wohnung und schließt die Tür.

Sonja nimmt einen anderen Weg nach Hause. Sie geht den Ullevålsveien hinauf, überquert die Straße schräg und setzt ihren Weg Richtung St. Hanshaugen fort, geht die Anhöhe bis ganz nach oben, bleibt eine Weile stehen und blickt über die Stadt. Der Himmel hängt tief, sie sieht ein Schiff vor Nesoddlandet, ein grauer Klotz, der den Oslofjord hinauffährt. Zu reisen wäre schön, denkt sie, schön und erschreckend, sie weiß es nicht. Was soll sie sagen, wenn sie nach Hause kommt, soll sie sagen, dass Marie und ihre Mutter nach Schweden geflohen sind, was würden die anderen davon halten, würde sie anfangen, davon zu reden, dass sie es auch machen sollten? Aber was ist mit Vater? Man konnte ihn unmöglich benachrichtigen. Und das Theater, die Arbeit, die auf sie wartet, sollte sie die auch verlassen, jetzt? Womöglich wären sie dazu gezwungen. Womöglich würde der Theaterdirektor, wenn er erführe, wen er eingestellt hatte, reagieren, sagen, dass es nicht mehr infrage käme, dass sie, eine Jüdin, in seinem Theater arbeitete.

Sonja beschließt zu sagen, dass sie nicht zu Hause waren. Das entsprach schließlich der Wahrheit. Sie musste sich besser selbst Gedanken über das mit Schweden machen, es vielleicht Ilse gegenüber erwähnen. Sie musste etwas Zeit verstreichen und sich die Sache eine Weile durch den Kopf gehen lassen.

Es fängt an, leicht zu regnen, kleine, kalte Tropfen, sie läuft, schnell, der Kies knirscht.

Hermann fällt der Gestank auf, sobald er durchs Tor tritt. Es riecht verfault, nach Essen, das schon zu lange herumliegt, nach einem toten Tier. Er bleibt bei der Abfalltonne stehen, hebt den Deckel und schnuppert, nein, von hier kommt es nicht. Vielleicht kommt es aus dem Hinterhof, von einer Ratte, er hat oft welche gesehen, dreiste Viecher mit pfiffigen Augen. Das Gras ist fast weiß, es knirscht unter seinen Schritten. Er guckt zu Ilses Fenster hoch, da oben ist es dunkel. Es graut ihm.

In der letzten Zeit hat er jeden Nachmittag bei Einar verbracht, auch jeden Abend. Hat die ganze Nacht gearbeitet, sich ein paar Stunden Schlaf im roten Zimmer gegönnt, bevor er wieder aufstehen musste, um rechtzeitig zur Arbeit in der Brauerei zu kommen. Halb bewusstlos hat er malocht, es konnte geschehen, dass er in den Pausen einschlief, im Sitzen den Kopf an die Wand gelehnt. Alles um ihn verschwimmt, die Geräusche werden so laut, bedrohlich, das Klirren der Flaschen, schwere Kisten, die auf den Boden knallen, er zuckt so leicht zusammen. So kann das nicht weitergehen. Der Vorarbeiter hat ihn auf dem Kieker, stellt ihm unangenehme Fragen. Zu Hause sind es Vater und Mutter, die ihm Vorwürfe wegen seines ausschweifenden Lebens machen, das er ihrer Meinung nach führt, Nächte im Vollrausch und mit Radau, die Arbeit, die er vernachlässigt. Er hat es satt, das hinnehmen zu müssen, ohne sich verteidigen zu können, hat die blöden Gemälde satt, die er zu Hause vorzeigt, Landschaften und Perspektiven, er bewegt sich auf verdammt dünnem Eis.

Er ist nicht bei Ilse gewesen. Er hätte zu ihr gehen müssen. Hätte die paar Schritte im Treppenhaus machen, anklopfen, helfen, da sein müssen, nach allem, was geschehen ist, hätte er das Richtige tun müssen. Und trotzdem hat er sich gedrückt, warum hat er das getan, er hat sich bei Einar eingeigelt, im roten Zimmer gelegen, im sicheren und unsicheren roten Zimmer; hat die Augen geschlossen und sich im Bett gewälzt, in den und aus dem Schlaf, schwitzend, kalt. Aber er hat an sie gedacht. Viel.

Eines Abends saßen sie bei Einar, jeder in einem Sessel im Wohnzimmer, Einar holte eine Flasche Branntwein, schenkte zwei bauchige Gläser ein.

»Na dann Prost«, sagte Einar. »Auf irgendwas.«

Er hob das Glas. Hermann sagte kein Wort. Er fühlte das pochende Brennen, die Wärme, die angenehme Wärme des Branntweins im Hals. Er begutachtete die Flasche – halb voll, er könnte um ein weiteres Glas bitten, sich schwindelig trinken, vielleicht die ganze Nacht schlafen, ruhig, betäubt.

»Was macht die junge Ilse Stern?«, fragte Einar, schaute ihn ernst an. »Hast du inzwischen mit ihr geredet?«

Neuer Schluck. Wärme. Wärme und Kälte zugleich, ein Schauder, der ihm die Wirbelsäule hinunterlief, er hätte so gern Ja gesagt, dass er mit ihr gesprochen hatte, dass sie gut vorbereitet waren, dass es losgehen konnte. Er wäre so gern tatkräftiger gewesen, hätte gern mit klarer und deutlicher Stimme gesprochen, aber die Wände hier, die Wände zu Hause, die Luft draußen; er konnte nicht atmen, irgendetwas war da und drückte die ganze Zeit, die Gedanken nicht entwirrt, Seile, die sich verheddert haben; er weiß nicht, wo er anfangen soll zu ziehen, um das Ende zu finden, und ganz gleich, wo er zog, würde sich alles nur noch enger zuschnüren. Hermann schüttelte den Kopf.

Er hatte Einar von Isak, von dessen Geschäft erzählt, das geschlossen worden war, von denen, die zurückgeblieben waren. Sollten sie etwas unternehmen, abhauen? Er machte sich um sie alle solche Sorgen, dass etwas passieren würde. Sollte er sie herbringen, ins rote Zimmer; konnte Einar etwas organisieren, die Strippen ziehen? Und was war mit ihm, was sollte er tun, sollte er überhaupt etwas tun?

»Wie viele sind es?«, hatte Einar gefragt.

»Ilse und ihre Schwestern Sonja und Miriam und dann noch ihre Mutter. Miriam ist erst fünf.«

»Haben sie Familie in der Stadt?«

»Nicht mehr. Die Großmutter ist voriges Jahr gestorben. Andere Verwandte gibt es nicht.«

»Die Männer schweben wohl in der größten Gefahr, aber man kann ja nie wissen. Ich finde, du solltest mit Ilse reden.«

Und dann hat er es doch nicht getan. Noch nicht. Vielleicht ist er feige. Vielleicht egoistisch. Er war Ilse vor einer Woche im Tordurchgang über den Weg gelaufen, sie stand mit einer Mülltüte in der Hand da, fummelte am Deckel der Abfalltonne herum. Er hatte gefragt, ob sie mit ihm spazieren gehen wolle, sie nickte.

Sie gingen nach Grünerløkka hinunter, durch Birkelunden, die Thorvald Meyers gate hinab. Er hatte Einars Worte im Hinterkopf, jetzt, dachte er, jetzt musst du es sagen. Er räusperte sich, machte den Mund zu, öffnete ihn, räusperte sich wieder, aber es kamen keine Wörter, er fand keine Einleitung, was sollten die ersten Wörter, die allerersten Worte sein?

Ilse ging still neben ihm, das Klappern ihrer beider Absätze, dieses blöde Räuspern. Auf dem Olaf Ryes plass setzten sie sich auf eine Bank. Ein paar Kinder spielten Fangen, eine Frau bettelte um Geld. Er legte den Arm auf die Rückenlehne, sie schaute ihn an und plötzlich, als liefe alles in einer einzigen großen, weichen Bewegung ab, schmiegte sie sich an ihn und vergrub ihr Gesicht in seiner Jacke. Er hörte, dass sie weinte. Er blieb sitzen und hielt sie im Arm, er ging mit dem Gesicht ganz dicht an ihre weiße Wollmütze, schnupperte den Duft. Sollte er jetzt seine Gedanken laut aussprechen; seine Sorgen, die Fragen, in sie dringen, die Wunde aufreißen, sollte er das tun?

»Ilse Stern«, begann er und strich ihr über den Kopf. »Liebe, schöne Ilse.«

Sie hob den Kopf und guckte ihn an. Ihre Augen waren geschwollen, die Haut trocken, aus der Nase lief Schnodder.

»Schön?«, fragte sie verweint.

»Ja, schön«, antwortete er. »Schöne Ilse Stern.«

Sie lächelte ihn an, wischte sich den Rotz unter der Nase mit dem Jackenärmel weg.

»Weiß du was, Hermann?«, fragte sie nach einer Weile. »An dem Tag habe ich lange auf dich gewartet.«

»Wirklich?«, sagte er, lächelte. »Wie lange denn?«

»Sehr lange. Wirklich schrecklich lange.«

Nein, er hatte damals nichts gesagt, sie hatten bloß dagesessen, lange, geredet, einander angesehen. Ilse war wieder munter geworden, es tat gut, sie fröhlich zu sehen. Er konnte nicht einfach damit herausplatzen, »ihr müsst vielleicht alles, was ihr habt, zurücklassen«, nein, er wollte auch die Stimmung nicht kaputt machen. Das war vielleicht egoistisch oder feige, aber er hatte also nichts gesagt.

Jetzt steht er vor ihrer Wohnungstür. Er hebt die Hand und klopft, drei Mal, vier Mal. In der Wohnung hört er ein Schlurfen, das näher kommt. Die Tür wird geöffnet und Frau Stern steckt den Kopf hinaus. Hermann hat sie seit Isaks Verhaftung nicht mehr gesehen und jetzt zuckt er bei ihrem Anblick zusammen. Sie trägt eine fleckige Bluse, die nicht ordentlich zugeknöpft ist, hat nur einen Unterrock an und ihre Füße stecken in einem Paar großer grauer Wollsocken.

»Die Mädchen sind spazieren«, sagt sie erschöpft und macht ihm die Tür vor der Nase wieder zu, bevor er überhaupt etwas sagen kann.

Er bleibt kurz stehen und überlegt, ob er noch einmal klopfen und fragen soll, wann sie wieder zurückkommen, ob er etwas für sie tun kann. Er hört ihre Schritte dort drinnen, wie sie sich immer weiter entfernen, er beschließt, sie nicht weiter zu behelligen, vielleicht muss sie ein bisschen allein sein.

Odd Rustad kommt die Treppe hoch, er lächelt.

»Jetzt gibt's bald Schnee«, meint er begeistert und geht hinauf zu seiner Wohnung, nimmt zwei Stufen auf einmal.

Was soll nur das ständige Geschwätz vom Schnee, denkt Hermann, warum reden nur alle davon, dass es bald Schnee geben soll? Als würde der Schnee alles verändern, die Dinge einfacher machen, irgendwas zudecken. Aber dann fällt ihm ein, dass er mit Ilse verabredet ist, zum Skilaufen, wenn der erste Schnee fällt. Sie hat nicht zugesagt, aber er wird sie wohl dazu bringen, mitzukommen. Vielleicht könnte er dann mit ihr reden? Das wäre eine Gelegenheit, weit weg von der Stadt, weit weg von allem, sie beide draußen im Schnee, Ilse Stern und Hermann Rød. Nur sie beide.

Jetzt reicht's. Ilse spürt es vom Bauch an aufwärts. Mutter, die enge Wohnung, unordentlich, verstaubt, alles, was in den Ecken, Schubladen und Schränken herumliegt, alles, was hier ist und alles, was nicht hier ist, alles, was einfach hervorquillt, sie einfängt, sie auffrisst, an ihr nagt, sie sticht wie Insekten. Mutter ist mitten in der Stube stehen geblieben, im Nachthemd steht sie da, am helllichten Tag, an einem Mittwoch, ihre Strümpfe sind auf die Knöchel gerutscht, die Adern schlängeln sich um ihre Arme, grünlich unter der gelben Haut. Was hat Mutter da gerade eben gesagt? Geschrien? Ihre Stimme laut und schrill, das Gesicht angespannt. Was hat Ilse zurückgeschrien?

Sie stehen einander gegenüber, starren sich an. Das Zimmer zittert. Die Worte, sie haben sich in den Wänden festgesetzt, liegen auf dem Dielenboden verstreut, unter den Stühlen, im Licht vom Fenster, sie sind ausgesprochen, sie liegen da. Ilse öffnet den Mund.

»Raus!«

Mutter zeigt zur Tür, die Hand vom Körper abgespreizt, ihre Augen sind schwarz, verschleiert, ihr Mund zusammengeschrumpft. Sonja und Miriam in der Küche, sie rühren sich nicht, Ilse hört sie, wie sie atmen, wie der eine Küchenstuhl knackt.

Ilse nimmt den braunen Mantel vom Garderobenhaken, wirft ihn sich über, knöpft ihn nicht zu, das kann sie draußen machen. Sie rafft die weiße Wollmütze an sich, die auf der Hutablage liegt, fährt mit den Füßen in die dunkelbraunen Schnürschuhe, hört Mutter in der Stube, ihre Laute. Sie weint jetzt. Jammert. Aber Mutter war es, die sie aufgefordert hat zu gehen, die geschrien hat.

Ilse öffnet mit raschem Schwung die Tür und als sie hinter ihr zuknallt, hat sie ein merkwürdiges Gefühl im Bauch, spürt es rumoren, als tauschten innerhalb einer Sekunde alle Eingeweide den Platz, Dickdarm mit Dünndarm, Nieren, Blase; alles gerät durcheinander.

Odd Rustad steht im Treppenhaus, ans Geländer gelehnt. Hat er da zum Lauschen, zum Spionieren gestanden? Sie grüßt ihn knapp, als sie die Treppen hinabrennt. Er kommt nicht dazu, auch nur ein Wort zu sagen, sie erträgt heute seine lustigen Bemerkungen nicht, das banale Gerede, er steht einfach da wie ein Teil des Geländers, stumm.

Es wird guttun, nach draußen zu kommen, frische Luft zu schnappen. Sie weiß zwar nicht, wohin, aber jeder andere Ort ist jetzt besser als die enge Wohnung, wo sie alles erdrückt. Sie hat nicht vor, nach Hause zurückzukehren, bevor es Abend wird. Will nur gehen, gehen, sie kann die ganze Stadt durchqueren, soll Mutter doch zu Hause hocken und sich Sorgen machen.

Als sie die Haustür öffnet, sieht sie, dass eine dünne Schneeschicht auf dem Hinterhof liegt. Der faulige Gestank, der in letzter Zeit kaum auszuhalten war, ist verflogen. Jetzt riecht es, ja, wonach riecht es eigentlich? Ilse atmet mit einem feuchten Japser ein. Es riecht nach Schnee, denkt sie.

Sie zuckt zusammen, als sie Hermann im Tordurchgang stehen sieht. Er lehnt an der Wand, mit dem Rücken zu ihr, als sie um die Ecke gestürmt kommt. Jetzt dreht er sich um. Er steht in seinem blauen Anorak da, den er auch bei ihrer letzten Begegnung trug, er hat die hellgraue Mütze tief ins Gesicht gezogen. Er sieht sie mit leerem Blick an, die Mundwinkel bewegen sich zu einem Lächeln nach oben, aber die Augen vollziehen die Bewegung nicht mit, sie sehen trübe und müde aus, was ist mit ihm?

»Jetzt bist du zu Hause?«, fragt sie.

Es kann nicht später als elf Uhr sein. Er beantwortet ihre Frage nicht. Er kratzt sich an der Wange, versucht, über etwas anderes zu sprechen.

»Hast du gesehen, dass es geschneit hat?«, fragt er. Und jetzt lächelt er, jetzt lächelt er von ganzem Herzen.

»Was hältst du von einer Skitour, Ilse Stern?«

Sie bleibt still stehen. Was soll das? Meint er jetzt, heute? Warum ist er nicht bei der Arbeit? Warum steht er so da und zieht die Augenbrauen hoch? Und so viel Schnee liegt jetzt nun auch wieder nicht.

»Der Schnee reicht doch gar nicht zum Skilaufen«, entgegnet sie, bloß, um irgendwo anzufangen.

»In Maridalen schon«, widerspricht Hermann. »Wir nehmen die Straßenbahn hoch nach Kjelsås und dann fahren wir von dort ins Tal.«

Das ist doch sehr merkwürdig. Verlockend auch, das kann sie nicht leugnen. Sie und Hermann in Maridalen, sie hat es so deutlich vor sich gesehen, geplant, eigentlich, das wird ihr erst jetzt klar. Sie wollte schon fix und fertig auf ihn warten, sie wollte sich vorbereitet haben, Lippenstift aufgetragen haben, so wie jetzt sollte es nicht ablaufen. Nichts sollte so sein wie jetzt.

»Aber ich habe doch gar keine Skisachen an«, entgegnet sie und breitet die Arme aus.

»Kannst du nicht einfach nach oben gehen und dich umziehen?«, schlägt Hermann vor.

Ilse schüttelt den Kopf. Wieder zu Mutter rauf, zu ihrem Weinen und ihrem Nachthemd, zu ihren Befehlen, Vorwürfen. Um nichts in der Welt.

»Aber die Skier stehen unten im Keller, oder?«

Doch, da standen sie. Die Pechnahtstiefel auch. Sie und Sonja teilten sich die Ausrüstung. Vater hatte kein Geld, um mehrere Paar Skier und Stiefel zu kaufen, sie konnten nie gemeinsam laufen gehen. Aber wenn Sonja eins heute nicht wollte, dann war das Skilaufen.

Bei Hermann hört es sich ganz einfach an. Vielleicht ist es auch einfach. Vielleicht muss sie einfach nur hinuntergehen, die Skier, Stöcke und Stiefel holen und die Straßenbahn bergauf nehmen. Weit weg von allem. Vielleicht ist das der beste Vorschlag, den sie je gehört hat. An einem Mittwochvormittag. Ski und Luft und Schnee. Sie lächelt bei der Vorstellung. Trotzdem stimmt da etwas nicht.

»Aber Hermann, warum bist du nicht bei der Arbeit?«

Er zögert etwas, bevor er den Mund aufmacht. Aber dann antwortet er. Kühl und sachlich, als würde er seine Adresse angeben.

»Sie haben mir gekündigt.«

Schnee, endlich. Hier oben ist Luft. Weiß und still, weit weg von der Stadt, sie beide, Ilse Stern und Hermann Rød, genau wie er sich das vorgestellt hat. Ilse ist so ruhig gewesen, er ist so ruhig gewesen, nachdenklich; er muss bald raus damit, mit den Worten, mit allem, worüber er mit ihr reden muss. Dass sie vielleicht gezwungen sein würde wegzufahren, über die Grenze zu gehen, sie und die anderen in der Familie, dass sie vielleicht nicht mehr viel Zeit zum Überlegen haben. Er will sachlich und entschlossen sein, nicht dick auftragen, ihr keine Angst einjagen, einfach ruhig reden. Jetzt aber fallen ihm die Wörter nicht mehr ein, die er sich für den Anfang zurechtgelegt hat, alles kommt ihm plötzlich wie ein Puzzlespiel vor, dessen tausend Teile vor ihm liegen und von denen er nicht weiß, wo er auch nur eins hinlegen soll, er findet noch nicht einmal die Eckteile.

Ilse beißt von der Fischfrikadelle ab, kaut langsam, er schaut sie an, die Bewegung in ihren Schläfen, er kriegt nichts hinunter.

»Ich muss mit dir über was reden«, beginnt er.

Sie guckt ihn an. Er muss jetzt weitersprechen, einfach weitermachen, erzählen, was los ist, alles sagen, was er sich vorgenommen hat.

»Du weißt, dass ich viel in Frogner bin«, sagt er, ohne zu wissen, warum er ausgerechnet damit anfängt.

»Meinst du, das ist der Grund?« Sie beißt wieder ab. »Sie müssen dir doch einen Grund gesagt haben. Kann dein Vater da nichts machen?«

»Was?«

»Kann dein Vater dir nicht helfen?«

Jetzt kommt alles in Unordnung, die Teile geraten wieder durcheinander. Er antwortet nicht, was soll er sagen? Sie guckt ihn weiterhin an.

»Mein Vater weiß nichts davon«, erklärt Hermann nach einer Weile. »Noch nicht. Und außerdem kann er da auch nicht viel machen. So was entscheidet der Vorarbeiter.«

»Aber hat er gesagt, warum?«

Er schüttelt den Kopf.

»Das muss doch an der Kunst liegen. Glaubst du nicht, Hermann? Ist die Kunst der Grund?« Sie kaut die Fischfrikadelle, ihre fragenden Augen unter der Wollmütze.

Die Kunst. Er kann nicht sagen, dass die Kunst der Grund ist. Er kann es nicht sagen, weil es nicht stimmt. Er hat das Lügen so satt, die Ausflüchte, mit den Gemälden in der Hand über Perspektive und Farbwahl zu reden, über Dinge, von denen er nicht die geringste Ahnung hat. Er hat bald das ganze Zimmer voller Aquarelle. Alibis in Dosen und Eimern, Beweise, die er seinen nicht interessierten Eltern vorzeigt. Einar hat sogar auf einen gewissen Grad an Progression geachtet, er malt mit Absicht schlecht, lacht über sich selbst und seine nichtssagenden Landschaften. Und Hermann bewahrt die Gemälde hinter dem Sofa in der Wohnstube auf, er erzählt begeistert über alles, was sie weit weg in der Fredrik Stangs gate machen. Nein. Genau das macht er nicht. Er erzählt nichts. Er lügt. Er hat nichts von dem gelben Zimmer erzählt, wie gut isoliert es ist, von den abgedichteten Fenstern. Er hat nichts von der Schreibmaschine erzählt, von dem Radio, das Einar in einer Kiste versteckt, dass sie die Köpfe über dem Apparat zusammenstecken, wie schnell sich seine Finger über die Tasten bewegen. Er hat nichts erzählt von den Verteilern, den Kodes, den Absprachen, die nie aufgeschrieben werden, von den Matrizen, die von Hand zu Hand gehen, die Runde machen, mit Text, mit Neuigkeiten vollgeschrieben, auf schlechtem Papier gedruckt. Er hat nichts erzählt von den Nerven, dass sie in ihm hämmern, nichts vom Alkohol, den er in sich hineinschüttet, nichts vom Kribbeln in den Händen, den Träumen danach. Er kann es nicht erzählen. Darauf steht die Todesstrafe. Die Polizei hat schon vor der Tür gestanden. Die Zeitung kann jederzeit auffliegen.

Von dem Sonnabend, an dem er Ilse auf dem Olaf Ryes plass hätte treffen sollen. Davon kann er ihr nicht erzählen. Er und Einar arbeiteten bis Viertel nach vier. Er hatte sich die Jacke angezogen und wollte gerade gehen, als es plötzlich an der Tür klopfte, kräftig und energisch, eine Stimme draußen.

»Hier ist die Polizei.«

Sie blieben unbeweglich stehen. Einar blickte zu Boden, Hermann mit den Händen in der Tasche, die Finger umklammerten die Eintrittskarten. Da draußen waren zwei Stimmen zu hören, sie redeten leise miteinander: »Wir müssen hier warten, er muss ja früher oder später nach Hause kommen.« Dann neues Klopfen, dann war zu hören, wie ein Streichholz angerissen wurde, der Geruch von Tabak.

Hermann und Einar zogen sich weiter ins Innere der Wohnung zurück, schlichen durch den langen Flur, ins rote Zimmer, schlossen vorsichtig die Tür.

»Wie lange, glaubst du, müssen wir warten?«, flüsterte Hermann.

Einar schüttelte den Kopf.

»Irgendwann müssen sie ja aufgeben.«

Viertel vor fünf, er würde es nicht mehr rechtzeitig schaffen, wenn er doch nur ein bisschen früher aufgebrochen wäre. Er ging keinen Schritt mehr, schaute Einar an, seine Stirn runzelte sich.

Sie blieben in der Dunkelheit im roten Zimmer stehen und spähten durch einen Spalt zwischen den Vorhängen hinaus. Draußen hatte es angefangen zu regnen. Der Regen prasselte auf den Asphalt.

Es war nach neun, als sie beobachteten, wie zwei Gestalten aus der Haustür kamen. Den einen der beiden hatte er später noch einmal gesehen, an dem Tag in der Straßenbahn.

Er kann nicht sagen, dass die Kunst der Grund ist. Er bringt kein Wort heraus. Er guckt sie bloß an, lächelt, ohne zu lächeln. Er muss mit ihr reden. Aber es kommt kein Wort. Überhaupt nichts. Er spürt nur, dass er am liebsten aufstehen und gehen würde, gehen und immer weiter gehen, durch den Schnee, alles hinter sich lassen will, er hat es sich so oft vorgestellt. Hier draußen kann man tief durchatmen, nirgendwo tut ihm etwas weh, alles ist so weit weg, die Stadt, das gelbe Zimmer, Einar, die Biermanns gate, hier bekommt er Luft. Er legt die Hand aufs Knie, sie berührt Ilses Hand, er streichelt mit dem kleinen Finger ihren kleinen Finger. Es ist Nachmittag, der Himmel weiß vor Schnee, bald ist es dunkel, sie müssen jetzt los, umkehren. Er hat keine Uhr, weiß auch nicht so genau, wo sie sind, ihre Spuren sind fast zugeschneit, der Schnee liegt schwer auf allen Wegen. Verdammte Lust hat er, abzuhauen, nie wieder nach unten in die Stadt zu fahren. Bloß einfach weg. Im Schnee verschwinden. Er dreht sich um und sieht Ilse an.

In der Nacht träumt Sonja von einer Badewanne. Sie steht an einem Straßenrand, auf einmal, eine große weiße Badewanne, schief an einer Böschung. Ein Mädchen liegt darin, vielleicht dreizehn, das schaumige Wasser verwischt die Konturen ihres Körpers. Die Haare wellen sich wie die Nesselfäden einer Feuerqualle. Ihre Augen sind geschlossen, ihre Haut durchscheinend, Hände und Füße sind aufgequollen und sehen aus, als gehörten sie einem alten Körper, die Nägel lang und gelblich wie Stücke von Apfelschale. Sonja taucht eine Hand ins Wasser, es ist kalt, wie wenn man die Hand im Schnee begräbt. Das Mädchen in der Badewanne macht die Augen auf, nur ein bisschen, ein Streifen kommt unter den Augenlidern zum Vorschein; die Augen sind schwarz, die Lippen bewegen sich, ziehen sich hoch zu so etwas wie einem Lächeln oder einem Schrei? Sie sagt etwas, man kann es nicht hören, es schäumt aus ihrem Mund. Und es regnet, große Tropfen, alles nass, es läuft die Böschung hinab. Das Wasser in der Badewanne ist unbewegt, der Regen trifft nicht auf die Oberfläche, Laute von dort, Wörter, jetzt lauter, deutlicher: Alles verschwindet, alles verschwindet.

Sie wacht am Küchentisch mit dem Kopf auf der harten Tischplatte auf. Ihr Mund ist halb geöffnet, ein dünner Speichelfaden läuft auf den Handrücken unter ihrem Kopf, der Nacken ist nach links gedreht.

In der Wohnung ist es still. Mutter ist endlich eingeschlafen. Sonja versucht, auf die Uhr zu sehen, die im Regal über dem Küchentisch steht. Sie muss ganz nahe herangehen, sie hin und her drehen im Versuch, die Zeiger in dem stockdunklen Raum zu entziffern. Halb drei. Keine Ilse.

Sonja hatte sich bemüht, die Ruhe zu bewahren, solange Miriam noch auf war. »Ilse kommt bald«, hatte sie gesagt, »sie kommt bald, geh du nur schlafen.« Sie hatte das Abendgebet für Miriam im Schlafzimmer gesprochen, ihre eigene Stimme gehört, deren Tonfall, die Wörter kamen schneller heraus als sonst, sie verschmolzen und waren kaum auseinanderzuhalten.

Mutter murmelte in der Wohnstube vor sich hin. Immer um den Tisch herum, zum Fenster, in die Küche, in den Flur, die ganze Zeit in Bewegung, die ganze Zeit die kratzenden Geräusche.

Sonja räumte den Küchentisch ab, nachdem Miriam ins Bett gegangen war, legte ein gelbes Tischtuch mit weißen Borden auf, stellte Teller fürs Frühstück am nächsten Tag heraus, nur um beschäftigt zu sein. Mutter kam zu ihr, nahm die Teller von der Küchenanrichte mit zum Küchentisch, begann, den Tisch zu decken, ihre Hände zitterten, die Teller klirrten. Es war lange her, dass Mutter den Tisch gedeckt hatte, mehrere Wochen. Sie versuchte, die Teller genau symmetrisch zu platzieren, zwei auf jeder Seite des Tisches.

»Glaubst du, sie ist mit Hermann unterwegs?«

Mutter strich das Tischtuch glatt.

»Sie hat sich mit Hermann bestimmt etwas einfallen lassen, meinst du nicht?«

Sie beugte sich vor, stützte sich auf die Küchenanrichte. Sonja legte ihr die Hand auf den Rücken, spürte, dass ihr Atem schnell ging, fühlte ihre Rippen durch die Strickjacke.

»Ich gehe zu den Nachbarn rüber und frag mal nach«, sagte sie. »Vielleicht wissen sie was.«

Mutter richtete sich auf, strich sich mit der Hand übers Haar.

»Tu das«, murmelte sie und verzog sich in die Wohnstube.

Es war nach zehn Uhr, als Sonja bei den Nachbarn an die Tür klopfte. Ingeborg öffnete. Hinter ihr, in der Stube, dröhnte Tinius' Stimme.

»Tür zu, es zieht.«

Tinius saß in einem grünen Sessel im hintersten Winkel der Stube. Ein leichter Lebertrangeruch hing im Zimmer, vermischte sich mit dem Gestank von Gebratenem, Verbranntem.

»Ilse ist heute Abend nicht nach Hause gekommen«, begann Sonja. »Heute Vormittag ist sie von zu Hause weggegangen und hat nicht gesagt, wohin sie wollte. Ist Hermann da?«

Tinius schüttelte den Kopf.

»Dann kann es doch sein, dass er mit Ilse unterwegs ist«, fuhr Sonja fort, halb fragend.

»Bei Hermann kennt man sich kaum noch aus«, sagte Tinius. »Er treibt sich abends so viel rum. Wir dachten, er ist bei diesem piekfeinen Künstlerkumpel. Er übernachtet da immer. Wir haben nichts mehr zu melden. Er macht, was er will.«

Tinius guckte zu Ingeborg, die langsam nickte.

»Aber er hat nichts davon gesagt, dass er heute mit Ilse unterwegs ist?«

Sonja sah Ingeborg an.

»Wir haben nichts gehört«, antwortete sie leise. »Aber wir beide sind heute den ganzen Tag auf der Arbeit gewesen und da sind wir vor sechs nicht zu Hause. Als wir nach Hause gekommen sind, war hier niemand. Aber daran sind wir ja gewöhnt.«

Tinius stand auf, der Sessel knarrte.

»Ich hoffe, dass Ilse im Laufe des Abends wieder nach Hause kommt«, sagte er, die Hand auf Sonjas Schulter. »Das hoffe ich wirklich. Das Mädchen kann sich nicht in stockdunkler Nacht draußen rumtreiben.«

Ingeborg brachte Sonja in den Flur. Sie schloss die Tür zur Wohnstube, beugte sich zu ihr.

»Zwei Fischfrikadellen waren hier weg, als wir nach Hause kamen. Tja, Tinius weiß das nicht, er wird immer so wütend, und du weißt ja, wie das mit dem Essen ist. Ich musste mir fürs Abendessen was anderes einfallen lassen.«

Sie zögerte einen Augenblick.

»Aber vielleicht hat Hermann eine Fischfrikadelle für Ilse mitgenommen«, fuhr sie fort.

»Er nimmt sonst nie mehr als nur was für sich mit.«

Sie schaute Sonja lange an, bevor sie die Tür schloss.

Sonja sitzt am Küchentisch und hört das Ticken der Uhr. Der Nacken tut weh, ihr Mund ist trocken, sie ist beunruhigt durch den Traum. In der Wohnung ist es so dunkel, dass sie sich vorantasten muss, um nicht gegen die Möbel zu stoßen. Sie tappt mit ausgestreckten Armen vorwärts, durch die Stube, wo Mutters Atem ruhig ist, tief im Schlaf. Ihre Hände treffen die Kante des Bücherregals, das neben der Tür zum Schlafzimmer steht. Vorsichtig macht sie die Tür auf, schleicht an Miriams Bett vorbei und legt sich vollständig bekleidet hin. Ihre Augen starren ins dunkle Zimmer, sie faltet die Hände, presst sie fest zusammen.

»Lieber Gott, lass Ilse morgen zurückkommen, lass ihr nichts zustoßen, lieber Gott, Amen.«

Odd Rustad gehört nicht zu den Männern, die gern früh aufstehen. Wenn er das Sagen gehabt hätte, würde er nie vor zehn Uhr anfangen zu arbeiten, damit er jeden Tag beim Aufstehen nachfühlen konnte, ob sein Körper noch ganz war, ob er noch klar denken konnte, ob die ersten Worte, die aus seinem Mund kamen, keine Flüche waren, mit denen er sonst immer um sich warf, wenn er zu wenig geschlafen hatte. Vieles wäre anders, wenn Odd Rustad das Sagen gehabt hätte. Wäre es nach ihm gegangen, dann hätte er den ganzen Auftrag abgelehnt, hätte gesagt, dass es nicht infrage kam, dass er sich vor Morgengrauen am anderen Ende der Stadt einfand, hätte gesagt, dass er es nicht ausstehen konnte, wenn man ihn herumkommandierte, über seinen Kopf hinweg bestimmte wie bei einem Kind. Doch Odd Rustad hatte von all dem kein Wort gesagt. Er hatte Taxibesitzer Jørgensen zugenickt und gesagt, dass er selbstverständlich zur Verfügung stehe, dass sich der Taxibesitzer auf ihn verlassen könne, er wollte sich einem Befehl nicht widersetzen, nicht so einem Befehl. Außerdem brachte es Geld. Sie würden bestimmt gut bezahlt werden.

Odd Rustad stellt den Wecker aus und blinzelt ins dunkle Zimmer. Anna liegt auf der Seite, hat sich die Decke weggestrampelt, der dicke Bauch hängt auf dem Bettrahmen. Er hat ihr erzählt, dass er im Morgengrauen losmuss, dass sein Taxi für einen Auftrag bestellt worden ist, von dem er nichts weiter weiß; dass er kurz nach drei wieder nach Hause kommt; dann sollte der Auftrag wohl erledigt sein. Das andere hat er für sich behalten. Anna hatte ihm einen Haufen Fragen gestellt, mit ängstlicher Stimme, ob er jetzt in irgendwas verwickelt sei, jetzt, so kurz bevor das Kind kommt. Er hatte versucht, sie zu beruhigen, so gut er konnte, hatte gesagt, sie brauche keine Angst zu haben und ihr versprochen, dass sie eine neue Wiege bekomme für das Geld, das man ihm in Aussicht gestellt hat – eine Wiege und etwas Kleidung fürs Kind, vielleicht einen Mantel für Anna und etwas für die Mädchen, neue Kleider. Da hatte sie gelächelt.

Als er sich aus dem Bett rollt, spürt er, wie das Blut pulsiert, wie in einem Dampfdrucktopf, ihm wird schwarz vor Augen und er muss ein paar Sekunden auf der Bettkante sitzen, bis der Raum wieder im Gleichgewicht ist. Ihm ist übel. Es rumort im Magen.

Er nimmt seine Kleider vom Stuhl neben dem Bett mit in die Küche und zieht sich dort an. Das Hemd stinkt nach Schweiß, aber er will den Schrank nicht aufmachen, um sich ein frisches zu holen; will die anderen nicht wecken, will eigentlich bloß aus dem Haus und das tun, was er erledigen muss, bis es drei Uhr ist und er wieder nach Hause fahren kann.

Er wirft einen Blick in den Brotkasten. Dort liegt ein halbes Brot, er nimmt es aus der Papiertüte und drückt es; verdammt trocken. Er holt den Käse aus dem Schrank, schneidet ein Stück ab, er riecht kräftig, sauer, aber es gibt keinen anderen Belag. Er bleibt mit der Brotscheibe in der einen und der Winterjacke in der anderen Hand vor dem Spiegel im Flur stehen. Verdammt müde sieht er aus, verdammt kalt ist es draußen, verdammt, wie er sich freut, wenn dieser Tag, wenn alles verdammt noch mal vorbei ist.

Er kramt in der Schale, die auf der Ablage unter dem Spiegel steht, findet den Hausschlüssel, findet den Autoschlüssel, öffnet die Tür und zieht sie hinter sich vorsichtig ins Schloss. Ein Fenster im Treppenhaus steht auf, ein kalter, modriger Novemberwind weht ins Haus. Die Tür zu den Sterns im Zweiten, er bleibt davor kurz stehen, alles wird wieder aufgewühlt: die Fragen, die er sich selbst beantwortet hat. Es ist still, er geht die Treppe weiter nach unten.

Nach der gestrigen Anweisung, sich am nächsten Tag um halb fünf Uhr morgens einzufinden, hatten sie nicht mehr weiter darüber gesprochen. Es war eine Anweisung, nein, mehr als das, es war ein Befehl, ein Befehl von der Staatspolizei. Rolf war der Einzige, der etwas gesagt hatte, natürlich nicht laut und zu keinem sonst, nur zu ihm, als sie kurz allein waren. Rolf hatte geflüstert, gemurmelt, ein paar Wörter, unvollständig – nur gerade eben so viel, dass er verstanden hatte, was er damit eigentlich sagen wollte, er konnte sich auch verhört haben. Sie hatten nicht weiter darüber reden können, der Taxibesitzer kam zurück, nickte ihnen zu, sie setzten ihre Arbeit fort.

Draußen ist es stockdunkel und still, niemand ist zu dieser Tageszeit unterwegs, die Straßen sind menschenleer, mitten in der Stadt. Beim Atmen sticht es in der Nase, vielleicht gibt es im Laufe des Tages mehr Schnee, denkt er, vielleicht wird es heller werden, das Aufstehen morgens leichter machen.

Die Windschutzscheibe ist mit einer dünnen Eisschicht überzogen und er muss kratzen. Es brennt in den Händen, warum zum Henker hat er keine Handschuhe angezogen? Er guckt auf die Uhr, Viertel nach vier, er kommt langsam in Zeitnot. Um halb fünf hat er sich laut Anweisung einzufinden. Kirkeveien 23, er erinnert sich an die Adresse.

Der Wagen springt sofort an, er biegt an der ersten Kreuzung rechts ab, die Vogts gate hoch und dann nach links, steigert das Tempo, saust die Hügel der Griffenfeldts gate hinauf, vorbei am Krankenhaus und an der Kirche, abwärts Richtung Marienlyst.

Er kommt in einen Schwarm von anderen Taxen, alle unterwegs zur selben Adresse. Vor dem Kirkeveien 23 steht ein Mann in Polizeiuniform und dirigiert die Fahrzeuge hierhin und dorthin. Er wedelt mit den Armen in der Luft herum und pfeift auf einer Trillerpfeife; kurze, entschlossene Töne, rasche, abgehackte Bewegungen. Odd Rustad wird eine Stelle zugewiesen, wo er parken kann, er schaltet den Motor ab, sitzt einen Augenblick still da, beobachtet, was sich draußen vor der Windschutzscheibe abspielt; alle steigen aus ihren Autos und gehen in dieselbe Richtung, sie sprechen nicht miteinander. Etwas liegt in der Luft, eine Spannung, eine Anspannung. Sie kommen aus der Nacht geschlichen, treten aus schwarzen Wagen und engen Gassen heraus, man soll sie nicht sehen, niemand soll etwas von ihnen mitbekommen. Odd Rustad merkt, wie sich in seinem Bauch etwas anspannt – etwas drückt in die linke Seite, unter den Rippen, fast wie Seitenstechen, verdammt, ist ihm übel. Soll er den Motor wieder starten, rückwärts ausparken, dem Polizisten entwischen und mit Vollgas nach Hause fahren, Taxibesitzer Jørgensen Bescheid sagen, dass er gesundheitliche Probleme gekriegt habe – ein Blutgerinnsel, Herzflimmern, er könne sich darum leider nicht einfinden? Nein, das geht nicht. Das Geld, dann würde er nicht bezahlt werden, er hat Anna Geld versprochen, er kann dafür bestraft werden, das war ein Befehl von der Staatspolizei, sein Taxi war beschlagnahmt. Warum verdammt noch mal ausgerechnet sein Taxi?

Odd Rustad hatte lange im Treppenhaus gestanden, als er gestern nach Hause kam, hatte gehört, dass sie drinnen bei den Sterns stritten, hatte Ilses Stimme gehört, laut und wütend, Frau Stern. Sollte er anklopfen und etwas von dem sagen, was Rolf ihm zugeflüstert hatte? Die Juden. Was, wenn es nicht stimmte, wie konnte Rolf so etwas wissen? Er sagte, er glaube, vermute, aber er wisse es nicht. Es waren doch so viele Gerüchte im Umlauf. Die ganze Zeit. Rolf ging immer vom Schlimmsten aus, neigte zum Übertreiben, er machte sich gern interessant, gab sich gern den Anschein, mehr zu wissen als alle anderen.

Sollte er mit Gerüchten kommen, mit unbestimmten Gerüchten, zu einer Familie, die sich ohnehin schon im Ausnahmezustand befand, wäre das richtig von ihm? Und wo sollten sie abbleiben, wenn er jetzt an die Tür klopfte? Er hatte keinen Plan, sie konnten sich nicht einfach auf der Straße herumtreiben. Und Miriam, an sie hatte er gedacht, sie spielte immer mit Karin, beide malten am Küchentisch zu Hause bei ihnen – sollte er dem Mädchen einen Schrecken einjagen, einen Aufstand machen, wenn es vielleicht nicht nötig war, für jede Menge Unruhe sorgen? Was würden sie von ihm denken, wenn es sich als falscher Alarm erwies, würden sie nach so was noch mit ihm reden? Er hatte im Treppenhaus gestanden, hatte all das gedacht, die Wohnungstür angeguckt, hin und her überlegt, als plötzlich Ilse herausgestürmt kam. Sie hatte ihn kaum angesehen, ehe sie die Treppe hinunterrannte, offensichtlich aufgebracht. In der Wohnung konnte er Frau Stern hören, sie weinte, er hörte Sonjas Stimme, er verstand ihre Worte nicht, nahm nur eine Stimmung wahr, Unruhe, Verzweiflung.

Da war er gegangen. Hoch zu sich. Hatte die Tür zu seiner Wohnung geschlossen und gedacht, dass er das Richtige getan hatte.

Aber jetzt, während er im Wagen sitzt und aus dem Fenster guckt, in dem kurzen Augenblick, bevor er zu einem Mann in der Menge wird, bringt es Odd Rustad nicht fertig, sich noch einmal zu fragen. Er spürt die Unruhe, es pocht in ihm, das Blut, die Übelkeit. Jemand klopft an die Scheibe. Draußen vor dem Wagen steht ein Polizist, er beugt sich zum Fenster hinunter und schaut hinein, gibt ihm durch ein Handzeichen zu verstehen, dass er aus dem Auto steigen soll, etwas geht los, etwas ist im Gang. Odd Rustad zieht die Bremse an, öffnet die Tür und steigt aus. Er ist jetzt einer von vielen.

Vor den Versammelten steht ein Mann in Polizeiuniform, mit einer Flüstertüte in der einen Hand. Er berät sich mit seinem Nebenmann, auch der in Uniform. Odd Rustad blickt sich um, hält Ausschau nach jemandem, den er kennt, nach Kollegen, nach Rolf. Viele Männer sind zusammengekommen, vielleicht hundert, sie stehen dicht an dicht. Er erkennt einige wieder, sie machen ernste Gesichter, niemand sagt etwas, niemand lacht, alle sind müde, alle sind auf der Hut, der Blick flackert vom einen zum anderen, sucht nach Informationen, nach Zeichen. Die Luft ist beißend kalt, Frostwolken umgeben die Gesichter wie ein dichter Nebel, er entsteigt stummen Mündern – ein dicker Novembernebel, der ins nächtliche Dunkel entweicht. Die ersten Töne aus der Flüstertüte. Kurze Befehle. Klare Anweisungen.

Bald erfährt Odd Rustad, was an dem Tag auf ihn zukommen wird. Bald sitzt er wieder in seinem Wagen, diesmal ist er nicht allein, vier Personen sind es mit ihm, auf dem Beifahrersitz ein Polizist, hinten zwei Männer in Zivil. Bald lenkt Odd Rustad das Auto auf den Kirkeveien, die gleiche Strecke zurück, die er eben erst gekommen ist. Ein anderer Schimmer ist im Licht, eine andere Kälte liegt in der Luft, es kommt ihm vor, als würde er durch eine fremde Stadt fahren, als wären die Straßen nicht miteinander verbunden.

Bald sagt Odd Rustad an dem Tag nichts mehr. Nicht ein Wort verliert er. Er kuppelt, bremst, hält an, startet, starrt stocksteif auf die Straßen vor sich, hält mit beiden Händen das Steuer fest, dreht sich nicht ein einziges Mal nach hinten zur Rückbank um. Er schweigt.

Sonja wacht von einem Klopfen auf. Sie setzt sich im Bett auf, braucht eine Weile, um zu sich, in den Morgen zu kommen, der sie dunkel umgibt. Hat nur sie das gehört? Hat sie geträumt oder war da wirklich ein Klopfen? Der Wecker auf dem Nachttisch zeigt zehn vor sechs. Miriam liegt mit dem Gesicht zur Wand, die Bettdecke ganz hochgezogen, sodass nur ein paar Haarbüschel zu sehen sind. Mutter ist auch nicht aufgewacht. Sonja hört ihr Atmen in der Wohnstube.

Es klopft wieder. Diesmal deutlicher. Drei kräftige, entschlossene Schläge an der Wohnungstür, das ist kein Traum.

»Sonja!«, ruft Mutter. »Sonja, hörst du das?«

Sonja ist schon aus dem Bett. Sie geht in die Wohnstube, schaltet die Lampe an der Wand neben dem Bücherregal ein, ein schmaler Lichtstrahl erhellt den Raum, Mutters graues Gesicht und die geröteten Augen.

»Das ist Ilse!«, ruft Miriam aus dem Schlafzimmer. »Ich wusste doch, dass sie kommt, ich hab's einfach gewusst!«

Sie springt aus dem Bett und läuft durchs Zimmer, zu Sonja, stellt sich im Flur hinter sie.

Es klopft noch einmal, jetzt lautere, feste Schläge. Sonjas Gesicht ist ganz dicht an der Tür.

»Ilse?«

Niemand gibt Antwort. Sonja dreht den Schlüssel im Schloss um, drückt die Türklinke hinunter, öffnet die Tür ins Treppenhaus.

Drei Männer stehen vor ihr. Der eine hat eine Polizeiuniform an, die anderen beiden tragen normale Kleidung: dicke Winterjacken, Hut, Schal und feste Stiefel. Sie stehen dicht nebeneinander, spähen mit angespannten Mienen in die Wohnung.

»Frau Stern?«, fragt der Mann in Uniform.

Sonja kommt nicht zum Antworten, sie verschaffen sich Zutritt, dringen in den Flur ein, schließen die Tür hinter sich, reden leise.

»Verdammt dunkel«, sagt der Polizist. Er hat eine hohe Stimme, sein Gesicht ist eckig, er guckt schnell zu Miriam hinunter und geht in die Wohnstube. Die beiden anderen folgen ihm.

Mutter sitzt im Bett. Das Haar zerzaust, der Mund offen, nicht ein Muskel im Gesicht bewegt sich. Der Mann in der Uniform zieht ein Taschentuch aus dem Jackenärmel, schnäuzt sich, sieht Mutter an.

»Sie werden verreisen«, sagt er. »Auf Befehl der Staatspolizei.«

Er beugt sich vor und hustet, lange, wischt sich den Mund mit dem Taschentuch ab. Er räuspert sich wieder, holt ein Papier heraus. Ein dicker Tropfen hängt an seiner Nase. Der fällt auf das Papier, das er vor sich hält.

»Packen Sie … das Nötigste.«

Seine Stimme ist trocken, die Befehle sagt er im Flüsterton, kann nur mit Mühe und Not den Satz aussprechen. Er räuspert sich und hüstelt, sein Gehuste dröhnt durchs Zimmer. Er gibt das Papier seinem Nebenmann, zeigt darauf, geht in die Küche und hustet dort weiter.

Der Nebenmann, ein hoch aufgeschossener Kerl in grauem Mantel und großen Stiefeln, liest vom Blatt ab.

»Die Verhafteten haben Proviant für vier Tage, Arbeitskleidung, Schuhwerk, Unterwäsche, Wolldecken, Essgeschirr, Tasse, Teller, Messer, Löffel, Toilettensachen, im Bedarfsfall Medikamente, sämtliche Lebensmittelmarken und Ausweise mitzunehmen.«

Er liest schnell, die Wörter kleben aneinander. Ein scharfer Blick ins Zimmer, er sieht Mutter an, Sonja und das Papier, holt tief Luft und liest weiter.

»Das Gepäck muss möglichst ein nicht zu großer Koffer, ein Bündel oder dergleichen sein.«

Er bleibt kurz stehen und fummelt an dem Papier herum, bevor er es sorgfältig zusammenfaltet, er schaut nicht hoch.

Im Zimmer ist es still. Der Polizist hat sich ausgehustet, er erscheint in der Tür, verschränkt die Arme. Sonja sieht Mutter an. Sie sitzt unbeweglich da, die Hände schlaff im Schoß, in ihrem Körper ist kein Widerstand, kein Muskel. Es sieht nicht so aus, als würde sie atmen. Sie schaut auf die Bodendielen hinab, starrt etwas an.

»Wer wird verreisen?«, flüstert Miriam zu Sonja.

»Alle«, antwortet der Polizist laut. »Die ganze Familie.«

Er putzt sich wieder die Nase.

»Und ziehen Sie sich was Warmes an«, fährt er fort. »Draußen ist es sehr kalt.«

»Unter null«, murmelt der Mann im grauen Mantel.

Stille. Niemand rührt sich. Sie haben die Anweisung erhalten, zu packen, die Anweisung, sich warm anzuziehen, die Anweisung, dass sie verreisen werden, aber niemand ist in Bewegung, alles im Raum steht still. Mutter auf dem Bett, Sonja und Miriam am Wohnstubentisch, sogar die Männer in der Tür zur Stube stehen einige lange Sekunden still. Es ist so still, dass sie das Ticken des Weckers im Schlafzimmer hören, Geräusche in einem verdichteten Raum, das Atmen in still stehender Luft, sie können die Decke hören, die auf dem Tisch liegt, die Bücher, die im Regal stehen, den Teppich auf dem Boden.

Aber dann ist etwas zu hören. Es ist Mutter. Sie lacht. Beugt den Oberkörper vor und öffnet den Mund. Ein lautes Lachen kommt aus ihr, lang gezogene, blökende Töne. Sie haben sie schon lange nicht mehr lachen hören, nicht einmal geschmunzelt hat sie in den letzten Wochen, es hat nichts zu lachen gegeben, nicht einmal etwas, worüber man hätte lächeln können. Und jetzt kommen sie. Die angestauten Töne.

Der Polizist blickt sich um. Er dreht sich zum Nebenmann, schüttelt den Kopf.

»Frau Stern?«

Mutter hört nicht. Sie sitzt in ihrem Nachthemd auf dem Bett und lacht, führt Selbstgespräche, ihr Mund ist ein offener Schlund, aus dem Töne purzeln.

Der Polizist schaut Sonja an.

»Kannst du mir erklären, warum deine Mutter das so lustig findet?«

Sonja guckt ihn an, guckt in die fragenden Augen, die eine Antwort verlangen, guckt die spitze Nase an, die einem Schnabel gleich aus seinem Gesicht ragt. Sie geht zu Mutter, setzt sich neben sie, legt ihr den Arm auf den Rücken.

»Mutter«, flüstert sie.

Mutter legt sich hin, unter die Decke, kehrt dem Zimmer den Rücken zu und schweigt.

»Ilse«, murmelt Miriam, die noch immer neben dem Wohnstubentisch steht. »Was ist mit Ilse?«

Sonja schaut sie an, mit durchdringendem Blick. Ilse. Sollen sie sagen, dass eine fehlt?

Der Polizist holt ein Papier heraus, faltet es auseinander und legt es auf den Wohnstubentisch.

»Du bist Sonja?«

Er hustet den Namen heraus, wischt sich den Mund mit dem Taschentuch ab, macht ein Kreuz hinter ihrem Namen, als sie nickt.

»Und du bist Miriam Stern?«

Miriam nickt. Neues Kreuz auf dem Papier.

»Und dann noch Hanna. Da.«

Er zeigt mit dem Bleistift auf den Körper im Bett. Hustet wieder, schnäuzt sich.

»Dann fehlt also Ilse Stern laut meinen Angaben. Wo ist sie?«

Ein Grunzen unter der Decke, kein Lachen, kein Weinen, bloß ein Grunzen. Sonja denkt nach, was sie Schlaues sagen, wie sie alles am besten erklären kann. Man lässt sie nicht lange nachdenken.

»Antworte!«

Er ist es wieder, durchbohrt sie mit Blicken, ungeduldig. Sonja zögert. Der Polizist gibt den anderen beiden ein Zeichen, dass sie ins Schlafzimmer gehen sollen. Die zwei Männer entfernen sich ins Schlafzimmer, die Stiefel trampeln auf dem Boden, Sonja sieht, dass sie den Kleiderschrank aufreißen; Dinge auf den Boden zerren, der eine legt sich hin, guckt unters Bett.

»Es ist streng verboten, sich einem Befehl der Staatspolizei zu widersetzen«, verkündet der Polizist. Sein ohnehin schon hohes Organ ist nun noch höher und es hört sich fast an, als spräche er mit einer Fistelstimme.

»Ilse ist nicht hier«, sagt Sonja.

»Und wo ist sie?«

Der Polizist guckt wieder auf das Papier.

»Sie ist fünfzehn Jahre, soweit ich hier sehen kann. Warum ist sie nicht zu Hause?«

»Sie ist gestern weggegangen und nicht zurückgekommen.«

Damit meldet sich jetzt Miriam zu Wort. Sie schaut den Polizisten nicht an, sie sieht Sonja an.

»Und ihr wisst nicht, wo sie hinwollte?«

»Nein.«

Der Polizist macht sich Notizen. Der Bleistift bewegt sich rasch über das Blatt Papier.

»Das gibt eine Anzeige bei der Polizei«, erklärt er. »Ich werde diese Angelegenheit persönlich verfolgen. Ich werde dafür sorgen, dass ich sie finde. Und ich werde dafür sorgen, dass ...«

Die beiden Männer im Schlafzimmer rufen nach ihm, sie haben das Zimmer auf den Kopf gestellt, Kleider überall auf dem Boden, die Matratzen halb aus dem Bett, Kissen, Bettdecken auf einem Haufen. Sonja kann hören, dass sie dort drinnen miteinander reden, sie stehen unmittelbar neben ihrem Bett.

»Sollen wir einfach ein Kreuz machen und so tun, als wäre nichts?«, fragte der Mann im grauen Mantel.

»Kommt nicht infrage«, antwortet der Polizist. »Es muss alles seine Ordnung haben. Die Liste muss vollständig sein.«

Sie hört, dass sie von anderen reden, zu denen sie noch wollen. Zu einem älteren Ehepaar in der Seilduksgata, da werde es wohl nicht so drunter und drüber gehen, keine verrückten Weibsbilder, keine Fünfzehnjährigen, die fehlen.

»Seht zu, dass ihr mit dem Packen loslegt«, befiehlt der Polizist, als er wieder herauskommt. »Euch bleibt nur wenig Zeit.«

Er ist auf dem Weg in den Flur, will weiter, als Miriam den Mund aufmacht.

»Wo fahren wir hin?«

Er zögert kurz, wischt sich die Nase ab, steckt das zerknüllte Taschentuch zurück in den Jackenärmel.

»Darauf will ich nicht näher eingehen«, sagt er, hustet und begibt sich zur Wohnungstür.

Sonja bleibt noch eine Weile stehen, nachdem sich die Tür geschlossen hat, ziemlich durcheinander, still, den Blick auf die Platte des Wohnstubentisches geheftet, die Arme seitlich am Körper hängend, in ihrem Kopf explodiert es: Ilse. Soll sie in eine leere Wohnung zurückkommen? Was passiert hier eigentlich gerade? Wohin sollen sie fahren? Mutter liegt weiter im Bett, hat sich abgewendet von allem, was sich abspielt, sie ist nur ein Rücken. Sie hat in keiner Weise erkennen lassen, dass sie irgendetwas zu unternehmen gedenkt. Hat nichts gesagt, sich nicht gerührt, sie und Miriam nicht angesehen. Sie lacht nicht mehr. Sie weint nicht, murmelt nicht, kein Laut kommt von ihr. Miriam hat sich ins Schlafzimmer verdrückt. Der Mann im grauen Mantel und den großen Stiefeln hat sich in die Küche gesetzt, er hält Wache, passt auf, dass sie nichts anstellen, dass sie nicht abhauen. Auch er hat seit einer Weile kein Wort mehr gesagt.

Packen. Das muss sie machen. Ganz gleich, wohin sie fahren werden, sie müssen das einpacken, was ihnen befohlen worden ist. Und das muss sie übernehmen.

In die Küche. Der Mann mit den Stiefeln sitzt auf einem Küchenstuhl, lehnt sich an die Wand. Der Tisch ist fertig gedeckt, er sitzt da wie ein Gast, den sie nicht eingeladen haben. Sonja holt einen Topf heraus, sie haben Eier, vier Eier, sie füllt den Topf mit Wasser und stellt ihn auf den Herd, holt Brot aus dem Brotkasten, legt es auf die Küchenanrichte, öffnet die Schranktür, nimmt das heraus, was sie an Essbarem findet. Es ist nicht viel, nicht genug für vier Tage.

In den Flur. Jacken, Mützen, Schals, sie haben die Anweisung bekommen, sich warm anzuziehen, sie legt alles auf einem Haufen auf dem Wohnstubenboden zusammen. Wieder zurück in den Flur, sie holt Stiefel, legt sie auf den Haufen. Sie arbeitet wie eine Maschine, mechanisch. Die Arme bewegen sich, die Füße gehen, der Kopf denkt den nächsten Schritt, es ist wie bei der Hausarbeit, abwaschen, abtrocknen, wegstellen, aufräumen. Packen.

»Hier kocht was.«

Der Mann in der Küche ruft in den Flur. Zurück in die Küche, Sonja sieht ihn nicht an, sie holt die Eier heraus, nimmt einen Löffel, legt sie vorsichtig eins nach dem anderen ins dampfende Wasser. Sie guckt auf die Uhr über dem Küchentisch, merkt sich die Uhrzeit, zehn Minuten, sie müssen hart gekocht werden.

Ins Schlafzimmer. Sie muss etwas finden, wohinein sie alles packen können. Sie haben einen Koffer, den braunen aus Leder, steht der nicht im Kellerverschlag? Wieder zurück in die Küche. Das Wasser dampft aus dem Topf, sie hört, wie die Eier darin klackern.

»Entschuldigung. Ich brauche unseren Koffer. Der steht im Keller.«

Sie guckt den Mann am Tischende an, forschend, es macht nicht den Eindruck, als ob er verstünde, wonach sie fragt, er sieht sie nur ausdruckslos an, der Mund halb offen.

»Darf ich runtergehen und ihn holen?«

Er macht den Mund zu. Runzelt die Brauen. Schaut sie lange an, als würde er gründlich nachdenken, abwägen, was dafür- und was dagegenspricht.

»Nein«, meint er nach einer Weile. »Kannst du nicht.«

Er atmet tief durch. »Du musst was anderes zum Einpacken finden. Ihr könnt sowieso nicht so viel mitnehmen.«

Er beugt sich über den Tisch, schiebt den einen Teller weg, damit sein Ellenbogen Platz hat.

»Haben die verfluchten Eier nicht endlich mal lange genug gekocht?«

Sonja schaut auf die Uhr, sie kochen seit über fünfzehn Minuten, sie fischt sie aus dem Wasser. Sie merkt, dass er sie ansieht, spürt seine Augen im Rücken. Sie arbeitet mit flinken Bewegungen, will weg von ihm, aus dem Zimmer.

Ins Schlafzimmer, die Kleider liegen überall verstreut, die Matratzen, sie macht die Tür des Kleiderschranks auf, um etwas zu finden, wo sie etwas hineinpacken kann. Ilses Kleid hängt noch auf einem Bügel, das weiße mit den roten Punkten, schnell streicht sie mit der Hand über den dünnen Baumwollstoff. Ganz unten im Schrank liegt etwas Zerknülltes, eine Art Beutel aus Lodenstoff, den sie schon jahrelang nicht mehr gesehen hat. Sonja zieht ihn heraus, streicht ihn glatt.

Da hört sie ein Geräusch aus dem Bett.

»Miriam?«

Sie hat sie vergessen, ist nur damit beschäftigt gewesen, alles hinzukriegen, Kleidung und Essen zusammenzusammeln, alles zu erledigen, weil es niemand anderes tut. Miriam sitzt im Bett. Hat sie die ganze Zeit dort gesessen?

»Das wird schon gut gehen, Miriam«, sagt Sonja.

Sprung in der Stimme. Sie hört, dass sie es selbst nicht glaubt, hört, wie falsch es klingt.

»Meinst du?«

Sonja nickt, lächelt ihr zu.

»Weißt du, wohin wir fahren?«, fragt Miriam.

»Nein. Das weiß ich nicht.«

Miriam sieht sie an, lange.

»Fahren wir vielleicht in die Ferien?«, fragt sie.

»Ja. So was Ähnliches wie Ferien.«

»Glaubst du, wir fahren mit dem Zug?«

»Vielleicht.«

»Dann will ich am Fenster sitzen.«

Sonja streichelt Miriam übers Haar, streicht es ihr hinter die Ohren.

»Das darfst du gern. Zieh dich jetzt an.«

Miriam steht auf, schaut auf den Boden, bückt sich und findet Unterwäsche, Strümpfe, zieht das Nachthemd aus.

Sonja bleibt stehen und schaut ihr zu: Der schmächtige Körper schlüpft in ein Kleidungsstück nach dem anderen. Sie kann sie jetzt nicht ansehen, sie sollen wegfahren, wissen aber nicht, wohin, Ilse ist nicht da, ein fremder Mann in grauem Mantel und schweren Stiefeln sitzt in der Küche und bewacht sie, als hätten sie etwas Gesetzeswidriges getan. Und Mutter will nicht aufstehen. Mutter.

In die Wohnstube. Mutters Atem. Rasch unter der Decke.

»Mutter?«

Keine Reaktion.

»Mutter! Du musst jetzt aufstehen.«

Da ist er neben ihr, plötzlich, der Mann aus der Küche. Er stürmt in die Stube, trampelt, reißt die Bettdecke weg, wirft sie auf den Boden.

»Mach, dass du hochkommst!«, brüllt er.

Der Körper, sie liegt zusammengerollt da, umfasst ihre Beine.

»Altes Weibsstück! Jetzt reicht's mir mit dir! Steh jetzt sofort auf!«

Miriam taucht in der Tür auf, sie hat einen Wollpullover halb übergezogen.

»Geh wieder ins Zimmer!«

Sonjas Stimme ist streng. Sie will nicht, dass Miriam das hier sieht. Aber es ist zu spät. Es geht so schnell. Der Mann packt Mutter mit beiden Händen und hebt sie hoch, hält sie fest, Mutter ist ein kleines Kind in seinen großen Armen, ein Weichtier. Er setzt sie auf einem Stuhl ab, starrt sie an. Sie sackt in sich zusammen, ihr Körper knickt in der Mitte ein, und ihr Kopf fällt vornüber.

»Beeilt euch«, befiehlt er und kehrt in die Küche zurück.

Es ist, als wache Mutter auf, als hätte sie im Koma gelegen und als wären plötzlich ihre Lebensgeister wieder geweckt worden. Sie richtet sich auf, guckt Miriam an, guckt Sonja an. Dann spuckt sie auf den Boden, einen ordentlichen Klecks, und erhebt sich. Kein Wort, kein Ton, sie nimmt ihre Kleider mit ins Schlafzimmer, zieht das Nachthemd über den Kopf, kleidet sich mit flinken Bewegungen an. Als sie vollständig angezogen ist, kommt sie zurück in die Wohnstube. Die Hände arbeiten, die Augen sind wach, sie ist in Schwung gekommen, sie holt Gegenstände heraus und legt sie auf den Stubentisch – sie murmelt nicht, geht nur vom einen zum anderen. Am Bücherregal bleibt sie stehen. Hält dort kurz inne, greift sich einen Rahmen, nimmt das Glas ab und angelt das Foto heraus. Auf dem Bild lächeln sie alle fünf, Ilse mit einer weißen Schleife im Haar.

Mutter geht zu dem Mann in der Küche. Sonja hört, dass sie leise mit ihm spricht, sie hört nicht, worüber sie reden, das Gespräch dauert nicht lang. Als sie wieder in die Stube kommt, legt Mutter die Fotografie auf den Stubentisch, ihr Blick ist leer.

Sonja stopft alles in den Lodenbeutel. In der Küche findet sie ein Einkaufsnetz und verstaut darin alles, was sie auf die Küchenanrichte gestellt hat. Die Eier sind jetzt abgekühlt. Sie wickelt sie in Packpapier und legt sie ganz oben drauf.

»Jetzt ist das Taxi da.«

Der Mann in den Stiefeln steht am Küchenfenster. Seine Stimme ist jetzt nicht so wütend, er hat sich beruhigt. Die Tür geht auf, der Polizist mit der hohen Stimme erscheint wieder. Der Mann, der Wache gehalten hat, geht in den Flur.

»Ist es glattgegangen?«, fragt der Polizist.

»Klar.«

»Und die Alte? Hat sie aufgehört zu lachen?«

»Dafür habe ich gesorgt.«

»Gut«, sagt die hohe Stimme.

Mutter und Miriam haben Mantel und Mütze angezogen, Miriam hat ihre Puppe im Arm, sie stehen in der Tür zwischen Stube und Flur.

»Die Schlüssel sind mir auszuhändigen«, verkündet der Polizist. »Die Wohnung wird abgeschlossen. Bis auf Weiteres.«

Er wirft schnell einen Blick in die Stube, ins Schlafzimmer, kontrolliert, ob alles seine Ordnung hat.

»Geht so leise und schnell wie möglich«, sagt er und macht die Wohnungstür auf.

Im Treppenhaus ist es kalt. Der Polizist schließt ab. Sonja hört das Knacken, als er den Schlüssel umdreht. Die Treppe hinunter, die Hand gleitet das kalte Geländer entlang. Die Tür unten knallt zu, im Hinterhof liegt Schnee. Im Tordurchgang riecht es nach Winter. Ein schwarzes Taxi parkt gleich davor. Der Polizist öffnet hinten die Tür. Sonja dreht sich um. Der Hof still und dunkel. Hinter den Gardinen im zweiten Stock steht Ingeborg, halb sichtbar.

Sie sitzen auf der Rückbank, den Lodenbeutel und das Einkaufsnetz zwischen sich. Mutter guckt aus dem Fenster, Miriam schaut den Fahrer an. Ein straffer Nacken auf dem Vordersitz, der Hut ganz tief ins Gesicht gezogen. Der Fahrer lässt den Motor an, löst die Handbremse, dreht das Steuer nach links und lenkt den Wagen auf die Straße.

Er kann sich nicht umdrehen, das weiß er. Sich verstecken kann er auch nicht. Sie müssen ihn gesehen haben, sie haben ihn gesehen, er spürt ihre Blicke im Nacken, ahnt die Fragen, die zwischen ihnen in der Luft hängen. Seine rechte Hand hat angefangen zu zittern. Solange er sich am Steuer festhalten kann, merkt er davon nichts. Doch sobald er sie zur Kupplung bewegt, sobald er die Hand für etwas anderes gebraucht, da geht es los. Er fühlt es ganz oben von der Schulter an abwärts, ein Motor, den abzustellen ihm nicht gelingt, er zittert wie ein alter Mann, wie ein Patient mit einer ernsten Krankheit.

Odd Rustad fährt seinen Wagen die Toftes gate entlang, schaltet herunter, hält an der Kreuzung beim Park Birkelunden, wo eine Frau in einem grünen Mantel die Straße überquert. Was geht die verflucht langsam, will die sich den ganzen Scheißtag Zeit lassen? Am liebsten würde er hupen, mit voller Wucht zudrücken, das Fenster hinunterkurbeln und sie anschreien.

Er fährt weiter. Die gleiche Strecke wie vorhin.

Unten in der Seilduksgata war das mit den alten Leuten auch schlimm gewesen. Sie hatten sich in sein Auto gesetzt, Mann und Frau, vielleicht in den Siebzigern, der Mann benutzte einen Gehstock und das Bücken beim Einsteigen ins Taxi fiel ihm schwer. Die Frau hatte ihm geholfen, hatte sein eines Bein genommen und es hinten an die richtige Stelle geschoben, den Stock auf den Boden gelegt und sich neben ihn gesetzt, ihr Atem ging pfeifend. Er hatte gehört, wie sie sich unterhielten, mit leisen Stimmen, in einer Sprache, die er nicht verstand, vielleicht Russisch? Er hatte sich nicht umgedreht, nicht mit ihnen gesprochen, aber im Spiegel hatte er sie gesehen, sie hielten einander an den Händen.

Er versucht jetzt zu vermeiden, den Spiegel zu verwenden, starrt auf die Straße vor sich. Im Auto ist es still. Er hört, wie er Luft holt, dass er kurzatmig ist, wie wenn ein Tier atmet. Sein Hemd klebt ihm am Rücken, der Hut spannt um die Schläfen. Warum in Dreiteufelsnamen sind sie nur zu dritt? Das kann er nicht fragen. Ilse kann er nicht erwähnen, kann nicht in Gegenwart des Polizisten durchblicken lassen, dass er die Fahrgäste kennt. Diese verdammte Übelkeit. Lenken, kuppeln, bremsen, anhalten, das ist alles, was er soll, das ist alles, was er kann, Fahrgäste von hier nach dort befördern.

Sie nähern sich dem Anleger Vippetangen im Osloer Hafen, Landungsbrücke 1. Er hält beim Zaun, stellt den Motor ab. Noch mehr Menschen sind angekommen, seitdem er das letzte Mal hier war, Warteschlangen, das Schiff liegt einige Hundert Meter weiter, ein grauer Turm.

Die Fahrgäste steigen hinten aus. Sie haben einen Lodenbeutel und ein Einkaufsnetz dabei, stehen eine Weile neben seinem Wagen. Er rührt sich nicht. Will sich nicht umdrehen. Will nichts sagen. Was kann er sagen? Was soll er tun? Sie wieder ins Auto ziehen, mit Vollgas wegfahren, vorbei an den Männern in deutschen Uniformen? Sie würden auf sein Auto schießen, ihn vielleicht töten, Frau Stern oder Sonja töten, Miriam erschießen.

Sie würden nicht eine Sekunde zögern, sie würden schießen. Er hatte gesehen, wie das mit dem Stock abgelaufen war, wie einer der Männer in deutscher Uniform den alten Mann verhöhnt hatte, ihn ausgelacht, ihm den Stock weggenommen, zerbrochen und über die Kaimauer geworfen hatte. Der alte Mann war vorwärts gehumpelt, gestützt auf seine Frau, mehrere Wachmänner riefen ihnen hinterher, lachten. Nein, hier konnte man keinen Zwischenfall riskieren. Und außerdem, wohin hätten sie denn fahren sollen? Raus aus Oslo, aufs Land? Er kannte auf dem Land niemanden, sie würden sowieso aufgespürt werden. Lilly und Karin ohne Vater, Anna, das Kind, das kommt, an sie denkt er auch, sollen sie allein zurückbleiben? Wo sollen sie hin, wo sollen nur all diese Menschen hin? Da muss es doch einen Plan geben. Eine Urlaubsreise ist es wohl kaum, aber kann es denn schlimmer sein, mit diesem Schiff wegzufahren, als wie Flüchtlinge zu leben? Sie sollen wohl irgendwohin in ein Arbeitslager, er hat von Arbeitslagern gehört. Und dann kommen sie wohl wieder zurück, wenn sich die Lage ein bisschen beruhigt hat.

Es wird an die Scheibe geklopft. Miriam steht davor. Er sieht sie aus dem Augenwinkel, roter Mantel, Schal, ihr Haar. Er sitzt unbeweglich da. Guckt geradeaus. Seine Muskeln spannen sich an, dieses verfluchte Zittern, jetzt spürt er es auch im Bein. Er bringt es nicht fertig, sich umzudrehen, das Fenster herunterzukurbeln, eine gute Reise zu wünschen. Diese verfluchte Übelkeit.

»Fahren Sie weiter«, befiehlt der Polizist. »Wir haben noch mehr auf der Liste.«

Odd Rustad fährt den Wagen weg von der Landungsbrücke 1. Im Rückspiegel sieht er Miriam, Sonja und Frau Stern, sie gehen den Kai entlang. In seinem Magen rumort es, wirbelt alles herum wie in einer Trommel, vom Schweißgeruch wird ihm nur noch mehr übel, er bekommt die Frage nicht aus dem Kopf, er denkt die ganze Zeit darüber nach: Wo verdammt noch mal steckt Ilse?

Sie sind jetzt am Ziel angekommen, das Schiff dümpelt auf den Wellen im Hafenbecken sachte auf und ab, ein schwimmender grauer Klotz, am Bug ein paar Buchstaben: *Donau.*

»Wollen wir mit dem Schiff fahren, Sonja?«

Miriams Stimme ist leise, sie flüstert fast. Sie hält mit der einen Sonjas Hand fest, mit der anderen hat sie ihre Puppe an sich gedrückt.

»Ja. Ich glaube schon.«

»Aber du hast gesagt, wir fahren mit dem Zug. Du hast gesagt, dass ich am Fenster sitzen darf.«

»Das darfst du auch. Wenn wir mit dem Zug fahren.«

»Sonja?«

»Ja.«

»Wie lange fahren wir mit dem Schiff?«

»Das weiß ich nicht, Miriam.«

»Sonja?«

»Ja.«

»Kommt Ilse bald?«

Sonja zögert, denkt nach, was soll sie antworten? Die ganze Zeit hat sie versucht, Miriams Fragen zu beantworten, obwohl sie kaum weiß, was los ist, hat versucht, die Ruhe zu bewahren, sich so anzuhören, als bestünde keine Gefahr, als würde alles gut gehen. Aber jetzt. Hier. Der Kai ist voller Menschen, Mäntel und Mützen, Hüte, Kinder – einige weinen, zwei alte Menschen klammern sich aneinander fest, eine Frau im Pelzmantel hält einen Säugling im Arm, das Kind trägt eine rote Mütze. Koffer, Taschen – sie liegen und stehen überall, jemand hat sich auf sein Gepäck gesetzt – Geräusche, laut, kratzend.

Ein kleiner Junge mit einer blauen Wollmütze auf dem Kopf dreht sich um und sieht Miriam an. Er ist an der Hand einer Frau mit weißem Schal, sie steht mit dem Rücken zu ihnen, doch als auch sie sich umdreht, sieht Sonja, dass ihr Bauch aus dem offenen Mantel herausschaut. Sie sagt etwas zu dem kleinen Jungen, zeigt auf den Koffer, der neben ihnen liegt. Der Junge setzt sich darauf, geht kurz in der Menschenmenge unter, doch sein Gesicht taucht da unten bald wieder auf. Er guckt sie alle an, Miriam, blickt neugierig zu ihr, schließt die Augen und streckt die Zunge heraus. Miriam hat ihn nicht gesehen, sie sieht hoch zu Sonja. Sonja merkt, dass sie auf eine Antwort auf ihre Frage wartet, aber was soll sie ihr sagen? Sie ist nicht in der Lage, etwas zu sagen, ist nicht in der Lage, das zu sagen, was sie befürchtet: Sie werden wohl ohne Ilse abfahren.

Miriams kalte Finger, sie halten ihre Hand ganz fest, drücken zu, ziehen an ihr.

»Sonja?«

»Ich mache mich auf die Suche nach ihr«, sagt Sonja. »Vielleicht ist sie hier irgendwo. Setz dich solange hierhin. Ich komme gleich wieder.«

Der Wachmann, er hatte mit dem Gummiknüppel zugeschlagen, als Mutter am Kontrollposten nicht erklären konnte, wo Ilse war. Über alles mussten sie Auskunft geben, alles musste mit den Listen übereinstimmen und jetzt war da etwas, was so nicht vorkommen durfte, eine große Lücke, die zu füllen sie nicht in der Lage waren, Fragen, auf die sie keine Antwort wussten. Der Wachmann war noch jung, vielleicht Anfang zwanzig, scharfer Blick, auf der Suche, er musterte sie, grüne Uniform und schwarze Stiefel, Deutscher. Er näherte sich Mutter, stellte sich dicht neben sie, sie stand unbeweglich da, schaute hinunter, die Hände hielten den Lodenbeutel ganz fest. Lange war es still. Sein Atem auf Mutters Gesicht. Aber dann, mit einem Mal, da schrie er, direkt in ihr Ohr: »Judenschwein.« Als Mutter dachte, er sei fertig, machte sie einen Fehler. Sie hob den Kopf und begegnete seinem Blick, für den Bruchteil einer Sekunde sah sie ihm in die Augen. Da war er da, mit dem Gummiknüppel. Er zog ihn blitzschnell aus der Halterung am Gürtel, hob den Arm und schmetterte ihn ihr ins Gesicht. Mutter krümmte sich nach vorn, hielt sich die Stirn, Blut sickerte zwischen ihren Fingern hindurch. Miriam heulte. Der Wachmann drehte sich um, gab dem Mann am Kontrollposten ein Zeichen, dass sie weitergehen konnten, jetzt war er fertig mit ihnen. Er steckte den Gummiknüppel zurück an den Gürtel, ging zu zwei anderen Männern in grünen Uniformen, holte ein Päckchen Zigaretten aus der Tasche und bot ihnen davon an, sie unterhielten sich und lachten.

Sonja schaut sie beide an, Mutter mit dem Taschentuch, Miriam mit der Puppe. Sie wechseln kein Wort. Mutter breitet das Taschentuch aus, um noch eine saubere Stelle zu finden, mit der sie sich das Blut abwischen und die sie auf die Stirn drücken kann.

Was hatte Ilse gestern angehabt, als sie aus der Tür gelaufen war? Brauner Mantel, Schnürschuhe, weiße Wollmütze. Die Menschen stehen in Gruppen zusammen, sie geht von einer zur anderen, erkundigt sich, ob jemand ein junges Mädchen gesehen habe, sie sei ganz allein, brauner Mantel, Wollmütze, sie flüstert die Wörter. Eine Frau mit drei Kindern neben sich zeigt in eine Richtung.

»Sie steht da drüben«, sagt sie. »Bei den Kranken.«

Das versetzt ihr einen Stich. Bei den Kranken. Sonja waren keine Kranken aufgefallen. Aber jetzt, als sie sich umdreht, sieht sie, dass Tragen herangeschleppt werden. Sie weiß nicht, was sie hoffen soll, ob sie hofft oder bangt, ist nicht in der Lage, das zu ordnen, was sie sieht.

Da drüben steht ein Mädchen mit dem Rücken zu ihr. Brauner Mantel und Wollmütze, sie steht für sich allein, ein paar Meter entfernt von einer Familie, die auf zwei Koffern sitzt, unbeweglich wie eine Statue, die mitten auf dem Kai aufgestellt wurde. Sonja läuft los, das Blut im Körper pulsiert, kurz vergisst sie, wo sie ist, dass sie aufpassen muss, auf die Wachmänner in den grünen Uniformen, sie darf kein Aufsehen erregen.

»Ilse«, ruft sie, sie darf nicht rufen, ruft trotzdem. »Ilse!«

Das Mädchen bleibt unbeweglich stehen. Nur noch wenige Meter liegen zwischen ihnen. Da dreht sie sich plötzlich um.

Das Mädchen ist jünger als Ilse, vielleicht gerade dreizehn. Das Haar hängt ihr ins Gesicht, sie ist blass, die Augen groß und schwarz, die Mundwinkel gehen zu einer Art Lächeln nach oben.

»Suchst du jemanden?«

Sonja gibt keine Antwort. Sie beugt sich vor, schnappt nach Luft, bleibt eine Weile in der Hocke sitzen und starrt vor sich auf den Boden. Sie sieht die Schuhe des Mädchens, die Schuhspitzen zeigen auf sie, bewegen sich nicht. Für einen Augenblick wird Sonja ganz klein, sie wird zwölf, vielleicht elf, jünger als das Mädchen vor ihr, jünger, als sie sich seit Langem erinnern kann, je gewesen zu sein. Sie öffnet den Mund, will etwas sagen, aber es kommt kein Ton heraus. Am liebsten würde sie ihr erzählen, dass sie sie für Ilse gehalten hat, erzählen, dass Ilse verschwunden ist, wie viel Angst sie alle um sie haben – am liebsten würde sie von Mutter erzählen, die auf einem Lodenbeutel sitzt und sich das Blut aus dem Gesicht wischt, von Miriam, die so viele Fragen stellt, vom Nachbarn, der sie hierhergefahren hat, dass er so getan hat, als kenne er sie nicht. Am liebsten hätte sie alles erzählt. Aber hier gibt es so viele Geräusche, ein Säugling weint schrill, Metall scheppert auf den Boden, Befehle werden gerufen, eine Männerstimme sagt jammernd einen Namen einen Meter von ihr entfernt, er liegt auf einer Bahre, »Gerda!«, ruft er, »Gerda.« Alles bewegt sich wie durch einen Filter betrachtet, alle Umrisse lösen sich auf, um sie her ist alles trübe, alles ist so undeutlich. Sie bleibt in der Hocke sitzen, hat zum Aufstehen nicht die Kraft, die Beine schmerzen, aber woanders im Körper tut es auch weh, mehr. Mutter und Miriam können sie jetzt nicht sehen, sie sitzen weit weg, Hunderte Körper befinden sich zwischen ihnen. Für kurze Zeit ist sie allein, bevor sie zurückgehen muss, und jetzt kommt es: alles, was sie für sich behalten hat, nicht Miriam, nicht Mutter gezeigt hat.

Als sie wieder hochguckt, ist das Mädchen weg, als wäre es nie dort gewesen. Sonja blickt sich um, um festzustellen, wo es geblieben ist, kann es aber nirgendwo entdecken.

In ihren Beinen kribbelt es. Sie geht dahin, wo Miriam und Mutter sitzen, bleibt stehen, als sie beide sieht. Miriam sitzt mit einem Jungen zusammen, dem mit der blauen Mütze, der ihnen vorhin die Zunge herausgestreckt hat. Jetzt sitzt der Junge ganz dicht neben Miriam mit ihrer Puppe auf dem Schoß. Sonja sieht, dass Miriam ihm zeigt, wie man den Puppenpullover auszieht, indem man ihn auf dem Rücken aufknöpft.

»Erik hat gelernt, wie man Bella auszieht«, sagt Miriam, als Sonja bei ihnen ankommt. Die Hände des Jungen drehen die Puppe um, ziehen den Pullover und den Rock aus, zufrieden beguckt er den nackten Puppenkörper.

Sonja sagt keinen Ton, steht bloß da und schaut die beiden an. Aber dann fällt ihr Miriams Blick auf, Miriam scheint gerade einzufallen, warum sie dort steht, als fiele ihr erst jetzt auf, dass sie allein zurückgekommen ist.

»Ich habe Ilse nicht gefunden«, sagt Sonja, noch ehe Miriam die Frage aussprechen kann.

Da tut sich etwas. Mehrere kommen in Bewegung, stehen auf, schauen zum Zaun. Es scheint, als hielten alle den Atem an, als verstummten alle Geräusche. Sie kommen in Scharen, eine große Gruppe, die das Gelände am Kai flutet, eine Schar von Gestalten. Und an der Spitze der Schar, da ist er, das ist ganz eindeutig er.

Sonja ist die Erste, die Isak entdeckt. Die rote Mütze auf dem Kopf, der graue Mantel, der Schal um den Hals, dadurch wirkt ihr Gesicht so klein, aber trotzdem, er erkennt klar und deutlich, dass sie es ist. Er sieht ihre Augen, sie gucken ihn geradewegs an, fragend. Hat sie gesehen, dass er es ist, erkennt sie ihn? Es kommt ihm vor, als wäre es tausend Tage her, dass er sie zuletzt gesehen hat. So viel ist in den letzten Wochen geschehen, so viel hat er gedacht, gefürchtet, gehofft. Das hier hat er sich erhofft. Das hier hat er befürchtet. Dass er sie wiedersehen würde. Dass es hier passieren würde.

Sie hebt die Hand wie zum Winken, ja, sie winkt, sie hat ihn gesehen. Er hebt die linke Hand, in der rechten hält er das Bündel. Die Finger brennen noch immer, er spürt, wie es klopft, spürt, wie der Schmerz unter den Nägeln pocht, gelb und zäh. Jetzt sieht er auch Hanna, sie erhebt sich, steht gleich hinter Sonja, er kann sehen, dass sie etwas Weißes festhält, es an die Stirn drückt. Sonja hebt Miriam hoch und zeigt, Miriam dreht den Kopf hin und her, mit suchendem Blick.

Die Freude, sie wiederzusehen, es sprudelt in ihm, dennoch, er hat solche Angst gehabt, dass es nicht dazu kommen würde, dass er es nicht überstehen würde, lebend.

Er hatte versucht, einen Brief nach draußen zu schmuggeln. Eines Abends hatte er in der Baracke auf dem Boden einen Bleistiftstummel gefunden, ihn aufgehoben und versteckt, jeden Tag war er auf der Suche nach etwas, worauf er schreiben konnte, ein Stück Papier, irgendetwas Geeignetes, worauf man ein paar Wörter schmieren konnte; nur damit sie wussten, wo er war, dass er am Leben war. Und eines Tages hing es dort, direkt vor seiner Nase, ein Erlass für die Häftlinge, mit einer Heftzwecke an der Wand befestigt. Da stand irgendwas über Läuse, dass sie sorgsam auf die Hygiene zu achten hätten, doch der Text nahm nur die obere Hälfte des Blattes ein. Noch in der gleichen Nacht schlich er sich zu dem Zettel, nahm die Heftzwecke ab, versteckte das Papier unter der dünnen Matratze. Er riss den unteren Teil des Bogens ab, schrieb in der Nacht, als es stockdunkel war, und als er am nächsten Morgen sah, was er geschrieben hatte, fand er, es sehe aus wie das Gekritzel eines Sechsjährigen. Die Buchstaben waren kindlich schief und an mehreren Stellen hatte er auch die Wörter übereinandergeschrieben. Aber die drei Sätze konnte man lesen: »Alles gut. Bin in Berg bei Tønsberg. Komme bald zurück.« Bei Letzterem war er sich gar nicht sicher, doch er wollte den Eindruck vermitteln, dass er die Situation im Griff hatte, dass er erfahren hatte, dass er wieder nach Hause kommen würde.

Ihm war einer der Gefangenenaufseher aufgefallen, ein junger Mann, der das R kehlig aussprach. Er war nicht so übereifrig wie die anderen, fluchte nicht, wurde nie gewalttätig. Da war etwas in seinen Augen, etwas an der Art, wie er die Häftlinge anschaute, als ob er sie nicht quälen wollte. Seine Kollegen taten, was sie konnten, um sie zu erniedrigen, sie herumzukommandieren, sie ihre Macht spüren zu lassen, doch der junge Mann hielt sich im Hintergrund, still. Vielleicht war ihm der Sinn und Zweck seiner Arbeit nicht klar, dachte Isak, vielleicht war er einfach nur froh, Arbeit zu haben, er war jung und brauchte wohl Geld, wie alle anderen auch.

Eines Abends. Der junge Gefangenenaufseher stand ganz vorn in der Baracke und sollte aufpassen, dass sie ins Bett gingen. Wie üblich stand er unbeweglich da, guckte mit ausdrucksloser Miene vor sich hin, gab keinen Ton von sich, keinen Kommandoruf. Isak näherte sich ihm, seine Hand umklammerte das Papier in der Tasche des Häftlingsanzugs, er hatte es zusammengefaltet und die Adresse daraufgeschrieben. Er ging ein großes Risiko ein, hatte gesehen, wie Aufseher wegen Nichtigkeiten auf Leute losgingen; wegen ein bisschen Trödelei am Esstisch, eines fehlenden Knopfes, einer Antwort, die nicht schnell genug kam. Dafür wurden sie verdroschen. Und dann stand er da und wollte ein Papier übergeben.

Der Gefangenenaufseher guckte ihn an, ja, was er wolle? Isak hielt den Blick gesenkt, ob er auf Toilette gehen dürfe? Der Gefangenenaufseher nickte, Isak schaute ihm kurz in die Augen.

»Bitte«, flüsterte er und streckte seine Hand aus.

Der Gefangenenaufseher nahm blitzschnell das Papier an sich, wie in einem Reflex, seine Augen funkelten.

Isak war schweißgebadet, als er sich ins Bett legte, sah vor sich Hannas Gesicht, wie sie lächelte, vielleicht weinte, als sie die drei Sätze las, wie sie die Mädchen zu sich rief.

Am nächsten Tag erschien der Aufseher nicht. Ein anderer bewachte sie am Abend, einer von denen, die ihren Beruf liebten, die das Trampeln der eigenen Stiefel genossen, wenn sie die Reihen mit den Stockbetten abschritten.

Die Unruhe, sie wiederzusehen, die Unsicherheit. Sie hatten am Morgen auf dem Marktplatz darüber gesprochen. Dicht zusammengepfercht im Waggon, hatte er mehrere gehört, wie sie laut überlegten, ob sie ihre Familien wiedersehen würden. Die Gespräche waren nicht von Optimismus geprägt, im Gegenteil. Dass sie nach Oslo gebracht wurden und jeder seiner Wege ziehen durfte, erschien wenig wahrscheinlich, das erwartete keiner, nicht nach einem Monat im Lager Berg.

Man hatte ihnen nicht erklärt, wohin die Reise ging, einige glaubten, sie kämen in ein Arbeitslager, nach Nordnorwegen, meinte jemand. Wenn sie ihre Familien heute träfen, dann konnte das doch nur bedeuten, dass auch sie weggeschickt wurden.

Und jetzt, als sie den Kai betreten, spürt er, dass ihm die Fragen wie trockene Blätter im Kopf herumwirbeln. Wohin sollen sie gebracht werden? All diese Menschen. Was geht hier vor? Er sieht das Schiff dort liegen, das Wirrwarr aus Koffern, Wachmännern in grünen Uniformen, hört Rufe, das Weinen von Kindern, Geräusche vom Schiff. Das wird nicht gut gehen, da ist er sich ganz sicher. Er hat zwischendurch vielleicht gedacht, dass sich das Blatt wenden, alles besser werden würde. Doch jetzt hat er zu viel gesehen, zu viel gehört. Sie werden sterben. Das weiß er.

Er winkt Miriam zu, sieht, dass sie lächelt. Nur noch wenige Meter, die sie voneinander trennen. Aber da fällt es ihm plötzlich auf: Sie ist nicht dabei. Ilse steht nicht bei ihnen.

Sie umarmen sich. Isak bohrt sein Gesicht in ihre Halsgrube, spürt die kalte Haut an der Nase. Hanna duftet nicht so wie sonst, nicht so, wie er es gewohnt ist. Sie riecht nach Schweiß, er nimmt ihren Körpergeruch wahr. Er hat immer gedacht, dass ihre Körper perfekt zusammenpassen, doch jetzt – sie ist so dünn, löst sich fast auf. Er spürt, dass sie ein bisschen schlottert, ein leichtes Zittern, als ob die Beine jeden Moment unter ihr nachgäben. Er drückt sie fest, führt seine Hand zu ihrem Kopf, umfasst ihn, als wäre sie ein Säugling, der noch nicht selbst den Kopf heben kann.

»Ilse?«, flüstert er. »Warum ist Ilse nicht hier?«

Er lässt los, schaut ihr in die Augen. Er hat sie noch nie so verängstigt gesehen, so außer sich. Sie antwortet nicht, schaut ihn bloß an, die Lippen sind schmal, trocken, die Augen trübe. Blut sickert aus einer langen Platzwunde über dem rechten Auge, jemand muss sie heftig geschlagen haben. Sie sinkt auf den Lodenbeutel, presst sich das Taschentuch an die Stirn, er hört, dass sie stöhnt.

Isak umarmt Miriam, nimmt sie hoch und drückt sie an sich, ihr Körper hängt in seinen Armen. Er spürt ihren Atem auf seiner Wange, den warmen Atem, die Lippen.

Sonja, die Erste, die er entdeckte. Ihre Augen sind gerötet und geschwollen.

»Weißt du, wohin wir fahren?«, flüstert sie, als sie einander umarmen.

»Nein«, antwortet er und blickt sich um. »Das weiß ich nicht.«

Ihm fällt ihre Unruhe auf, ihr Blick flackert.

»Wo ist Ilse?«, fragt er, er hat noch keine Antwort bekommen.

»Das wissen wir nicht«, sagt Sonja. »Sie ist heute Nacht nicht nach Hause gekommen.«

Er kann nicht laut aussprechen, was er denkt, dass es wohl gut ist, dass Ilse nicht bei ihnen ist, dass sie wohl Glück gehabt hat. Das wird er nicht sagen, will nicht zu viel verraten. Er muss alle seine Vermutungen für sich behalten, alle seine Befürchtungen, die dürfen ihm nicht entschlüpfen.

Hanna ist wieder aufgestanden.

»Wo bist du gewesen, Isak?«

Sie starrt ihn an.

Der Brief, ihm ist klar, dass sie ihn nicht bekommen haben können, dass Hanna nicht gewusst hat, wo er abgeblieben ist, seit er an dem Morgen vor einem Monat aus der Tür ging. Er zögert, weiß nicht, wo er anfangen soll. Er hat keine Zeit, Details zu erzählen, will es auch gar nicht, nicht hier, nicht jetzt. Sie leidet ohnehin schon genug unter der Situation, wie sie ist, ihr Gesicht ist so schmal, ihre Haut fast durchscheinend. Er muss seine Worte jetzt genau abwägen, nur das Allernötigste sagen, in etwa so wie auf dem Zettel, den er in der Nacht schrieb. Er denkt kurz nach.

»Im Internierungslager Berg bei Tønsberg«, sagt er.

Er merkt, dass die verletzte Hand schmerzt, es pocht darin. Er lächelt ihr zaghaft zu. Holt Luft.

»Und mir geht es gut«, fügt er hinzu.

Ihm geht es nicht gut. Es geht ihm schon lange nicht mehr gut. Noch immer kann er den kalten Matsch fühlen, in dem sie sich wälzen mussten, kann fühlen, wie der Häftlingsanzug nach den Stunden auf dem Appellplatz bretthart wurde. Noch immer kann er die verfaulte Steckrübe in der Suppe schmecken, noch immer kann er die Schreie hören, seine eigenen, als sie sich seine rechte Hand vornahmen.

Er wusste nicht, wohin man ihn bringen würde, als sie ihn an dem Morgen verhafteten. Draußen war es dunkel, es war noch keine sechs Uhr, die beiden Männer gingen jeweils rechts und links von ihm, sie redeten nicht miteinander. Sie nahmen die Straßenbahn nach Majorstua, gingen Richtung Frognerparken und blieben vor Kirkeveien Nummer 23 stehen. Dort musste er sich registrieren lassen, sie wollten alles wissen: Name, Geburtsdatum, Adresse, Beruf, Nationalität, Größe, Gewicht. Einige Männer waren schon dort, als er ankam, von sechzehn Jahren aufwärts, alles Juden, er entdeckte ein paar Bekannte.

Ihnen wurde befohlen, sich in einer Reihe an eine Wand zu stellen, die Hände über den Kopf zu heben, die Gesichter dicht an der Wand. Warten. Isak schloss die Augen, horchte, Schritte, Stimmen, er würde sterben, dachte er, da, mit den Armen in der Luft, an einer Wand erschossen. Neben ihm stand ein Mann, vielleicht um die dreißig, der Schweiß tropfte ihm von der Stirn, seine hoch erhobenen Arme zitterten.

Wie lange hatten sie so dagestanden? Es kam ihm wie Stunden vor. Isak fühlte, wie es in den Armen stach, das ganze Blut sammelte sich in den Schultern, es pochte in den Schulterblättern, brannte im Nacken. Schwere Fahrzeuge fuhren auf das Gelände. Sie wurden in Busse und Lastwagen gescheucht, nach wie vor mit den Armen über dem Kopf.

Durch Oslo, aus der Stadt heraus, nach Osten, es war still im Bus. Ein dunkles Gebäude vor ihnen, als sie anhielten. Das Bredtveit-Gefängnis, es regnete. Isak kniff die Augen zu, spürte, wie die Tropfen vom Haaransatz über die Stirn liefen, lange standen sie in Reih und Glied da, die Aufseher unter Regenschirmen. Aufrufen der Namen, alle wurden mit Adresse, Beruf, Geburtsdatum im Gefängnisprotokoll festgehalten, die gleiche Prozedur von vorn. Dann wurden sie einer nach dem anderen in einen Raum geführt, in dem zwei Männer in weißen Kitteln eine kurze ärztliche Untersuchung vornehmen würden.

Am nächsten Vormittag wurde ihnen befohlen, vor dem Gefängnis einen Hang hinunter zu gehen, ein leerer Zug stand dort auf Eisenbahnschienen, die Wachmänner riefen, dass sie sich beeilen, dass sie laufen sollten, sie schubsten die, die zu langsam waren, drückten die Körper zusammen, damit man die Türen schließen und der Zug abfahren konnte.

Am selben Abend kamen sie im Internierungslager Berg an, es lag tief in einem Waldgebiet. Um das Lager hatte man einen Stacheldrahtzaun gezogen, sie sahen zehn bis zwölf Aufseher in einem Halbkreis, als sie durch das Tor marschierten. Ein paar niedrige Häuser standen um einen Platz, große Scheinwerfer. In der ersten Nacht schliefen sie auf dem Fußboden. Isak hatte neben dem Mann aus dem Kirkeveien Platz gefunden, Samuel, er lag zitternd da.

Er schaut Hanna in die Augen. Das hat er früher nie getan, ihr glatt ins Gesicht gelogen. Er hat hin und wieder die Wahrheit vielleicht etwas abgeändert, ausgesucht, was er ihr erzählen wollte. Aber jetzt hat er gelogen, gesagt, dass es ihm gut gehe, noch weiter entfernt von der Wahrheit war nicht möglich. Sie schaut ihn an, lange. Sie glaubt ihm nicht, das kann er sehen. Sie hat den Blick, den er nur zu gut an ihr kennt, mit dem sie ihn durchdringt, der das sieht, was zu erkennen er nicht die Kraft hat. Er fühlt seine Hand, schwer und dick, geschwollen.

Wurst. Er hatte sie aus der Küche gestohlen. Das Fleisch immer wieder gekaut, der Salzgeschmack hatte sich im Mund ausgebreitet – er hatte nicht nachgedacht, nur die Hand ausgestreckt, sie sich geschnappt. Drei Wochen lang nur allerlei Rüben aus großen Suppenkellen, die Würste waren für die Angestellten, Isak saß auf der Latrine und kaute.

Am nächsten Tag entdeckte man es. Mehrere Stunden standen sie in Reih und Glied, während die Aufseher einen nach dem anderen abschritten. Wenn sich keiner melde, seien sie gezwungen, zehn Mann herauszuholen, das könne jeden treffen, sagten die Aufseher, während sie ihre Runden drehten. Isak zitterte, schwitzte, er müsste etwas sagen, gestehen, zehn Mann, er schloss den Mund, sah zu Boden. Ein Aufseher näherte sich, stellte sich unmittelbar vor ihn, starrte ihn mehrere Minuten an.

»Ist das hier nicht der Küchengehilfe?«, fragte er nach einer Weile. »Ist das nicht der Verantwortliche für die Runkelrüben? Der Steckrübenkocher?«

Isak guckte nicht hoch, er befolgte die Regeln, wenn sie von den Aufsehern etwas gefragt wurden, hatten sie nach unten zu sehen, nicht ihren Blickkontakt zu suchen.

»Du bist jeden Tag in der Küche«, fuhr der Aufseher fort. »Hast du nichts zu gestehen?«

Sie hatten ihn in einen Raum im Wachgebäude gebracht. Zehn Schläge auf die rechte Hand. Nach dem fünften spürte er nicht mehr, wenn der Stock traf. Erst am Abend, als er in der Baracke lag, hatte er gesehen, wie übel zugerichtet die Hand aussah. Die Nägel an Zeige- und Mittelfinger waren zersprungen, die ganze Hand war eine einzige Fleischwunde. Er jammerte die ganze Nacht, erbrach sich auf den Boden, halb ohnmächtig.

Es wimmelt vor grünen Uniformen auf dem Kai, sie schreien durcheinander, werfen mit Befehlen um sich, schubsen Leute. Er hört, wie Menschen für sich und ihre Angehörigen bitten und betteln, freigelassen zu werden. Einer Frau wurden ihre Kleider zerrissen, sie versucht sich zu bedecken, die Blöße, hält die Arme vor die Brüste. Er sieht, dass Miriam sich an Sonja festhält, Miriam blickt umher, sie sagt keinen Ton.

Die Luft ist voller Bewegung, voll Nebel und Dampf. Etwas wird jetzt geschehen. Die Passagiere sollen an Bord gehen.

Sie kehren am Vormittag zurück, Ilse Stern und Hermann Rød. Die Straßenbahnfahrt von Kjelsås hinab dauert so lange, die Stadt kommt auf der Spitze des Grefsenplateaus in Sicht, die Mietshäuser unten, in einem davon sitzen drei Menschen und warten, voll Sorge und Angst. Hermann sitzt neben ihr. Er macht ein ernstes Gesicht. Sie schmiegt sich an ihn, lehnt ihren Kopf an seine Schulter, wie gut er duftet, sicher, sie könnte den ganzen Tag so sitzen bleiben, einfach so, schweigend, neben ihm. Die Straßenbahn hält in Torshov, die Türen gehen auf und wieder zu, ein Summen ertönt, sie legt ihre Hand auf Hermanns; die ist warm, das Blut in der Schramme am Zeigefinger ist zu einem dunkelroten Strich getrocknet. Er hatte die Glasscheibe mit bloßen Händen eingeschlagen, mit seinem Körper das schmale Fenster eingedrückt, war in die Hütte eingebrochen. Was sollte sie zu Hause eigentlich sagen, erklären? Sie sieht Hermann an, er lächelt ihr zu, zaghaft, vielleicht ist es gar kein Lächeln, nur die Lippen bewegen sich, ziehen sich im Gesicht in die Breite. Gestern hatte sie gedacht, sie würde einfach nur immer weiter gehen, die Stadt durchqueren, nicht vor dem Abend nach Hause kommen, dass Mutter ruhig dahocken konnte. Doch jetzt, es ist eine ganze Nacht vergangen, sie hätte nicht gedacht, dass eine ganze Nacht vergehen würde. Die Straßenbahn nähert sich der Biermanns gate. Sie musste die Wahrheit ausschmücken, musste alles schlimmer klingen lassen, als es tatsächlich war, übertreiben: die Dunkelheit, der Schnee, die leere Hütte, in die sie einfach einbrechen *mussten*, die Kälte, die Angst, die sie gehabt hatte, dass sie sich verlaufen hatten. Erklären geht nicht, sie ist zu weit gegangen, Mutter würde fuchsteufelswild auf sie werden, würde alles aus sich herausquetschen, was sie gedacht hat, sie verdient jetzt eine Standpauke, sich zu wehren wird unmöglich sein.

»Hermann«, sagt sie, als sie aus der Straßenbahn aussteigen. »Kannst du bitte mit zu mir reinkommen?«

Im Treppenhaus ist es ruhig. Ilse öffnet die Tür zum Keller, klemmt die Skier unter den Arm, die steile Kellertreppe hinab, der Kellerraum mit den Bänken liegt im Halbdunkel, hier unten ist es kalt und feucht. Ilse stellt die Skier in einen der Kellerverschläge, zieht die schweren Pechsaumstiefel aus und holt die Schuhe von gestern hervor, jetzt muss sie es einfach nur hinter sich bringen, rauf in den zweiten Stock, rein in den Flur, erklären, das auf sich nehmen, was kommen muss.

Vor den Türen im zweiten Stock bleiben sie einen Augenblick ganz still stehen. Jeweils vor der eigenen verschlossenen Wohnungstür. Nicht ein Laut. Hermann hat die Mütze abgenommen, das Haar hängt ihm strubbelig in die Stirn. Sie hat plötzlich Lust, sich an ihn zu schmiegen, ihn zu küssen, er liebt, hat es selbst gesagt, in der Nacht oben in der Hütte, liebt, aber das passt jetzt nicht, nicht hier. Sie umfasst die Türklinke, drückt sie hinunter, legt den Körper an die Tür und will sie öffnen. Sie ist abgeschlossen.

Sie bleibt eine Weile stehen und guckt Hermann an. Sind sie unterwegs, um sie zu suchen? Sie sieht sie vor sich, auf den Straßen, in Sorge, vielleicht sind sie die ganze Nacht unterwegs gewesen. Arme Mutter, sie muss ganz außer sich sein, vorher hatte es das noch nie gegeben, dass sie nicht nach Hause gekommen war, sie war zu spät gekommen, das ja, aber sie war immer nach Hause gekommen. Im Kopf drückt es. Sie versucht es noch einmal, lehnt sich mit dem ganzen Gewicht gegen die Tür, sie klopft, fest und panisch, legt das Ohr an die Tür und lauscht. Es ist ganz still.

Da geht die Tür zu Hermann auf. Ingeborg steckt den Kopf aus der Tür. Sie nagelt sie mit Blicken fest, winkt beide herein, legt den Zeigefinger an die Lippen, guckt sich im Treppenhaus um.

»Mutter«, sagt Hermann erstaunt. »Du bist nicht auf der Arbeit?«

Ingeborg schiebt sie in die Stube. Sie sagt kein Wort, steht direkt vor ihnen. Zögert.

»Du kannst hier nicht bleiben«, sagt sie und sieht Ilse dabei an. »Er kann jederzeit wiederkommen.« Sie spricht mit leiser, bebender Stimme.

»Von wem redest du, Mutter?«

»Von dem Polizisten«, flüstert Ingeborg Ilse zu. »Er sucht dich.«

Sie stehen in der Stube, untätig in einem kleinen, engen Kreis, sie wissen, dass sie sich bewegen sollten, dass sie keine Zeit zu verlieren haben, aber sie scheinen wie gelähmt, unfähig, sich noch zu rühren. Ingeborg hat erzählt, was sie gesehen hat. Sie wisse nichts, sagt sie, wisse nicht, wohin man sie gebracht habe oder wann sie zurückkommen, sie erzählt nur genau das, was sie gesehen hat, genau das, was sie gehört hat. Frühmorgens, sie hatte am Fenster gestanden, sie setzten sich in ein Taxi. Ingeborg atmet tief durch.

»Vorhin war ein Polizist hier. Er hat den Schlüssel zu eurer Wohnung, ich habe gehört, dass er aufgeschlossen hat. Ich gehe davon aus, dass er nach dir sucht.«

Ilse sagt kein Wort, steht bloß da und starrt Ingeborg an. Es ist unmöglich, das alles zu begreifen; es ist unmöglich, das zu sortieren, was aus ihrem Mund kommt; bloß Wörter, sie fliegen durch die Luft, schwirren herum, wie Insekten, sie schafft es nicht, sie einzufangen.

»Du kannst nicht hierbleiben«, sagt Ingeborg wieder. »Weißt du einen Ort, wo du hinkannst?«

Die Hütte. Da gab es einen Kamin, sie hatten Holz gefunden und ein Feuer gemacht, sich auf den Boden gelegt, dicht nebeneinander, in der Nacht war es schön gewesen, aber jetzt.

»Ich weiß, was wir machen.« Hermann schaut Ingeborg an. »Ich kenne jemanden.«

Ingeborg guckt ihn an, zieht die Augenbrauen zu zwei festen Strichen zusammen.

»Mach jetzt keine Dummheiten«, sagt sie.

»Mach ich nicht, Mutter. Du musst mir vertrauen. Ich weiß, wo wir hinkönnen.«

Die Hütte. Meint er die, will er mitkommen? Sie traut sich nicht zu fragen, hofft.

»Kannst du uns helfen?«, fragt er seine Mutter und spricht weiter, noch ehe sie antworten kann. »Kannst du was zum Anziehen raussuchen? Wollstrümpfe, einen Schal, eine Jacke, falls du eine hast, etwas zu essen. Und Geld. Hast du was da?«

Ingeborg steht schweigend da, der Mund halb geöffnet, trockene Lippen, sie geht in die Küche und zieht eine Schublade auf.

»Hermann«, ruft sie nach einer Weile. Er geht zu ihr.

Ilse bleibt in der Wohnstube stehen, in der Küche reden sie leise miteinander.

»Das kann ich nicht sagen«, hört sie Hermann sagen. »Nein, Mutter. Du musst dich einfach auf mich verlassen. Ich weiß, was ich tue.«

»Was ist mit dir?«, fragt Ingeborg. »Kommst du wieder zurück?«

»Ja, doch. Ich komme zurück. Das verspreche ich dir.«

Die Hütte, es kann nicht die Hütte sein, Hermann kann sie da oben nicht allein lassen, Kloß im Magen, es hämmert, wohin sind sie gegangen, wohin wollen sie? Ihr Herz unter den Rippen, immer heftiger, immer schneller. Das Herzklopfen scheint alle anderen Geräusche zu übertönen, es arbeitet sich durch die Stille in der Stube, legt sich über die Küche, wo Hermann seiner Mutter versichert, dass er weiß, was er tut, es arbeitet und arbeitet, klopft und klopft. Aber dann ist da plötzlich etwas anderes. Ein Klirren im Treppenhaus. Das Geräusch lässt keinen Zweifel zu: Da schließt jemand die Wohnung nebenan auf.

Ingeborg hält sofort in der Küche inne. Sie steht mit dem Brotmesser in der Hand da, ihr Körper im Stillstand. Sie legt den Zeigefinger auf den Mund, starrt in die Stube, wie um sich zu vergewissern, dass Ilse die Aufforderung verstanden hat: Hier ist niemand zu Hause. Ilse steht unbeweglich da, atmet kaum noch. Sie hört, dass jemand nebenan in der Wohnung ist, hört Schritte auf dem Boden, hört jemanden kräftig husten, Stimmen. Die Tür knallt zu, das Klicken vom Schloss. Schritte die Treppe hinab. Aber dann. Ilse kennt die Treppe nur allzu gut. Sie kann die Schritte aufwärts von den Schritten abwärts unterscheiden. Jetzt kommen die Schritte wieder zurück.

Es wird an die Tür geklopft. Vier Mal, entschlossene Schläge. Sie rühren sich nicht. Ingeborg hat Hermann die Hand auf die Schulter gelegt, steht dort und hält sich fest, das Brotmesser in der anderen Hand.

Neues Klopfen.

»Ist jemand zu Hause? Hier ist die Polizei.«

Die Worte kommen von einer hohen Stimme, die sich fast wie eine Frauenstimme anhört.

Die Tür wird angefasst. Die Türklinke, sie hört, wie er sie mehrmals hinunterdrückt. Ingeborg schließt die Augen.

Dann Schritte, diesmal die Treppe abwärts. Die Haustür unten knallt wieder zu.

Sie bleiben eine Weile stocksteif in ihrer Position stehen, bis die Schritte verhallt sind, drei Statuen, festgegossen an ihren Plätzen in der Wohnung. Hermann bewegt sich zuerst. Er kommt in die Stube, ganz dicht zu Ilse, streicht ihr schnell übers Haar, bevor er sich ans Fenster schleicht. Er geht seitwärts wie ein Krebs auf dem Meeresgrund, um nicht entdeckt zu werden. Er stellt sich an die Gardine, neigt sich so weit vor, dass er unten die Straße einsehen kann, zieht sich schnell wieder zurück, ins Innere der Wohnung.

»Sie stehen draußen vor dem Tor«, flüstert er.

Da ist ein weißes Licht, als sie ein paar Stunden später wieder nach draußen gehen. Der Schnee hier unten in der Stadt ist geschmolzen, nur eine dünne Schicht Raureif liegt im Hinterhof, die Zweige am Fliederbusch recken sich schwarz in den weißen Himmel. Ilse hört ihre Schritte, an der Abfalltonne vorbei, durch das Tor. Auf der Straße dreht sie sich um und sieht das graue Mietshaus, die Fenster oben in der Wohnung, das Küchenfenster, die zwei Stubenfenster, dahinter ist es dunkel. Es sieht so still aus.

Sie setzt einen Fuß vor den anderen, die Schuhe auf den Asphalt, sie dreht sich vom Mietshaus weg, sie darf nicht so viel nachdenken, sie muss einfach nur gehen, sich bewegen.

Sie gehen zum Akerselva, über die Beierbrua. Der Wasserfall ist gefroren, nur ein paar dünne Rinnsale rieseln unter dem dicken gelblichweißen Eis hervor, sie gehen an der Weberei vorbei, mehrere Fabrikarbeiter haben Pause und stehen in kleinen Gruppen draußen auf dem Vorplatz, sie rauchen und lachen.

Durch den Park Iladalen, den Geitmyrsveien hoch, Hermann nimmt ihre Hand, durch Bislett, er hat nicht gesagt, wohin und zu wem sie unterwegs sind, sie hat auch nicht gefragt, sie gehen einfach. Josefines gate, über den Hegdehaugsveien, Frogner, die großen Mietshäuser stehen hintereinander, geschwungene Fassaden und kleine Vorgärten, es ist windig und so kalt.

Hermann klingelt, drückt dreimal kräftig, hinein in die große Eingangshalle, die Treppen hoch, er zuerst und Ilse hinterher. Sie hat ihn nicht gefragt, wohin sie wollen, wo sie sind, sie hat kein Wort gesagt, seit sie von zu Hause losgegangen sind. Einar blickt ernst drein, als sie oben im dritten Stock ankommen, er steht in der Wohnungstür, raucht, guckt sie an. Hermann lässt Ilse den Vortritt, macht die Tür hinter ihnen zu.

»Die junge Ilse Stern«, sagt Einar, lächelt zaghaft, hält inne, als könnte er sich den Grund ihres Kommens denken.

»Hast du Kapazi…«

Einar nickt, bevor Hermann die Frage ganz ausgesprochen hat. »Hier ist alles leer«, sagt er. »Du kannst das rote Zimmer haben.«

Sie gehen durch den langen Flur, hier ist es heute dunkel, das gelbe Zimmer, die Tür ist geschlossen. Einar macht die Tür zum roten Zimmer auf, nickt Ilse zu, sie bleibt stehen, guckt sich um: Die Vorhänge sind zugezogen, sein Glas von Dienstag steht noch auf dem Nachttisch, ein Rest Branntwein ist eingetrocknet.

»Du musst hierbleiben, bis du weitere Anweisungen bekommst«, erklärt Einar. »Bleib vom Fenster weg und sei so still wie möglich. Die Nachbarn sind zwar fast taub, aber man kann nie wissen.« Er lächelt. »Es kann etwas dauern, ein paar Tage vielleicht, aber wir kriegen dich rüber.«

Ilse sieht Einar an, sieht Hermann an. Er muss das erklären, sie kapiert nichts, das sieht er ihr an, sie steht bloß da, sagt auch jetzt kein Wort.

Einar nickt Hermann zu, bittet ihn, mit in die Küche zu kommen.

»Ich bin gleich zurück«, sagt Hermann. Ilse steht noch immer mitten im Zimmer, hat Mantel und Mütze nicht abgelegt.

»Warum ist sie allein?«, fragt Einar, er zieht einen Küchenstuhl vor, setzt sich.

Hermann öffnet den Mund, will etwas sagen.

»Heute hat eine groß angelegte Aktion stattgefunden«, fährt Einar fort. »Ich habe es gerade erfahren, vor einer Stunde.«

Er drückt die Zigarette in einem Aschenbecher aus, der Rauch steigt in dicken Wölkchen auf. »Ich war darauf vorbereitet, dass mehr kommen.« Einar sieht ihn forschend an. Was zum Henker soll Hermann sagen, er windet sich, gestern hätte er etwas sagen müssen, gestern Nacht, nein, er hätte schon vor längerer Zeit etwas sagen müssen. Er kann Ilse rüberbringen, aber die anderen, so lange hat er es mit sich herumgeschleppt, hat den Mund nicht aufgemacht, was zum Teufel hat er sich dabei gedacht?

Hermann dreht sich um und verlässt die Küche. Ilse hat sich aufs Bett gesetzt. Er schließt die Tür, nimmt neben ihr Platz. Ihre Haare riechen nach Feuer. Die Hütte, ihr Gesicht in dem dunklen Raum, dicht nebeneinander hatten sie gehockt, er hat die ganze Nacht nicht geschlafen. Er wäre in der Lage gewesen, den Weg zurück in die Stadt zu finden, er war nicht so orientierungslos, wie er getan hatte. Es war so schön gewesen, eine lange Verschnaufpause, eine große Klammer um alle Geheimnisse, Ilse Stern und Hermann Rød. Jetzt kann der nächste Tag ruhig kommen, hatte er gedacht, Ilses Haar an seinem Gesicht, der kann ruhig bringen, was er will. Das Knistern im Kamin, die Kälte, die Ruhe, die er empfand, die wenigen Stunden, die sie zusammen hatten, bevor alles wieder von vorn losging, da konnte er verdammt noch mal nichts über den nächsten Tag wissen.

Ilse schaut ihn an.

»Wohin soll ich?«, fragt sie.

»Du musst rüber nach Schweden.«

Er sieht, dass sie schluckt, auf den Gedanken kann sie noch nicht gekommen sein, der ist für sie ganz neu, bei ihr zu Hause können sie nicht darüber gesprochen haben, über Schweden, er hätte sonst was sagen können, Sibirien, Südpol, sie sieht verwirrt aus.

»Kannst du mitkommen?«

Sie flüstert, guckt ihn nicht an.

Er streichelt ihr mit dem Zeigefinger die Hand, legt ihr die ganze Hand an die Wange.

»Du weißt, dass das nicht geht, Ilse.«

Sie nickt.

»Ilse Stern«, sagt er ihr sanft ins Ohr.

»Darf ich dich sehen, bevor ich aufbreche? Kannst du hierher zurückkommen?«

»Ich versuche, morgen zu kommen«, antwortet Hermann.

Er zieht seinen Wollpullover aus, faltet ihn zusammen und legt ihn aufs Bett.

»Es kann kalt werden«, meint er.

Ihre Wange, Lippen, Muskeln in den Armen, sie

hält ihn fest. Er muss jetzt gehen, muss raus, allein sein, er drückt sie an sich. Steht auf. Schließt die Tür und geht.

Um drei Uhr hat Odd Rustad Feierabend. Er kann nach Hause fahren, das Taxi parken, hoch zu seiner Familie gehen, sich ein frisches Hemd anziehen, essen, mit Lilly und Karin spielen, Anna sich ausruhen lassen.

Das tut er nicht. Nicht gleich.

Er bringt den Motor auf Hochtouren, rauscht die Hügel hinauf, schaltet und bremst, lenkt und biegt ab. Er hält erst an, als er ganz oben auf dem Ekeberg ist. Dort steigt er aus dem Wagen. Atmet die kalte Luft tief ein. Hier oben ist er schon oft gewesen, es ist schön hier. Der Blick über die Stadt, die Häuser werden ganz klein, wie Streichholzschachteln, die Autos, der Verkehr, wie Insekten, weit unten. Vor Nesoddlandet sieht er das Schiff. Es gleitet den Fjord hinaus.

Wie ruhig es ist. Alles sieht so friedlich aus. Die Bäume rauschen. Gelbe Blätter liegen überall auf dem von Raureif überzogenen Gras, trocken und steif. Der Laubhaufen raschelt, als er dagegentritt. Wenn er sich nach rechts umdreht, kann er bis nach Hause gucken. Weit da oben sieht er das Gebäude der Brauerei Ringnes. Er sieht das Mietshaus in der Biermanns gate, eingeklemmt zwischen anderen Mietshäusern. Es kommt ihm vor wie eine Ewigkeit, dass er an diesem Morgen von dort losgefahren ist. Da oben sitzt Anna und wartet auf ihn, das Kind, das bald kommen wird, ob Junge oder Mädchen, das ist egal.

Diese verfluchte Übelkeit. Dieser verfluchte Schweißgeruch. Er sieht seine Hände an, hält sie vor sich, die rechte Hand zittert noch immer.

Er denkt an das, was er gehört hat, was im Wagen gesagt wurde. Der Polizist mit der hohen Stimme saß auf dem Beifahrersitz, er redete mit einem der anderen, mit dem, der bei den Sterns in der Wohnung Wache gehalten hatte.

»Ich habe einen Namen erfahren«, sagte der Mann auf dem Rücksitz.

»Du hast was?« Der Polizist drehte sich um und sah den Kollegen an, der Sitz knirschte.

»Das verrückte Weibsstück«, fuhr er da hinten fort. »Sie ist zu mir in die Küche gekommen und hat mir einen Namen gesagt.«

Odd Rustad hielt an einer Kreuzung, die Augen auf den Rückspiegel geheftet.

»Hermann Rød«, sagte der Mann auf dem Rücksitz. »Die Alte meinte, dass Mädchen könnte mit einem Hermann Rød zusammen sein. Er wohnt im gleichen Eingang.«

Der Polizist notierte sich den Namen auf einem Stück Papier, lächelte.

»Schau an«, sagte er.

Odd Rustad blickt über den Fjord, im Magen zieht es, rumort da drinnen. Er geht auf und ab, außerstande, sich zu beruhigen, den Tag aus den Gedanken zu streichen. Ein saurer Geschmack sickert in den Mund, er spuckt aus. Und dann kommt es. Er beugt sich hinter einen Busch, krümmt sich vor, der Körper angespannt. Er erbricht sich, lässt alles aus sich herausfließen. Es läuft auf die Blätter und sammelt sich zu einer Pfütze. Der Gestank ist streng, intensiv. Er übergibt sich, bis nur noch Wasser übrig ist, saure Galle vom Grund des Magens, der letzte Schleim kommt mit einem Blöken nach draußen. Dann richtet er sich wieder auf, wischt sich mit dem Jackenärmel den Mund ab. Er sieht das Schiff draußen im Oslofjord. Es ist bald halb vier. Der Atem geht ruhiger. Er sammelt seine Gedanken, hebt sie auf wie vertrocknete Blätter, einen nach dem anderen. Als er gestern dort stand, vor der Tür. Er hätte anklopfen müssen. Ganz egal. Er hätte an diese Tür klopfen sollen.

Als Odd Rustad sich wieder ins Auto setzt, trifft er eine Entscheidung. Er lässt den Motor an, das Auto setzt sich in Bewegung, der Gedanke ist klar.

Sie sollte schlafen. Sich auf die Matratze legen, auf der sie sitzt, Miriam etwas wegschieben, die mit dem Kopf auf ihrem Schoß eingeschlafen ist, die Augen schließen, sich in Luft auflösen. Es ist Nacht, es muss Nacht sein. Sonja hat einen Tag und eine Nacht lang nicht geschlafen, sie ist nicht einmal müde. Miriam hat ihre Puppe im Arm, auf dem Puppenpullover ist Erbrochenes gelandet, arme Miriam, weiß im Gesicht, sie hatte es nicht mehr geschafft, Bescheid zu sagen, bevor sie sich plötzlich übergeben musste.

Sie wurden getrennt, als sie an Bord gingen, Frauen und Kinder nach achtern, die Männer mittschiffs. Vater kam abhanden. Sein Kopf in einer Gruppe, so viele Köpfe, und dann war er weg. Die Wachmänner riefen auf Deutsch: »Los! Los! Schnell!« Sie liefen. Hielten das Gepäck fest, Mutter mit dem Einkaufsnetz, Sonja mit dem Lodenbeutel, der schwer auf dem Rücken wog, sie spürte die Spitzen von einem Paar Stiefeln, sie schlugen ihr in den Rücken, Miriams Hand, die durfte sie nicht verlieren. Die steilen, glatten Leitern hoch, hinein in die schmalen Flure auf dem Schiff, nie ging es schnell genug, die Wachmänner schubsten sie, trieben sie an. Eine Frau blieb stehen, um ihren Koffer besser anzufassen, der Wachmann stieß sie zu Boden, trat sie, als sie da unten lag, sie stand wieder auf, lief ohne einen Mucks weiter.

Sie kamen in einen großen Raum, auf dem Boden lagen Matratzen, hart und verdreckt, mit Holzwolle gefüllt. Keine Fenster, keine Luken, Wachleute überall, dunkles Licht. Die Geräusche des Schiffes, Dröhnen. Die Geräusche hier drinnen, hohe Stimmen, Rufe, Namen, etliche waren voneinander getrennt worden, als sie an Bord liefen. Ein Junge stand gleich neben ihnen, verrotzt in einer blauen Jacke, er rief nach seiner Mutter, laut und deutlich, er weinte.

»Wie heißt deine Mutter?«, fragte Sonja.

»Sie heißt Mama«, rief er wütend.

Jetzt sieht Sonja, dass der Junge eingeschlafen ist, er liegt auf einer Matratze einen Meter von ihnen, die Mutter bemüht sich, seine Schwester zu versorgen, die sich vollgemacht hat. Aus einem braunen Lederkoffer holt sie frische Kleidung, reißt sie auseinander und bindet die Stoffstreifen um den kleinen Körper, knöpft ihre Bluse auf und legt das Baby an die Brust.

Nach ein paar Stunden war das Dröhnen der Schiffsschrauben leiser geworden, sie rollten im Seegang hin und her, hielten ihr Gepäck fest. Ein penetranter Gestank von Erbrochenem, der sich mit dem Geruch von Diesel verband, die Holzwolle in den Matratzen, Schweiß, Urin und Kot, sie saßen so dicht zusammen.

Sie hatten die Eier gegessen, die sie mitgenommen hatten. Miriam hatte das letzte bekommen, das Ilse hätte haben sollen. Mutter wollte nichts. Sie hatte sich wieder in sich zurückgezogen, nachdem sie von Vater getrennt worden waren, saß da und starrte vor sich hin, sagte nichts. Sonja zwang sie, ein Ei zu essen, aber die Suppe, die sie später bekamen, rührte sie nicht an, sie legte sich einfach nur auf die Matratze und murmelte vor sich hin, bis sie einschlief.

Sonja legt sich neben Miriam. Sie legt den Arm um sie, ihr Atem, ruhig, das Herz, der saure Geruch vom Puppenpullover. Hier ist es jetzt still. Viel zu still. Das macht so vielen Geräuschen Platz. Vier Tage. Sie sollten für vier Tage packen, sollen sie vier Tage lang auf dem Schiff bleiben? Und dann sind sie am Ziel, wo sind sie, wenn sie am Ziel sind, nach vier Tagen, wann kommen sie zurück? Ilses Kleid auf dem Bügel, sie sieht es vor sich, den Baumwollstoff, die roten Punkte, Ilse, das Theater, das auf sie wartet, sie hat nicht Bescheid sagen können, erster Dezember, noch fünf Tage bis dahin, dann ist sie nicht zu Hause, oder doch? Sie kann die Augen nicht schließen, hat nicht die Kraft, hat nicht die Kraft, sie offen zu halten, an Schlaf ist hier nicht zu denken, nicht an Atmen; Miriams Haar kitzelt am Gesicht.

Welcher Tag ist heute? Isak liegt in einer Koje und denkt nach. Heute muss Sonnabend sein, der achtundzwanzigste, dauert die Fahrt nicht schon zwei Tage? Tage und Nächte sind ineinander übergegangen, das dunkle Licht im Frachtraum ist immer dasselbe, nichts unterscheidet die Stunden, sie sitzen oder liegen, rollen hin und her, doch, es muss Sonnabend sein.

Mehrmals war er kurz davor, sich zu übergeben, die Übelkeit ist da, der Hunger, der Durst, er hat sich auf den harten Holzbrettern ausgestreckt, die Augen zugemacht und versucht zu fliehen: die guten Tage, die schönen Orte, alles, was ihn wegbringen kann, wenn auch nur für einen kurzen Augenblick. Bild für Bild hinter den Augenlidern.

Er liegt in seinem Elternhaus im Bett, die Bettwäsche ist sauber und weiß – sie riecht frisch gebügelt, er hört Mutters Stimme aus der Stube, sie summt leise. Der Duft von Pfeifentabak dringt durch den Türspalt herein, Vaters Schatten dahinter, die schlanke Gestalt im Sessel. Er ist neun, sie passen auf ihn auf, er soll schlafen.

Er steht auf der Brücke bei der Stromschnelle, schaut hinab ins schäumende Wasser. Es ist Herbst, ein klarer Oktoberabend, es riecht nach Laub und frischer Erde. Ilse steht neben ihm, nur sie zwei, sie wirft Herbstblätter vom Geländer, die Blätter segeln abwärts und werden von den Fluten verschluckt, Ilse lächelt; ihr fehlt ein Zahn.

Ein Bild nach dem anderen, alles ist plötzlich so nah,

Stimmen, Gerüche, er kann das Herbstlaub riechen, riecht die Bettwäsche. Aber dann ist sie wieder da: die Gewissheit, wo er sich befindet, die Ungewissheit, wohin sie fahren, eine Flucht davor ist nie lange möglich.

Ein großer Raum in der Mitte des Schiffes, Kojen in drei, vier Etagen, dicht an dicht, endlose Reihen mit Schlafstätten, keine Matratzen, keine Decken oder Kissen – man liegt hart darauf, die Holzbretter scheuern sich in den Körper. In der unteren Koje liegt ein alter Mann, jede Bewegung fällt ihm schwer, er hinkt. Die ganze erste Nacht murmelte er Gebete vor sich hin. Isak verstand nicht, was er sagte, es musste Russisch sein, aber das eine oder andere Wort war ihm bekannt vorgekommen. In der Koje nebenan liegt ein Mann, der »Gerda« ruft, jammernd. Samuel liegt in der obersten Koje. Er hat lange kein Wort gesagt, ja, jetzt ist es beinahe einen Tag her, dass er einen Ton von sich gegeben hat.

Sie waren noch nicht länger als ein paar Stunden auf See, als sechs Wachleute auftauchten. Sie patrouillierten durch die Kojenreihen, zeigten um sich. »Du und du und du«, schrien sie auf Deutsch und stellten eine Gruppe von zehn, zwölf Mann zusammen. Einer davon war Samuel. Dann kamen die Befehle.

»Hinlegen!«

Die Männer blieben stehen und guckten die Wachleute fragend an, was bedeutete das deutsche Wort? Das sollten sie schnell lernen, Gnade dem, der sich nicht hinlegte, der ihnen nicht gehorchte. Dann waren sie da, mit den Gummiknüppeln, blitzschnelle Schläge auf Schulter und Rücken. Auf den einen Befehl folgte der nächste.

»Hüpfen!«

Einer der Männer riskierte es und fing an zu hüpfen, die anderen machten es ihm nach. Mit gebeugten Knien und ausgestreckten Armen hüpften sie umher. Die Wachmänner lachten, zeigten, sie schienen es komisch zu finden und an einem anderen Ort wäre es das vielleicht auch gewesen, aber nicht hier. Einer der Wachleute, ein junger Mann mit einer kleinen, runden Brille und halb kahl rasiertem Schädel, flüsterte seinem Nebenmann etwas zu. Ihre Augen funkelten. Ruhig gingen sie zu dem alten Mann in der unteren Koje, er saß dort und sah zu Boden – sein Atem ging wie bei einem Tier, er spürte, dass es für ihn kein Entkommen gab, dass er keine Chance hatte.

»Na, alter Mann«, sagte der Wachmann mit der Brille auf Deutsch. »Aufstehen!«

Der alte Mann blieb sitzen und schaute zu Boden, seine linke Hand lag zitternd auf dem Knie. Der andere Wachmann, auch er ein junger Bursche, fasste ihn unter den Arm und zog ihn hoch, kurz sah es so aus, als würde er seinem alten Großvater behilflich sein. Der alte Mann guckte ihn an, suchte nach Zeichen. Er brauchte nicht lange zu suchen.

»Rollen!«

Der Wachmann mit der kleinen Brille stieß ihn zu Boden, er blieb liegen und jammerte für den Bruchteil einer Sekunde, bevor der Wachmann wieder da war, diesmal mit den eisenbeschlagenen Stiefeln. Ein Tritt in den Bauch, ein Brüllen vom Boden und dann machte er sich ans Ausführen des Befehls, er und die anderen, die herumgehüpft waren. Sie mussten auf dem Boden herumrollen, rundherum und immer wieder rundherum, bis sie keine Luft mehr bekamen. Der alte Mann versuchte, so gut er konnte, es so zu machen wie die anderen, die Jüngeren, aber es ging nicht schnell genug, es war nicht so, wie es sein sollte. Er war ein Krüppel, ein Abschaum, die Wachmänner bekamen von seinem Anblick nicht genug, von den unbeholfenen Bewegungen, was für ein Vergnügen, was für eine Vorstellung.

Jetzt liegt er in der unteren Koje und schläft. Isak kann ihn atmen hören. Sein eines Hosenbein ist zerrissen, das rechte Auge ist nach dem Zusammenstoß mit dem Stiefel zugeschwollen.

Sie mussten hinauf an Deck, um das Essen zu holen. Eine steile Hühnerleiter hoch, durch die schmalen Flure, die Wachmänner waren überall, sie schrien und riefen, sie sollten sich beeilen, laufen, und jedes Mal, wenn sie an einem Wachmann vorbeikamen, mussten sie auf Deutsch »Achtung!« rufen. Die Seeluft, feucht und kalt, schlug ihnen entgegen nach Stunden in dem stickigen Frachtraum. Sie versuchten, sich zu orientieren: Wo waren sie jetzt, wohin fuhren sie? Die See umgab schwarz und wild das Schiff, Dunkelheit, so weit das Auge reichte, es war schon lange Verdunkelungszeit, wenn jetzt Land in der Nähe war, dann konnten sie es nicht erkennen.

Große Suppenkessel standen auf einem Tisch, aber es gab nichts, wohinein man die Suppe füllen konnte, keine Teller, keine Löffel, dafür mussten sie selbst sorgen. Einige der Alten, die nicht im Lager Berg gewesen waren, hatten Essgeschirr mitgenommen, wie bei ihrer Verhaftung angeordnet, sagte einer; aber die Gefangenen aus Berg, der Großteil, hatte nichts für die Suppe. Eine Familie hatte sich eine Waschschüssel besorgt, die füllten sie randvoll mit Suppe und versuchten, diese hinunter in den Frachtraum zu balancieren. Isak hatte nichts. Er schaute sich an Deck um, ob dort vielleicht etwas lag, das er sich schnappen, irgendetwas, das er mitgehen lassen konnte, ohne dass die Wachmänner es merkten. Ein Wachmann stand bei ihm. Isak konnte seine Blicke auf sich spüren, er musste jetzt vorsichtig sein, die Strafe für Diebstahl, wenn es sich auch nur um Plunder handelte, konnte hart ausfallen.

Da passierte etwas. Der Wachmann kam ganz dicht zu ihm, guckte ihn an, eine Sekunde waren sie zwei Männer auf dem Schiff, hungrig und erschöpft nach Stunden auf hoher See. Er spürte etwas Kaltes an der rechten Hand, da war etwas. Eine Blechdose. Der Wachmann nickte ihm rasch zu und ging weiter.

Isak schüttete die Suppe aus der Blechdose in sich hinein, sie war dünn, außer ein paar Kartoffel- und Rübenstücken war nichts weiter darin, aber immerhin, sie schmeckte. Der alte Mann saß neben ihm und schlürfte, seine Frau sei an Bord, sagte er, sie leide an Asthma: Hatte sie genug Medikamente, um die Überfahrt zu überstehen, und hinterher, wenn sie am Ziel waren, wie sollte es dann weitergehen? Wären Ärzte dort, sodass sie neue Medikamente bekommen könnte? Er selbst war beim Gehen auf einen Stock angewiesen, den aber hatten sie ihm schon am Kai weggenommen, erzählte er, hatten ihn zerbrochen.

Neben ihnen saß die Familie mit der Waschschüssel. Drei von ihnen, die Jüngsten, waren im Lager Berg gewesen, Isak war aufgefallen, dass sie immer zusammengehalten hatten. Jetzt hörte er, wie sie um die Waschschüssel flüsterten. Ob es wohl möglich war, sich durch die obere Luke vom Abtritt zu zwängen, sich nach draußen zu schlängeln und sich ins Meer fallen zu lassen; sie waren alle gute Schwimmer, war das eine Möglichkeit, konnte das gehen? Aber Ester, flüsterte einer, würden sie die Gelegenheit haben, in die Frauenabteilung hinüberzugehen, um sie zu warnen, wäre sie stark genug? Und wie kalt mochte es jetzt im Wasser sein? Nicht viele Grad, es war Ende November, wie lange konnte ein Mensch im eiskalten Wasser überleben? Außerdem hatten die Wachmänner Maschinengewehre, würde es ihnen nicht auffallen, wenn jemand im Meer trieb? Man würde auf sie schießen oder sie würden ertrinken. Lange blieb es still, als ob sie alle die Schlussfolgerung verdauten. Dann fingen sie von Neuem an zu flüstern. Wohin waren sie unterwegs? Der Älteste von ihnen, ein Mann mit Vollbart und Falten auf der Stirn, wahrscheinlich der Vater, berichtete von Gerüchten, die ihm zu Ohren gekommen waren; dass etwas Wahres daran sein konnte, dass sie auf dem Weg nach Nordnorwegen waren, sie mussten morgen versuchen, sich zu orientieren, festzustellen, ob das Schiff Lindesnes umrundet hatte und nordwärts fuhr. Noch waren sie nicht aus dem Oslofjord, meinte der Vater, vielleicht bestand eine Möglichkeit, dass sie beidrehten und die norwegische Küste nordwärts hochfuhren, es gab Gerüchte über ein Arbeitslager da oben. »Aber was ist mit den Frauen und Kindern?«, gab der eine Sohn zu bedenken. »Was sollen sie in einem Arbeitslager machen?« Sie verstummten abermals und kamen dann wieder auf die Luke zu sprechen: War es vollkommen unmöglich?

Lange wussten sie nicht, was sie machen sollten, wenn sie aufs Klo mussten. Einige hatten in dem Frachtraum in eine Ecke gepinkelt, hatten sich so weit an die Wand gedrückt, wie es ging, und es laufen lassen. Aber nach einigen Stunden auf See war jemand zu einem Wachmann gegangen. Er hielt sich die Hand vor den Unterleib, ahmte ein Rieseln nach, ein langes »Ssschh« und fragte »Warum?«, das war wohl das einzige Fragewort, das er auf Deutsch kannte. Der Wachmann schlug ihn, eine Faust sauste auf sein Ohr. Ein älterer Mann in schwarzem Anzug ging zu demselben Wachmann und sagte auf Deutsch: »Bitte austreten zu dürfen?«

Der Wachmann guckte den Mann an, der geduckt dastand und zu Boden starrte. Dem Wachmann lag etwas auf den Lippen, ein Grinsen, ein höhnisches Lachen, würde er die gleiche Behandlung verpasst bekommen, würde er mehr Schläge abkriegen? Nach einer Weile deutete der Wachmann nach oben zum Deck, erklärte auf Deutsch, wohin sie zu gehen hatten. Die Luke in der Wand konnte man öffnen, Isak hatte es gesehen. Aber hindurchschlüpfen, sich ins Meer fallen lassen? Hanna und Sonja und Miriam, er konnte sie nicht zurücklassen, er war kein guter Schwimmer.

Jetzt liegt er in der Koje, über dem alten Mann und unter Samuel, die Augen geschlossen. Er sitzt zu Hause im Sessel, es duftet nach Kaffee, frisch aufgebrüht, die Sonne scheint in die Wohnung, ist das Radio an? Da ist ein Geräusch. Eine Stimme. Jemand singt. Eine Frau. Er schlägt die Augen auf. Beugt sich aus der Koje und sieht, wie die anderen Gefangenen um ihn sitzen und liegen, Gefangene, die aussehen, als trauten sie ihren Ohren kaum: »Jeg var bare atten år og du kom meg i møte, månen lo, vi danset til den yndigste musikk.« Er kennt das Lied so gut, pfeift es immer mit. Jetzt schließt er den Mund.

Lehnt sich in der Koje zurück. Jetzt kommt es, er spürt es, kann sich ans letzte Mal nicht mehr erinnern, aus dem Bauch nach oben, in gedehnten, schweren Zuckungen. Er drückt das Gesicht gegen die harten Holzbretter.

Sonja wacht von einem Ruckeln auf. Das kam vom Zug, er hat wieder angehalten, sie weiß nicht, wie lange sie geschlafen hat. Sie hört Stimmen vor dem Waggon, jemand ruft etwas, Befehle, kurze Wörter. Durch die Luken in der Wand fällt von draußen das Licht eines Scheinwerfers herein. Es erhellt den obersten Bereich des Waggons, legt sich auf die Gesichter derer, die sich noch aufrecht halten können. Sie stehen dicht zusammen, ineinander verwoben, steif wie Streichhölzer in einer Schachtel. Miriam hat sich auf dem Boden zusammengerollt, dicht an der Wand, die Mütze über den Ohren, die Beine eng angezogen. Sonja spürt ihren Körper an den Füßen. Sie ist nicht davon aufgewacht, dass der Zug angehalten hat. Mutter steht neben ihr, sie hat die Augen zu, aber Sonja weiß, dass sie nicht schläft. Hin und wieder blinzelt sie, öffnet sie so weit, dass sie sich umschauen kann, kneift sie dann wieder zu. So steht sie da, mit geschlossenen Augen, seit sie sie beruhigen konnten.

Jemand ruft nach Wasser. Sie haben auf Deutsch um Wasser gebettelt, immer, wenn der Zug angehalten hat: »Wasser, bitte, Wasser«, ein Sprechchor aus trockenen Kehlen, heiseren Stimmen. Sie haben schon seit Stunden kein Wasser mehr bekommen, nicht, seit sie das Schiff verlassen haben. Sonja hört ihre eigene Stimme im Kopf: »Wasser, Wasser.« Sie weiß nicht, ob sie es laut ausspricht oder ob sie es nur denkt, die Lippen brennen, im Mund ist keine Spucke mehr.

Sie hört, dass ein Waggon an- oder abgekoppelt wird, der Zug ruckelt, ein Aufprall, bei dem sie gegen Miriam stößt. Es ist immer dasselbe, jedes Mal, wenn der Zug anhält. Kreischende Bremsen, Schritte draußen, entgegenkommende Züge rasen vorbei, eine schrille Pfeife, Ruckeln im Waggon und dann fahren sie weiter.

Jetzt sind sie wieder unterwegs, sie schaukeln von einer Seite zur anderen, der Rhythmus des Zuges überträgt sich auf den Körper, ein paar Mal Ruckeln nach links, ein paar Mal nach rechts, vor und zurück. Jetzt ist es dunkel geworden, es muss später Nachmittag sein. Seit mehr als einem Tag und einer Nacht stehen sie so hier. Durch einen Spalt zwischen den Holzbalken haben sie die Landschaft da draußen erahnen können: verschneite Bäume, hin und wieder sind sie an einem Dorf vorbeigefahren, graue Bahnhöfe, fremde Namen auf den Schildern.

Die Frau gleich hinter ihr japst wieder nach Luft, jetzt bekommt sie einen neuen Anfall. In ihrer Brust pfeift es, in ihrem Hals gurgelt es.

»Ich kriege keine Luft!«, ruft sie. »Hilfe, helft mir.«

Sie legt den Kopf in den Nacken, öffnet den Mund und saugt gierig die kalte Luft in dem Waggon ein, schluckt sie und hustet sie wieder aus. Sie hat Asthma, hat sie Sonja gesagt, und sie hat keine Medikamente. »Ich ersticke gleich«, hat sie mehrmals gerufen. Ihr Atem riecht faulig, nach einer Mischung aus geronnenem Blut und verdorbenem Essen, streng und aufdringlich, der Geruch verbindet sich mit dem Gestank von Urin. Sonja weiß, dass sie sich eingenässt hat, sie stehen so dicht gedrängt, dass sie ihre nassen Kleider riechen kann. Ihr Mann sei in einem anderen Waggon, hat sie erzählt, sie fragt sich, ob er imstande sei, sich auf den Beinen zu halten, ob er sich habe hinsetzen können. Sie flüstert Gebete in einer Sprache, die Sonja nicht versteht, es hört sich wie Russisch an, unzählige Wörter in einem stetigen Strom aus trockenem Wispern.

Sonja hat nicht mehr die Kraft, zu beten. Sie hat versucht, die Augen zuzumachen, sich zu sammeln, Worte zu finden – aber jetzt, jetzt kommen nur unvollständige Sätze, »Lieber Gott, lieber Gott, lieber Gott«, sonst nichts.

Nach vier Tagen im Frachtraum legte das Schiff am Kai an. Die Wellen kamen zum Stillstand, der Rhythmus veränderte sich, die Türen wurden geöffnet und die Passagiere, erschöpft nach der langen Reise, wurden hinauf an Deck kommandiert. Sonja hatte Miriam an der Hand, Mutter kam hinterher, den Lodenbeutel schleppend. Sie kamen von dem warmen, engen Frachtraum in beißende Kälte. Es mussten etliche Grade unter null sein, die Luft brannte in den Lungen, es stach in der Nase. Große Holzbalken waren ans Schiff gelegt worden, Sonja sah, dass viele Männer abrutschten, als sie an Land gehen wollten. Frauen und Kinder mussten die gleichen Leitern nehmen wie bei der Besteigung des Schiffes. Sie waren eisig glatt, alles musste schnell gehen. Wieder das gleiche Gebrüll, die gleichen Rufe, Stöße, Lacher, wenn jemand stolperte.

Am Kai wimmelte es von Wachleuten. Männer wurden nach links geschickt, Frauen und Kinder nach rechts. Sonja schaute sich nach Vater um, suchte in dem Gewühl von Männern, die sich zu einer dichten Gruppe zusammenscharten, konnte ihn aber nicht entdecken, dort waren so viele. Miriam rief nach ihm, mehrere riefen, Mutter stand ganz stumm da. Es sah aus, als wären sie in eine Stadt gekommen, die Hafenanlage war aus Beton, große Stahlkräne hingen über dem Kai, kräftige Scheinwerfer warfen grelles Licht, es schneite leicht. Eisenbahnschienen verloren sich in der weißen Landschaft.

Sie wurden zu den Schienen getrieben, ein Zug stand bereit, die Türen waren geöffnet, die Waggons klafften ihnen entgegen, wie offene, dunkle Löcher, sie liefen mit dem Gepäck in der Hand. Sie wurden nach dem Alphabet sortiert. Männer in einen Teil des Zuges, Frauen und Kinder in einen anderen. Der erste Waggon wurde gefüllt, die Türen zugeschoben, mit schweren Riegeln verschlossen, Leute riefen im Inneren, Sonja konnte es hören. Sie drei landeten in einem der letzten Waggons, ganz hinten an der Wand, sie spürten das Gewicht immer weiterer Menschen, die hineingepresst wurden. Es war so voll, dass sie aufrecht stehen mussten, dicht an dicht, jemand verlor den Halt unter den Füßen, rutschte zu Boden und die anderen traten auf den Körper. Die Türen wurden geschlossen, sofort war es stockdunkel, die einzigen Lichtstreifen kamen von den Luken ganz oben in der Waggonwand. Sonja nahm Miriam auf den Arm, drückte sie an sich, an die Wand gelehnt. Ein Pfeifen von draußen, ein langer Pfiff, das erste Ruckeln im Waggon und der Zug setzte sich in Bewegung.

Eine Weile hatten alle aufrecht gestanden, doch als die Stunden vergingen, hatten sie versucht, sich umzustellen, unten um die Füße ein wenig Abstand zu schaffen, sodass sich ab und zu eine hinhocken konnte. Miriam ganz dicht an der Wand, die kalte Luft drang durch die Ritzen zwischen den Brettern, Sonja hatte eine Decke aus dem Lodenbeutel geholt, sie Miriam umgelegt, versucht, sie so darin einzuwickeln, dass ihr nicht allzu kalt wurde.

Im Waggon war es still. Dicht gedrängt, Körper an Körper, die gleichmäßigen Geräusche des Zuges waren alles, was sie hörten. Gadong, gadong. Gadong, gadong. Sonja lehnte den Kopf an die Wand, spürte, wie er gegen die Holzbretter schlug, schloss die Augen und öffnete sie wieder. Durch Spalten in der Bretterwand konnte sie all das Weiß da draußen sehen, alles, was der Schnee zugedeckt hatte. Sie fuhren an einem Bauernhof vorbei, mehrere Kinder spielten draußen.

Nach ein paar Stunden im Zug hatte Mutter angefangen, gegen die Wand zu trommeln. Zunächst vorsichtig, ein leises Klopfen. Ihre Hand kroch über die Bretter, als suchte sie nach einer verborgenen Öffnung, nach einer Möglichkeit, ein Brett zu lockern und nach draußen in den Schnee zu springen. Doch dann schien etwas in ihr aufzulodern, ein unterdrückter Schrei. Mutter begann, die zu schubsen, die um sie standen, rücksichtslos, sie stieß die alte russische Frau, trat eine Frau im Pelzmantel, die auf dem Boden lag, fuchtelte mit den Armen herum. Sonja versuchte, ihr die Arme um den Körper zu schlingen, sie festzuhalten, doch Mutter riss sich los, stieß sich in der dicht gedrängten Menge aus Körpern vorwärts, sie wolle raus, keifte sie.

Jetzt steht sie mit zugekniffenen Augen da. Ihr Körper bewegt sich im Takt des ruckelnden Zuges, sie ist jetzt ruhig, unerreichbar. Die Verletzung über dem Auge ist zu einem langen Schorfstreifen getrocknet, die Augenlider wirken ganz dünn, durchscheinend. Sie sieht aus wie eine alte Frau, verwirrt und verschämt, nachdem sie der Panik freien Lauf gelassen hat, ruhig wie ein kleines Kind, das nach einem Wutanfall eingeschlafen ist.

Welcher Tag ist heute? Dienstag muss es sein. Vor einer Woche hatte es Hering zum Abendessen gegeben, der war sauer und ranzig gewesen, aber immerhin, sie hatten um den Küchentisch in der Biermanns gate gesessen. Ilse hatte ihr an dem Abend von Hermann erzählt, sie hatten flüsternd nebeneinandergelegen. Sonja hätte ihr beinahe von ihren Plänen erzählt, doch sie fand keine Worte, sie ließ Ilse reden. Es kam ihr vor, als wäre das eine Ewigkeit her.

Dienstag? Sie sollte jetzt woanders sein, die mit Teppich ausgelegte Treppe hochgehen, die angenehmen Düfte im Theater schnuppern, sich hinter die Nähmaschine setzen, Wintersonne, sich durch die ovalen Fenster davon bescheinen lassen. Sie würde die anderen Näherinnen begrüßen, im Büro von Herrn Østli die Papiere unterschreiben. Heute ist der erste Dezember. Dienstag. Sie sollte ganz woanders sein.

Der Zug fährt langsamer. Die Bremsen kreischen. Sie bleiben ganz stehen. Miriam erhebt sich vom Boden. Sie hören Stimmen von draußen, Stimmen und etwas anderes – da sind Tiere, Hunde, sie bellen gierig da draußen. Niemand bittet um Wasser. Alle stehen still und stumm da. Als wüssten sie genau Bescheid. Sie sind am Ziel. Sonja hört, dass die Riegel zurückgeschlagen werden. Das Geräusch von Eisen, schwer und hart. Ein weißes Licht von großen Scheinwerfern fällt in den Waggon. Da draußen wimmelt es von Männern, wimmelt es von Hunden, die an den Leinen zerren. Frostnebel schwebt um ihre Mäuler wie Wolken. Die Passagiere gehen auf das weiße Licht zu, auf die Öffnung, fallen aus den Waggons, die steifen Körper haben sich mehr als einen Tag und eine Nacht nicht mehr bewegt. Sonja sieht ein Schild über dem Bahnsteig: *Auschwitz*. Das sagt ihr nichts.

Jetzt geht es schnell. Sie werden aus den Waggons getrieben, springen auf den Bahnsteig. Es gibt weder Stufen noch Trittbretter, viele stürzen beim Aussteigen. Sonja sieht die alte russische Frau, sie schlägt wie ein schwerer Sack auf, rappelt sich wieder hoch, schnappt pfeifend nach Luft. Hier wimmelt es von Menschen, Aufseher rufen, es sind die gleichen deutschen Rufe, die sie schon seit Tagen hören, immer die gleichen; sie müssen sich beeilen, sie sind Schweine, »Lauft, na los, lauft.«

»Männer links. Frauen und Kinder rechts.« Die Stimme aus dem Lautsprecher auf Deutsch, laut und knisternd.

Sonja, Mutter und Miriam laufen mit den anderen Frauen und Kindern nach rechts, sie bleiben dicht zusammen.

Große Lastwagen fahren auf das Gelände, sie haben eine Plane über der Ladefläche, im Lautsprecher knistert es wieder. Sie sollen ihr ganzes Gepäck auf einem Haufen abstellen. Einige zögern, sie wollen nicht ihre letzte Habe hergeben, das Letzte, was ihnen von zu Hause noch geblieben ist. Das Gepäck werde nachgeschickt, erfahren sie, sie sollen es hier nur abstellen, jeder werde sein Eigentum zurückerhalten. Sonja tritt mit dem Einkaufsnetz und dem Lodenbeutel vor. Sie legt alles auf den Haufen aus Koffern und Taschen.

Sie stürmen vor, Häftlinge in gestreiften Anzügen, so dünn und fahl, als hätten sie vergessen zu sterben. Die Häftlingsanzüge an den mageren Körpern, die den Eindruck machen, als könnten sie jederzeit zerbrechen. Nur die Augen sehen lebendig aus, groß und schwarz, sie bewegen sich schnell in den schmalen Gesichtern, gucken von einer zur anderen. Mit flinken Bewegungen verfrachten sie das ganze Gepäck auf die Ladeflächen. Ein paar Lastwagen fahren ab.

Ein neuer Befehl wird gerufen. Frauen, Kinder und ältere Männer sollen mit den Lastwagen fahren, die bereitstehen. Die Schar wird zu den Wagen getrieben. Sie laufen. Rufe und Schreie und Gebell schwirren durch die Luft. Sonja hievt Miriam auf die Ladefläche, klettert selbst hinterher und dreht sich um, um Mutter zu helfen. Sie drängen sich unter der Plane zusammen, stehen aufrecht, dicht an dicht. Bevor die Klappen zugeschlagen werden, entdeckt Sonja Vater. Er steht in einer Reihe, sieht in ihre Richtung, einer in einer Menge von Hunderten. Sie ruft ihm zu, wedelt mit den Armen, aber er sieht sie nicht, man schlägt die Klappen zu, man lässt die Motoren an und die Lastwagen fahren los.

Durch den Spalt unter der Plane kann Sonja niedrige Backsteinhäuser sehen, lange Reihen mit dunklen Gebäuden in einem gräulichen Licht. Es ist Abend geworden, dunkel und kalt, die Luft trifft wie Pfeile in die Lungen. Hier ist etwas, ein Gestank, er erinnert an die Abfalltonne zu Hause im Tordurchgang.

Der Lastwagen kommt zum Stehen. Sie halten vor zwei Baracken. Ein großer Mann empfängt sie. Hinter ihm stehen Häftlinge, die gleichen Anzüge, die gleichen großen Augen, die gleiche gebückte Haltung.

»Ich brauche einen Dolmetscher«, sagt der Mann auf Deutsch und blickt sich um.

Seine Stimme hat eine andere Tonlage, sie ist nicht streng, nicht spitz, sondern freundlich. Ein älterer Mann hebt die Hand. Er wird herausgeholt, um zum Dolmetschen neben dem Großen zu stehen.

»Ihr befindet euch jetzt am Eingang zu einem Lager. In diesem Lager herrschen strenge Hygienevorschriften. Ihr habt eine lange und anstrengende Reise hinter euch und jetzt braucht ihr ein Bad. Zieht euch im Umkleideraum aus, hängt eure Kleidung an die Haken und merkt euch die Nummer, dann ist es leichter, sie hinterher wiederzufinden. In diesem Lager benutzen Männer und Frauen dieselben Duschen. Frauen und Kinder gehen zuerst rein und dann kommen die Männer. Wascht euch gründlich und geht dann durch die Tür mit der Aufschrift ›Zur Desinfektion‹. Dort wird man euch ein Handtuch geben. Verstanden?«

Niemand antwortet, niemand sagt etwas.

Sie gehen in den Umkleideraum, ziehen sich aus, hängen ihre Kleider an die Haken. Zwei – neun – sieben – drei. Sonja merkt sich die Nummer. Hinein in einen langen Raum. Die Wände sind weiß gestrichen, eine Reihe Duschköpfe hängt von der Decke. Hier drinnen riecht es merkwürdig, penetrant und streng, nicht unangenehm, bloß sonderbar. Sonja drückt Miriam an sich, den dünnen, nackten Körper, die kleinen Arme umfassen ihre Taille. Sie umarmt Mutter, die atmet schwer, ihre kalte Haut riecht nach Schweiß. Sie sieht Erik, die Hand der Mutter an seiner Wange, ihren gewölbten Bauch, der Nabel wie ein Knopf ganz oben. Die alte russische Frau hält sich die Hände vors Gesicht, ihre Haut hängt in Falten an ihrem kräftigen Körper, sie hustet.

Die Türen gehen mit einem Knall zu. Es wird vollkommen dunkel. Sie warten auf Wasser. Lange Sekunden. Einige rufen. Schreien laut. Sonja steht still da. Den Mund geschlossen. Miriams Kopf an ihrem Bauch. Ihr weiches Haar. Weiterhin dunkel. Ganz schwarz. Atmen ist unmöglich.

Isak behält die Luft lange in den Lungen, wie um sich an seinem eigenen Atem zu wärmen, ihn im Körper zu speichern, damit er die Nacht übersteht. Sie liegen nackt da, die meisten haben sich in Embryo-Stellung zusammengekauert, die Beine angezogen, um sich so klein wie möglich zu machen, ihren Körper zu schützen. Sie liegen in einem Duschraum, hier drinnen muss es unter null Grad sein.

Er hatte nach ihnen Ausschau gehalten, als die Lastwagen kamen. Frauen, Kinder und Alte, oben auf den Ladeflächen, es ging so schnell, es waren so viele, er hatte sie nicht entdeckt.

Die Lastwagen fuhren davon und den Männern, die noch stehen geblieben waren, befahl man, sich in fünf Reihen hintereinander aufzustellen. Die Befehle dröhnten durch die nächtliche Finsternis.

»Vordermann! Abstand halten! Im Gleichschritt, marsch!«

Sie waren auf dem Weg in etwas Unbekanntes. Der Matsch, durch den sie marschierten, war zu harten Brocken gefroren, es roch streng, ein eigenartiger Geruch lag über der Gegend. Sie marschierten durch ein breites Flügeltor, Stacheldraht oben und unten, das Licht von großen Scheinwerfern zweier Türme fegte über sie, fegte über das Gelände, in den Lichtkegeln konnte man sich unmöglich ein Bild davon machen, wo sie gelandet waren. Hinter dem Tor konnte Isak lange Reihen mit Backsteinhäusern sehen, eine ganze Landschaft aus niedrigen Häusern. Zwischen den Baracken tauchten ein paar Gestalten in gestreiften Anzügen auf. Die Häftlinge schlurften vorwärts, als schafften sie es nicht mehr, die Füße anzuheben, als hätten sie nicht mehr die Kraft für die Anstrengung, um sich noch einen Meter vorwärts zu bewegen. Isak starrte sie an. Wie lange mochten sie schon hier sein? Es sah nicht so aus, als hätten sie je ein normales Leben geführt. Würde er selbst so lange hierbleiben, um dann genauso zu gehen, wie ein Knochengestell, schlurfend in einem gestreiften Anzug?

Sie setzen ihren Weg durch mehrere Flügeltore fort, in ein anderes Lager: Birkenau. Große Betonhäuser mit hohen, viereckigen Schornsteinen. Dort, hinter dem Zaun, hielten sich Hunderte von gestreiften Anzügen auf, es wimmelte nur so davon. Und ganz weit hinten, in den dunklen Türöffnungen in einem der Betonhäuser, splitternackte Menschen. Sie wurden herumgescheucht. »Nicht hingucken«, sagte einer, einer in seiner Reihe, und Isak hatte zu Boden geschaut, sich auf seine Füße, seine Schuhe, den Matsch konzentriert.

Die Kolonne kam zum Halten. Man kommandierte sie in eine Baracke. Hier gab es Pritschen mit drei Etagen, in dichten Reihen, die von den Wänden abstanden, acht Mann sollten auf einer Pritsche schlafen, sich eine Decke teilen. Sie hatten kaum ein paar Minuten gelegen, als der Aufseher zur Stelle war, seine Stimme bohrte sich durch die Dunkelheit, der Ruf hallte im Raum.

»Aufstehen!«

Sie sprangen von den Pritschen, stellten sich auf, hatte man ihnen nicht gerade erst befohlen, sich schlafen zu legen? Und jetzt das, was kam als Nächstes, welche Regeln galten hier?

Am Ende des Raumes stand ein Mann in schwarzer Uniform und blank polierten Reitstiefeln, hinter ihm eine kleine Gruppe von Männern in Häftlingsanzügen, andere als die, die sie draußen gesehen hatten: kräftige Kerle, sie standen im Halbkreis. Der Mann in Uniform ging in den Raum hinein, kam näher, mit schweren Schritten, die Stiefel knarrten. Samuel stand neben Isak. Er zitterte, war nicht in der Lage, die Zuckungen im Oberkörper unter Kontrolle zu bringen. Der Aufseher mit den Reitstiefeln näherte sich, kam ganz zu ihnen, blieb vor Samuel stehen.

»Was bist du von Beruf, du Judenschwein?«

Seine Stimme war sanft, fast fröhlich. Samuel antwortete nicht. Der Aufseher atmete schwer, Isak konnte seinen Atem riechen, er stank nach Alkohol.

»Du bist Geschäftsmann, was?«

Samuel schüttelte leicht den Kopf, nein, er war kein Geschäftsmann. Er schien nach einem Wort zu suchen, viel Deutsch konnte er nicht. Der Wachmann räusperte einen Schleimklumpen hoch und spuckte ihm den ins Gesicht. Dann ging er weiter, stellte mehreren dieselbe Frage. Konnten sie nicht antworten, spuckte er. Antworteten sie, schlug er zu. Er schlug zu wie ein hitzköpfiger Knirps, zielsicher dahin, wo es am meisten wehtat.

Nach einer Weile gab er einem der anderen ein Zeichen, einem kleinen stämmigen Mann, auf der Brust hatte er einen grünen Winkel.

»Wie ihr gemerkt habt, seid ihr in einem Arbeitslager angekommen«, sagte er und breitete die Arme aus, als hätte er den Auftrag erhalten, sie herzlich willkommen zu heißen.

»Hier kriegt ihr einen Beruf, der dem entspricht, den ihr früher draußen gehabt habt. Wer fleißig arbeitet, kriegt den verdienten Lohn. In ein oder zwei Monaten dürft ihr Familie und Freunde besuchen.«

Er machte eine Pause. Mit listigen Augen, als hätte er es einstudiert, ließ er seinen Blick über die Reihen schweifen.

»Will jemand was fragen?«

Sie standen eine Weile schweigend da. Keiner traute sich, etwas zu sagen. Der mit dem grünen Winkel wartete. Ein Häftling erdreistete sich, die Hand zu heben.

»Ja?«

Nach deutschen Wörtern suchend, fragte der Häftling, wie sie in Kontakt mit ihren Familien kommen sollten, wie das vor sich gehen sollte. Der mit dem grünen Winkel lächelte ihn an, nickte langsam, als sei das eine sehr gute Frage, als würde er über die Antwort gründlich nachdenken.

»Kommt einfach zu mir«, sagte er nach geraumer Zeit, das Lachen funkelte in seinen Augen, »kommt einfach zu mir, dann leihe ich euch mein Fahrrad.«

Die Aufseher lachten. Der mit dem grünen Winkel ging zu ihnen, bekam seinen Applaus, sein Schulterklopfen, er fuhr sich mit der Hand durchs Haar.

Sie krochen zurück auf die Pritschen. Versuchten, sich in einer Art Muster zurechtzulegen, vier mit dem Kopf in eine, vier mit dem Kopf in die andere Richtung, die Beine ineinander verschränkt. Die eine Decke, die sie sich teilen mussten, legten sie so hin, dass sie die Beine bedeckte.

Isak lag ganz außen. Er dachte an die anderen, fragte sich, ob sie es im Frauenblock besser hatten, ob dort auch so wenig Platz war, ob sie bessere Pritschen, mehr Decken hatten. Die nackten Menschen, die er in den Türöffnungen gesehen hatte. Die meisten davon waren Frauen. Es dauerte vielleicht nur ein paar Sekunden, aber trotzdem, er hatte es gesehen, das reichte, das würde er nie vergessen. Jemand hatte gemeint, dass das nicht echt sei, dass das so etwas wie ein Filmtrick war, der sie fertigmachen sollte.

Wie lange würde er hier überleben können? Wäre es überhaupt möglich zu überleben? Und die anderen? Und Ilse? Er lag lange wach und dachte nach, der Körper angespannt. Eine einsame Glühbirne brannte trübe über einem Klokübel am anderen Ende des Raums.

Er konnte nicht viel geschlafen haben, als er es merkte: Kalte Finger glitten am Rand der Pritsche entlang, vor und zurück, als suchten sie nach etwas. Als er die Augen aufschlug, starrte er unvermittelt in ein Männergesicht. Zwei große Augen guckten ihn an, ein Paar riesige Ohren standen vom kahl rasierten Schädel unter einer gestreiften Mütze ab, die Wangen waren so eingefallen, dass es aussah, als hätte er das Fleisch mit einem Löffel ausgeschabt und die dünne Haut über das Loch gelegt. Gelber Stern auf dem Anzug. Der Mann zog die Hand zurück, stand neben der Pritsche, ganz still, als wartete er darauf, dass etwas passierte.

»Parlez-vous français?«, flüsterte er.

Isak schüttelte den Kopf.

»Jiddisch?«

»Nein. Deutsch?«

Isaks Deutsch war zwar nicht das Beste, aber er verstand viel. Die Gestalt bewegte sich, wie eine Holzpuppe, ein paar Schritte vor, ein paar zurück, dann war er wieder da. Er richtete seine Augen auf Isak, mit festem Blick, als wäre er auf einmal konzentriert. Er flüsterte lange, Wort für Wort kam aus dem zahnlosen Mund. Isak hörte zu.

Im Morgengrauen wurden sie von Gebrüll geweckt: »Aufstehen!«

Sie kamen auf die Beine, stellten sich an den Pritschen auf. Eine Blechschüssel mit braunem Wasser, so etwas wie Tee, wurde herumgereicht, alle sollten aus ein und derselben Schüssel trinken. Kurz hatte Isak vor, sie an sich vorübergehen zu lassen, er hatte den Rat des Mithäftlings im Hinterkopf. Speichel vermischte sich, alle möglichen Sorten von Bakterien. Doch als er die Schüssel in die Hand bekam, überwältigte ihn der Durst, er schlürfte von der Brühe.

In Reihen aufgestellt, sie marschierten aus der Baracke, über einen Platz, es schneite kräftig. Vor einem weißen Gebäude kamen sie zum Stehen, wurden in einen langen Raum mit Holzbänken an den Seiten geführt. Die Kleidung sollte ordentlich zusammengefaltet auf die Bank gelegt werden. Der Boden war eiskalt unter den nackten Füßen, man bekam Gänsehaut. Viele hielten sich die Hände vor den Unterleib, versuchten, sich zu schützen, ihre nackten weißen Körper. An der Wand hingen zwei große Plakate, schwarze fette Buchstaben über einem Totenkopf mit einem Kreuz darüber: *Eine Laus – Dein Tod.*

In dem Raum dahinter saßen andere Häftlinge hinter niedrigen Tischen, Rasierapparate, Rasiermesser und

Scheren lagen bereit. Die Haare auf dem Kopf. Isak beugte sich vor und sah, wie sie in dicken Büscheln auf den Boden fielen, seine dunkelbraunen Haare, sie vermischten sich mit den Haaren all der anderen, die vor ihm in der Schlange gestanden hatten, der Rasierapparat brummte. Die Haare am Körper. Man musste nur still stehen und den Häftling seine Arbeit machen lassen. Nackt und haarlos jetzt wurden sie weitergetrieben, in ein Bad, die Duschköpfe hingen von der Decke. Die Duschen wurden aufgedreht und eiskaltes Wasser strömte auf sie, es brannte auf der Haut, die Strahlen trafen den Oberkörper wie Speerspitzen. Das Wasser versiegte kurz und dann wurde es wieder aufgedreht, diesmal war es so heiß, dass es die Haut verbrühte. Der Raum füllte sich mit Dampf, er stieg vom Boden auf. Heißes Wasser, kaltes Wasser, heiß, kalt, wie lange sollte das so gehen, wie lange hatten sie dagestanden, vornübergebeugt mit den Armen um den Körper?

Die Tätowierer hatten wenig Zeit. Mit den Geräten gingen sie unsanft um, die Zahlen wurden schief und krumm, in die Haut, auf den linken Unterarm, eine Zahl, die jetzt sein neuer Name war, seine neue Identität.

Man händigte ihnen eine Karte aus. Auf der linken Seite standen etliche Angaben über jeden in Zeilen untereinander. Isak blieb mit der Karte in der Hand stehen. Das war also er: Isak Stern, vierzig Jahre, keine Goldzähne, nackt und geschoren, einer von vielen, eine Zahl auf dem Unterarm und das bisschen, was auf ein Stück Papier passte. Auf der rechten Seite stand ein einziges Wort: tot. Diese Zeile war leer.

Jetzt liegt er hier, in dem eiskalten Bad, in dem sie die Nacht verbringen müssen. Isak atmet langsam durch den Mund aus, durch leises, kurzes Stöhnen. Holt von Neuem durch die Nase Luft, behält sie lange in der Lunge und lässt sie zwischen den Lippen entweichen. Er fühlt den glatten Schädel auf seinem Unterarm, spürt die Fragen, die in ihm beben, die Ungewissheit, ihm ist schlecht. Der zahnlose Mund, der Häftling gestern, die Worte, er darf sie nicht vergessen: »Sag nie laut, dass du krank bist. Tu immer so, als wärest du gesund. Antworte nie mit Ja. Nie mit Nein. Antworte nur, wenn es nicht mehr die geringste Chance gibt, zu entkommen. Lauf nicht, selbst dann nicht, wenn dir befohlen wird zu laufen. Wenn du läufst, erschießen sie dich und behaupten, es war ein Fluchtversuch. Vergiss, woher du kommst, wer du bist, vergiss, dass du einmal ein Mensch warst.«

Er muss jetzt seine Instinkte gebrauchen. Mit dem Bauch denken. Sich vorwärts schnüffeln. Jagen. Er muss ein Tier werden.

Tage. Sechs Tage sind vergangen. Ilse ist im roten Zimmer geblieben. Hat auf der Bettkante gesessen oder unter dem Plumeau gelegen und an die Decke gestarrt. Hin und wieder hat Einar Vindju die Tür aufgemacht und nach ihr geschaut. Er redet nicht viel, kommt mit Essen, stellt den Teller auf den Nachttisch, schließt die Tür. Die übrige Zeit war sie sich hier drinnen selbst überlassen. Die roten Wände, der Stuck an der Decke, sie kennt das Muster inund auswendig, die Stille im Zimmer, sie gibt so vielen anderen Geräuschen, so vielen Gedanken Raum. Mutter. Miriam. Sonja. Sie kann ihre Stimmen, ihren Atem hören, Mutters Fältchen um den Mund, sie sieht sie so deutlich, sie hatte gesagt, dass sie sie hasste, es ihr direkt ins Gesicht geschrien, bevor sie weglief, das geht nicht, sie kann jetzt nicht daran denken. Sie schließt die Augen, legt sich aufs Bett und dann sind sie da, zu Hause, alle. Die enge Wohnung, die Stube, die Fenster, die Geräusche von draußen von der Straße, der Essensdunst, Mutters Essen.

Am ersten Morgen kam Einar zu ihr und sagte, dass er für ein paar Stunden nicht da sei.

»Bleib von den Fenstern weg«, ermahnte er sie und stellte einen Teller mit zwei Scheiben Brot auf ihren Nachttisch. »Niemand darf wissen, dass du hier bist.« Er lächelte. Nahm ein Streichholz und zündete sich eine Zigarette an, blies den Rauch in Ringen in ihr Zimmer.

Es wurde vollkommen still, nachdem er gegangen war. Keine Geräusche von den Nachbarn, niemand polterte im Treppenhaus, kein Kind weinte oder schrie. Es war so ganz anders, als sie es gewohnt war. Als wäre sie allein in dem großen Mietshaus, als gäbe es keinen einzigen Menschen in einem der anderen Stockwerke. Sie blieb im Bett liegen, der Körper schmerzte. Nach ein paar Stunden stand sie auf. Sie sollte sich ruhig verhalten, Einar hatte es ihr befohlen, aber ohne dass sie weiter nachdachte, setzten sich die Beine in Bewegung. Sie ging herum, zunächst im roten Zimmer, vom Bett zum Kleiderschrank an der Wand, machte die Schranktüren auf und linste hinein: leere Regale, ein paar Kleiderbügel an der Stange. Sie schloss die Türen wieder. Sie öffnete die Tür zum Flur, dunkel, Türen, viele Türen, alle geschlossen, sie ging zum Eingangsbereich. Glastür zum Wohnzimmer, vorsichtig bewegte sie die Schiebetür, schob sie zur Seite und guckte in den großen Raum. Im Wohnzimmer standen und lagen überall Malutensilien herum, hier sah es eher nach einem Atelier aus als nach einem Wohnzimmer, der Geruch von Chemikalien stach ihr in die Nase. Auf einer Staffelei am Fenster stand ein halb fertiges Gemälde: ein fülliger, nackter Körper in Blautönen. Sie ließ die Hand übers Bild gleiten, spürte, dass an manchen Stellen die Farbe in dicken Schichten aufgetragen war. Das Sonnenlicht vom großen Fenster erfüllte das Zimmer, der Himmel draußen war strahlend blau. In ein paar Stunden würde es dunkel werden.

Sie kehrte in den Flur zurück. Wie viele Zimmer mochte es hier wohl geben? Acht Türen. Hatte er etwa acht Zimmer?

Vor ihr seien schon andere hier gewesen, hatte er gesagt, als betriebe er so etwas wie ein Hotel. Wer wohl die anderen gewesen waren? Junge Mädchen wie sie? Andere, die allein waren? Andere Juden?

Hermann Rød. Er hat sich immer noch nicht blicken lassen. Sie hatte am ersten Tag auf ihn gewartet, auch all die anderen Tage, gewartet und gehofft, dass er doch noch kommen würde, aber es war still geblieben. Sie fragt sich, warum er nicht kommt, warum er sie hier untergebracht hat und gegangen ist, nichts hat von sich hören lassen, er hat doch gesagt, dass er wiederkommen will. Sie hat Einar gefragt, ob er etwas von Hermann gehört habe, er antwortete nicht, zuckte nur mit den Schultern, verzog sich aus dem Zimmer. Am ersten Tag war Einar von morgens bis abends weg gewesen. Jetzt ist er hier, in der Wohnung, die ganze Zeit. Er sitzt in der Küche, raucht. Er macht die Tür nicht auf, wenn es klopft.

Jetzt liegt sie auf dem Bett, die Nase tief in Hermanns Pullover vergraben, er riecht immer noch nach Hermann, weich und nach Junge.

Die Tür zum Flur steht offen, plötzlich hört sie eine Stimme, Einar, er telefoniert in der Küche. Sie versucht mitzubekommen, was er sagt, er spricht leise, das einzige Wort, das sie versteht, ist »Steckrüben«. Steckrüben? Macht er auf dem Schwarzmarkt Geschäfte? Sie schließt die Tür, setzt sich wieder aufs Bett.

»Ilse«, sagt Einar in der Tür, er kommt zu ihr, setzt sich neben sie aufs Bett. »Hör mir jetzt gut zu. In einer Stunde gehst du runter auf die Straße. Du gehst in den Frognerveien und stellst dich da vors Lebensmittelgeschäft. Dort bleibst du stehen und guckst dir das Schaufenster an, bis ein Mann kommt und sich mit ›Andersen‹ vorstellt. Er wird dich fragen, ob du Inger bist, dann antwortest du mit Ja. Der Mann bringt dich woandershin.«

Er atmet tief durch.

»Hast du das verstanden?«

»Ja«, flüstert sie und sieht ihn an. »Habe ich verstanden.«

Draußen wird es langsam dunkel. Die Straßen liegen offen und leer da, die Gehwege glänzen, es nieselt. Über die Straße, hinter ihr liegt das Mietshaus. Sie sieht, dass Einar am Wohnzimmerfenster steht, sieht ihn nur schemenhaft, ein grauer Körper dort oben. Der Regen fällt weich auf ihren Kopf, sie schaut beim Gehen die ganze Zeit nach unten. In dieser Gegend kennt sie sich nicht aus, die Namen auf den Straßenschildern sind ihr fremd. Einar hat ihr den Weg erklärt, sie hat sich seine Worte eingeprägt, nach seiner Beschreibung müsste sie bald am Ziel sein, aber was, wenn sie sich verläuft, was, wenn sie nicht richtig zugehört hat?

Frognerveien, da sieht sie das Schild. Hier soll sie links abbiegen und der Straße folgen. Das Geschäft soll auf der linken Seite liegen, sie sucht mit Blicken in dem dunklen Licht. Zwanzig Meter weiter, ein weißes Schild hängt über der Eingangstür.

Sie stellt sich vors Schaufenster und guckt das spärliche Warenangebot an, für das Reklame gemacht wird:

»Schuhe aus Fischleder«, »Preiselbeeren vom Voksenkollen«, »Haben Sie alte Laken übrig? Kinderwäsche kann daraus werden«. Das Geschäft. Vater. Sie sieht ihn plötzlich hinter dem Ladentisch, der Geruch vom grauen

Packpapier, die Geräusche, wenn Sonja hinter der Nähmaschine sitzt.

Ein Mann im braunen Anzug überquert die Straße. Sie steht still da, hört, wie seine Galoschen auf den Asphalt klatschen, hört jeden Schritt, der sich nähert, jetzt ist er hinter ihr. Er bleibt neben ihr stehen, sie hört ihn atmen, riecht den Tabak.

»Na, mein Fräulein, träumen Sie von besseren Zeiten?«

Sie dreht sich nicht um. Steht unbeweglich da wie eine Schaufensterpuppe, wie ein Teil des verdunkelten Ladens.

»Darf ich dem Fräulein eine Zigarette anbieten?«

Sie rührt sich nicht. Wünschte, er würde gehen. Er soll nicht hier stehen und sich jetzt mit ihr unterhalten.

»Wohnen Sie hier in der Nähe?«

Das kann doch dieser Andersen sein. Vielleicht will er nur, dass sie sich umdreht, damit er fragen kann, ob sie Inger ist, vielleicht will er nur Blickkontakt mit ihr aufnehmen, damit er erklären kann, wer er ist.

Sie dreht ein wenig den Kopf, guckt ihn an. Der Mann ist jung, er lächelt.

»Wohin wollen Sie denn, mein Fräulein?«

Was soll sie darauf antworten? Sie bleibt mit halb geöffnetem Mund stehen und guckt ihn an, wartet, dass er das magische Wort »Andersen« sagt. Er steht da. Lächelt weiter. Aber er sagt nicht »Andersen«.

»Na, was meinen Sie? Möchten Sie eine Zigarette?«

Da sieht sie etwas anderes. Einen Schatten, etwas Dunkles, auf der gegenüberliegenden Straßenseite, er steht an einen Baum gelehnt dort.

»Nein, danke«, antwortet sie, lächelt zaghaft. »Ich muss jetzt nach Hause.«

Sie macht auf dem Absatz kehrt und geht in die entgegengesetzte Richtung, marschiert die Straße hinauf. Wenn er ihr bloß jetzt nicht folgt, wenn er ja die Straße hinuntergeht. Sie horcht auf die Schritte mit den Galoschen, hält kurz an, um besser zu hören. Doch, ihr folgt jemand. Sie wirft einen Blick über die Schulter, um nachzusehen, ob es der junge Mann ist. Das ist er nicht. Das ist der Mann, den sie gerade eben noch hinter dem Baum gesehen hat. Sie steht schweigend da, hört, dass er näher kommt, sie dreht sich nicht eher um, bis sie seine Stimme hört.

»Inger?«, flüstert er.

Sie nickt. Er nimmt ihren Arm und hakt ihn bei sich unter, als seien sie Vater und Tochter, unterwegs im Nachmittagsregen, auf dem gemeinsamen Heimweg. Er sagt kein Wort mehr, geht bloß und starrt stur vor sich hin. Es ist, als hätte er kein Gesicht, keine Stimme, er ist bloß ein Körper, der sie durch die nassen Straßen mitnimmt. Sie biegen in den Kirkeveien ab, der Frognerpark liegt auf der anderen Straßenseite, dunkel und ruhig, wie ein großes, offenes Loch. Sie kommen am Kirkeveien 23 vorbei, dasselbe Gebäude, dort ist es jetzt still, ein paar Wachmänner stehen draußen und rauchen unter einem kleinen Vordach.

Oben in der Straße dreht er um und biegt nach rechts ab. In die Middelthuns gate, er bleibt vor einer braunen Tür stehen und drückt auf eine der Klingeln. »Wesnes« steht auf dem Schild. Hinter dem welligen Glas in der Haustür sieht Ilse eine Gestalt immer näher kommen. Die Tür wird geöffnet, eine Frau mit weißer Schürze und blondem Haarknoten steckt den Kopf heraus.

»Ach nee, wie nett«, sagt sie übertrieben laut im Bergenser Dialekt und guckt sich rasch auf der Straße um. »Kommt doch rein.«

Im Haus läuft alles fast wie in einem Stummfilm ab, alle Gesten und Worte werden schnell, als überbrächte Andersen ein Paket, eine Sache, die von einer Hand zur anderen gereicht wird, den Besitzer wechselt.

»Alles in Ordnung«, flüstert die Frau und gibt Andersen ein Zeichen, zeigt hinter sich. Andersen schleicht ein paar Treppenstufen abwärts, öffnet eine Tür und entfernt sich anscheinend in einen Garten hinter dem Haus.

»Du kannst mit mir kommen«, sagt die Frau zu Ilse, die Stimme sanft und mild. »Ich heiße Ellen.« Sie nimmt Ilses Hand und führt sie in den ersten Stock.

Zwei breite Türen gehören zu je einer Wohnung. Ellen öffnet die linke und lässt Ilse den Vortritt.

Der Raum ist klein und eng, quadratisch, die Luft stickig, kühl und feucht. Steht er an der einen Wand, kann er genau vier Schritte gehen, bis er wieder umkehren muss. Das macht Hermann. Er geht vier Schritte, bleibt stehen, dreht um. Ganz oben in der einen Wand befindet sich eine Luke, so etwas wie ein kleines Fenster. Es ist geschlossen, vor der Scheibe ist ein Gitter, ein dichtes Gitter, noch nicht einmal die Hand könnte man durchstecken. Wenn er unmittelbar unter der Luke steht, kann er vier Schritte gehen, bis er an die Tür stößt. Er geht los, eins, zwei, drei, vier, legt die flache Hand auf die kalte Eisentür, macht kehrt und geht zurück, eins, zwei, da hält er an. Er bleibt mitten im Raum stehen. Seine Arme an den Seiten, er spürt ihr Gewicht, wie sie an seinem Körper anliegen, wie es leicht in ihnen kribbelt. Er fühlt die Benommenheit, die Angst. Sie können jeden Augenblick zurückkommen. Und er darf nicht reden.

Ilse. Sie saß auf dem Bett, als er wegging. Er hat noch immer die gleichen Kleider an, er wollte zurückkommen, das hat er ihr versprochen, sie wartet auf ihn – Einar, er hat ihm nicht Bescheid geben können.

Hermann war den ganzen Weg zu Fuß nach Hause gegangen, nachdem er an dem Tag Ilse nach Frogner gebracht hatte. Vor dem Tor war niemand, niemand im

Hinterhof, unten schloss er auf und fing an, die Treppe hochzusteigen, lief beinahe, nahm mehrere Stufen auf einmal. Als er fast oben an der Tür im Zweiten angekommen war, hörte er plötzlich ein Geräusch, eine Stimme. Er fuhr herum. Odd Rustad stand auf dem Absatz zwischen dem zweiten und dritten Stockwerk, übers Geländer gebeugt, er winkte mit den Armen, flüsterte etwas, schnell und zusammenhanglos.

Die Tür zur Wohnung ging auf. Odd Rustad verschwand.

»Hermann Rød?« Die Stimme war hoch, er erkannte sie.

Der Polizist schubste ihn in die Wohnung.

In der Stube standen Mutter und Vater, eng beieinander, Kleider überall auf dem Boden verstreut, Teppiche, Möbel waren verschoben worden. Der Polizist mit der hohen Stimme und ein Mann im grauen Mantel und mit schweren Stiefeln bauten sich mitten in der Stube auf.

»Wir suchen nach Ilse Stern«, verkündete der Polizist. »Wir verdächtigen dich, dass du mit ihrem Verschwinden etwas zu tun hast.«

Stille. Der Polizist hustete.

Mutter in Schürze, sie begegnet seinem Blick nicht, Vater im grobmaschigen Netzunterhemd, die Arme vor der Brust verschränkt.

»Ich habe es ihnen erklärt, Hermann, dass du bei dem Kunstmaler in Frogner warst. Dass du Abendunterricht hast, dass du da gestern den ganzen Tag warst.«

Vater ging zum Sofa, bückte sich, hob eins der Gemälde hoch. Sein Alibi, er hatte es nicht für ein überzeugendes Alibi gehalten, er, der keinen Strich zeichnen konnte, und jetzt, Vater stand da mit dem Bild, zeigte es vor, genau so, wie er es selbst immer getan hatte.

»Wie heißt der noch? Sag's ihnen, Hermann, wie heißt er?«

Møllergata 19. Sie hatten ihn mitgenommen, vom Rücksitz, in den Justizpalast, hinunter in den Keller, die schmalen Flure entlang, hinunter in die Dunkelheit, in die Zelle, Tür zu. Er hatte einen Namen erfunden, eine andere Adresse genannt. Aber Frogner, wie viele Künstler wohnten dort, wie lange würde die Polizei brauchen, um sie zu ermitteln, sie aufzusuchen? Sie hatten schon vor der Tür gestanden, an dem Tag, an dem er sich mit Ilse treffen wollte, um mit ihr ins Kino zu gehen. Er sieht Einars Wohnung vor sich, wie jemand in das gelbe Zimmer einbricht, wie sie die Dämmung von den Fenstern reißen, das Tageslicht, das dort drinnen auf alles fällt: die Schreibmaschine, das Radio in der dunkelbraunen Kiste, die Papierberge, Ilse in dem Zimmer daneben, das Universum, das sie aufgebaut haben – wie es einfach offen daliegt.

Jetzt liegt er auf einer Bank und starrt auf einen Punkt an der Decke. Da oben ist ein Riss, ein langer Riss, der von einer Seite zur anderen verläuft. Kurz ist ihm so, als würde er in der Stube in seinem eigenen Bett liegen und an die Decke starren, bevor er einschlafen kann, wie viele Nächte hat er so dagelegen, unruhig, nervös, angespannt und hat bloß nach oben geguckt?

Mehrere Tage ist es her, dass jemand mit ihm geredet hat. Er nimmt an, dass das zum Spiel gehört, um ihn mürbe zu machen, um seinen Widerstand zu brechen – sodass sie einfach nur noch zum Angriff übergehen müssen, sich darin suhlen können, ihm Geständnisse zu entlocken. Ihm fällt der Tag ein, an dem er zu Einar kam und erfuhr, dass sie die Todesstrafe eingeführt hatten. Würden sie sie jetzt vollstrecken, lohnte es sich, dafür zu sterben? Einar hätte bestimmt mit Ja geantwortet, aber er selbst? Er dreht sich um, spürt, wie sein Puls rasant schneller wird, er klopft im Kopf. Er muss es schaffen, die Klappe zu halten. Noch ein paar Tage, damit Ilse entkommt. Einar muss klar sein, dass etwas passiert ist, jetzt nur noch ein paar Tage, er muss den Mund halten.

Er döst, flüchtet sich ein wenig in einen Traum, dann wieder heraus, als er Geräusche hört. Schritte draußen im Flur, Schlüssel. Er steht auf, starrt die Tür an. Sieht, dass sie aufgemacht wird, hört das Quietschen der Scharniere. Sie kommen ihn jetzt holen. Er sammelt Luft in seinem Körper. Spannt die Muskeln an, bis es brennt. Schließt den Mund.

Tage und Nächte. Tage und Nächte. Wie viele sind vergangen? Die Zeit wird ausgelöscht, die Stunden fließen ineinander, wie zähe Schatten, voller Minuten und Sekunden, Gedanken hin und her. Unruhe. Ilse hält sich in einem Dienstbotenzimmer hinter der Küche auf. Ein schmales Bett an der einen Wand, ein Nachttisch, ein Fenster zum Hinterhof, ein Spiegel über einer Kommode.

»Liest du gern?«, fragte Ellen an einem der ersten Tage.

Sie hatte ihr ein Buch gebracht, das ihre Tochter dagelassen hatte, als sie vor ein paar Jahren nach ihrer Hochzeit ausgezogen war, seine Ränder waren wellig und es roch nach Staub, ein Liebesroman. Ilse hatte die Augen auf den Buchseiten ruhen lassen, hatte dieselben Wörter immer wieder gelesen, und als sie auf der letzten Seite ankam, klappte sie das Buch zu und konnte von der Handlung kein Wort mehr wiedergeben.

In der Küche konnte sie hören, wie Ellen mit den Töpfen klapperte, wie das Wasser aufgedreht wurde, Gläser und Teller auf den Boden der Abwaschschüssel klirrten. Wie sie sich doch glichen, diese Geräusche. Sie hätten aus jeder beliebigen Küche stammen können. Mutter über den Abwasch gebeugt, sie trocknete die nassen Teller mit einem blau karierten Geschirrtuch ab, stellte sie in die offenen Regale über dem Küchentisch.

Ellen brachte ihr Essen. Am ersten Tag hatte sie gefragt, ob Ilse gemeinsam mit ihr und ihrem Mann in der

Küche essen wolle. Die Vorstellung, eine ganze Mahlzeit lang aufrecht an einem Küchentisch zu sitzen, das schaffte sie nicht, sie war so müde, leblos. Ellen stellte ihr den Teller auf den Nachttisch, strich ihr kurz über den Kopf und machte die Tür hinter sich zu, als sie hinausging. Ilse hatte einen Happen zu sich genommen, dann war sie eingeschlafen. Als sie etliche Stunden später wieder aufwachte, stand das Essen noch immer dort, ein paar kalte Kartoffeln und ein Stück zäher Fisch, kalt.

Tage und Nächte. Es muss inzwischen über eine Woche vergangen sein. Wie lange soll sie hierbleiben?

An einem Abend hatte sie vor dem Spiegel gestanden. Der war alt und uneben, ihre Wangen wölbten sich, alles war schief, Hermanns Pullover hing an ihrem Körper wie eine schlaffe Gardine. War das da Ilse Stern? Ein dünner, leerer Körper, das undeutliche Gesicht, das sie anstarrte. Sie dachte an alle Maßnahmen, die sie ergriffen hatte, um besser auszusehen: Vaseline auf den Wimpern, den warmen Waschlappen, den sie zweimal täglich aufs Gesicht gelegt hatte, die beiden Wollknäuel, die sie sich unter das enge Kinderhemd gesteckt hatte. Und jetzt?

Ellen war einen Abend hereingekommen und hatte sich auf die Bettkante gesetzt. Sie schaute Ilse mit sanften Augen an, sagte nichts, saß nur mit den Händen im Schoß da. Ihre Atmung war flach. Sie mochte um die fünfzig, vielleicht sechzig sein. Sie hatte tiefe Falten um die Augen, ein kleines Doppelkinn, hochgestecktes Haar, als wollte sie auf ein Fest.

»Wir versuchen alles, was wir können, um eine Fahrt zu organisieren«, sagte sie. »Es hätte nicht so lange dauern sollen, aber wir tun, was wir können, nur damit du es weißt.«

Sie stand auf und streichelte Ilse über den Kopf. Geh jetzt, dachte Ilse, geh einfach, mach die Tür zu, geh raus, geh jetzt. Zuerst kam nur ein kleiner Schluchzer, ein schwaches Ausatmen, aber dann – Ellens Hand lag noch immer auf ihrem Kopf – konnte Ilse spüren, wie es sich öffnete, wie etwas Brennendes im Körper hochstieg.

»Alles wird gut«, flüsterte Ellen. »Liebes, alles wird gut.«

Wie konnte sie so etwas sagen? Ilse konnte sich nicht vorstellen, dass alles gut würde, dass sie jemals wieder lächeln oder gar lachen würde, das ging einfach nicht. Tage und Nächte, so war das, alle, die verstrichen waren, und alle, die noch kommen würden, alles, sie, allein.

Sie wachte spät am Vormittag davon auf, dass Ellen wieder an ihrem Bett stand. Die Augen schmal, das Haar ein strammer Knoten.

»Jetzt musst du mir zuhören«, sagte sie und setzte sich dicht zu Ilse.

Ilse geht die Straße hoch. Es hat geschneit, seitdem sie letztes Mal draußen war, der Schnee ist pappig, es knirscht bei jedem Schritt. Sie ist bald da. Dort, an der Straßenkreuzung, hat man ihr gesagt, solle sie stehen bleiben und warten. Ein schwarzes Taxi, hatte Ellen gesagt, das werde drüben unter der großen Eiche in der Jacob Aalls gate parken. Der Motor des Taxis sei abgestellt und der Fahrer werde hinter dem Steuer sitzen und ein Buch lesen. Sie solle hinten die Tür öffnen und einsteigen. Nicht sagen, wer sie ist und wohin sie will.

Auf der anderen Straßenseite, beim Schneewall am Straßenrand drüben beim Baum, steht ein schwarzes Auto. Ilse schaut auf der Straße nach rechts und nach links, überquert den Fußgängerstreifen und nähert sich der Längsseite des Taxis.

Er liest beim Warten immer wieder dieselben Sätze, als wären diese Wörter das Einzige, woran er sich festhalten kann, ein Seil aus Buchstaben, gespannt über einem tiefen Abgrund, in den er nicht fallen darf. Er hat das Buch aufs Geratewohl in der Mitte aufgeschlagen, Wörter, massenhaft Wörter, er balanciert auf ihnen, das Buch liegt auf dem Steuer.

Er fährt zum dritten Mal. Der dritte Auftrag. Bisher ist es gut gegangen, er hat keine Schwierigkeiten bekommen, aber die Übelkeit, das Abfallen der Anspannung, wenn er wieder nach Hause kommt, er kann stundenlang schlafen. Er hat Anna nicht erzählt, was er treibt, will sie nicht in das hineinziehen, wovon er jetzt ein Teil geworden ist. Aber Odd Rustad ist ein Teil von etwas geworden. Von einem Netzwerk, von stillschweigenden Absprachen, Kodes. Er hatte keinen Zweifel an dem Tag, als er oben auf dem Ekeberg stand, er hatte eine Entscheidung getroffen. Geld hatte er für die Aktion bekommen, das hatte er Anna gegeben. Ihm war jedes Mal übel, wenn er die Töchter in ihren neuen Kleidern sah, verflucht übel wurde ihm da. Aber er lächelte.

Heute ist er wieder unterwegs. Er hat Bescheid bekommen, einen »Sack« soll er abholen. So redeten sie: »Ein Sack Steckrüben.« Heute muss also jemand allein flüchten. Letztes Mal hatte er vier abgeholt. Sie hatten ein kleines Kind dabei, ein in ein Wollplaid gewickeltes Bündel, es hatte zum Glück die ganze Fahrt über geschlafen, betäubt vom Schlafmittel. Schon nach zwei Fahrten kennt er ein paar der Gefahren, die auftreten können. Viele der anderen Fahrer machen das schon lange, er ist noch ein Neuling, aber schon nach den ersten Fahrten hat er einige Kniffe aufgeschnappt, damit das Ganze so reibungslos wie möglich abläuft. Er würde seinen Teil der Absprache einhalten, von hier nach dort befördern, nicht fragen, nicht reden, nur den Wagen auf der Straße halten und dafür sorgen, dass die Fahrgäste aus der Stadt kamen.

Im Spiegel sieht Odd Rustad, dass eine Person über die Straße kommt. Sie guckt sich um, nach links und rechts auf der leeren Straße, bevor sie den Blick auf seinen Wagen heftet. Er liest wieder. Steckt die Nase ins Buch, während er wartet, dass etwas passiert.

Die Wagentür klickt, sie setzt sich auf den Rücksitz, er hört da hinten ein rasches Atmen. Er schlägt das Buch zu und legt es auf den Beifahrersitz, dreht den Schlüssel um, der Motor beginnt zu brummen. Er bewegt das Steuer nach links, guckt in den Seitenspiegel, lenkt den Wagen auf die Straße, schaltet in den zweiten Gang und biegt in den Kirkeveien ein.

Er soll raus aus der Stadt, zur selben Stelle wie letztes Mal. Er kennt die Strecke, weiß, wo er am schlausten entlangfährt. Das Schwierigste ist, aus Oslo herauszukommen, ohne von einer Kontrolle angehalten zu werden. Voriges Mal wäre es fast so weit gewesen. Das Auto vor ihm war an die Seite gewunken worden, mehrere Polizisten standen an der Straße, aber dann gaben sie ihm Zeichen, dass er weiterfahren könne. Diesmal kann es anders laufen, es kann ihn treffen, er kann es sein, der herausgewunken wird und erklären muss, wer da hinten auf der Rückbank sitzt, wohin der Fahrgast will. Und wer ist sie eigentlich? Er kann nicht fragen, will nicht zu viel wissen, will zu den Personen da hinten keine Verbindung knüpfen.

Er ordnet sich in die äußerste Fahrspur ein, schaltet und beschleunigt. Der Verkehr fließt heute zügig, es sind nicht allzu viele Autos auf der Straße. Das Ganze ist in ein paar Stunden vorbei. Heute Abend wird er früh zu Bett gehen.

Er hört, dass der Fahrgast auf dem Rücksitz hin und her rutscht, hört einen schwachen Laut, so etwas wie ein Räuspern. Nein, das ist kein Räuspern, das ist ein Wort.

»Odd?«, fragt die Stimme.

Er zuckt zusammen, guckt in den Spiegel, kommt von der Fahrbahn ab, als hätte er noch nie am Steuer gesessen. Oh, verdammte Teufelsscheiße. Was macht er hier eigentlich?

Er kann sich nicht umdrehen, bringt es nicht fertig, ihr in die Augen zu sehen. Erst kürzlich hat er die anderen zum Kai gebracht, nein, daran darf er jetzt nicht denken, darf darüber kein Wort verlieren. Er weiß nicht, was er sagen soll, er soll mit den Fahrgästen doch nicht sprechen, soll sich nicht einmischen, soll nur schalten und bremsen und fahren, von hier nach dort befördern.

»Meine Güte, du bist's?«, sagt er, merkt aber, sobald er das ausgesprochen hat, wie verdammt dumm es klingt. Er weiß nicht, was er sagen soll, und darum sagt er nichts. Ist nicht in der Lage, etwas anderes von sich zu geben als ein Grunzen, gebrummte Laute, er weiß nicht, was sie bedeuten und woher sie kommen.

Jetzt muss er sich wirklich konzentrieren, jetzt muss er sich festhalten. Sie sagt auch kein Wort, sie scheint zu spüren, dass die Situation nicht zur Unterhaltung einlädt. Tausend Fragen kann er jetzt stellen, wo sie gewesen ist, ob sie etwas über ihre Familie weiß; Hermann, er kann etwas über Hermann sagen, dass er versucht hat, ihn zu warnen. Seine Hände umklammern das Steuer, als wäre das sein einziger Halt im Leben.

Jetzt sind sie aus der Stadt. Er fährt schnell, schneller als sonst, schneller als erlaubt. Das Auto rüttelt, der Lenker vibriert. Sie haben noch nicht einmal die halbe Strecke hinter sich und er wünschte, die Fahrt wäre bald vorbei, verflucht, er will nach Hause und ins Bett. Er verlässt die Hauptstraße und biegt in einen kleineren Weg ab, drosselt die Geschwindigkeit. Zum ersten Mal dreht er sich zum Rücksitz um. Ilse sitzt in der Mitte der Rückbank, hat sich zusammengekauert, als wollte sie sich so klein wie möglich machen. Sie wechseln einen raschen Blick, bevor er sich wieder umdreht und vor sich auf die Straße guckt.

Steht da jemand, an der Fahrbahn? Etwas weiter vorne am Weg sieht er drei Gestalten. Doch, verdammt. Das ist eine Kontrolle. Andere Autos sind nicht auf der Straße. Er schaltet in den Zweiten hinunter, geht vom Gas, als würde ihm das Raum zum Nachdenken verschaffen, für Erklärungen eröffnen. Er sieht, dass einer der Männer ihm Zeichen gibt, dass er anhalten soll, weit ausholendes Winken zum Straßenrand. Sie sind jetzt nur noch wenige Meter entfernt. Erster Gang, der Motor pfeift, verdammt, er stellt den Fuß auf die Bremse, das verfluchte Zittern in der rechten Hand.

Dann passiert etwas. Hinter ihm kommt ein Lastwagen. Der taucht wie aus dem Nichts auf, fährt schnell und hängt sich dicht an ihn. Die drei Polizisten halten beide Fahrzeuge an, teilen sich auf, zwei gehen zum Lastwagen, einer kommt zum Taxi. Odd Rustad kurbelt das Fenster herunter. Der Polizist kommt auf ihn zu, bleibt in ein paar Metern Abstand stehen, dreht sich zu den Kollegen am Laster um, ruft ihnen etwas zu, fuchtelt mit den Armen, macht kehrt und geht zu ihnen. Odd Rustad setzt sich auf seinem Platz aufrecht hin, spannt die Muskeln im ganzen Körper stramm an, stiert stur vor sich auf die Straße. Ein Name sollte ihm jetzt einfallen. Das weiß er doch genau. Sie haben Verbündete bei der Polizei. Er weiß, dass Polizisten draußen auf den Straßen stehen, die von dem nicht gesetzlichen Verkehr wissen und die das einfach zulassen. Warum kommt er gerade jetzt nicht darauf, wie war der verdammte Name noch? Andersen? Andresen? Antonsen? Irgend so was. Ein ganz alltäglicher Nachname.

Im Rückspiegel beobachtet er, dass der Lastwagenfahrer aus dem Führerhaus steigt, am Wagen entlanggeht und an der Plane zieht, die über der Ladefläche liegt. Zwei Polizisten klettern hinauf. Der dritte geht auf ihn zu. Odd Rustad wartet.

Der Polizist kommt ganz zum Taxi, schnauft, er sieht Odd an, sieht Ilse an, sagt nichts. Odd Rustad öffnet vorsichtig den Mund und entlässt einen heiseren Flüsterlaut:

»Ist Arnesen nicht da?«

Der Polizist antwortet nicht.

»Ist Arnesen da?«

Odd Rustad probiert es noch einmal, dreht das Gesicht nach links.

»Arnesen hat heute frei«, antwortet der Polizist knapp. »Fahren Sie los! Fahren Sie schnell!«

Er hebt die Hand als Zeichen für die beiden anderen dahinten, die jetzt von der Ladefläche abgestiegen sind.

Odd Rustad drückt das Gaspedal durch und der Wagen rast wieder auf die Straße. Im Rückspiegel sieht er, dass der Lastwagenfahrer ein paar Säcke von der Ladefläche hievt und die Polizisten sich darüberbeugen, um nachzusehen, welche Fracht sich darin verbirgt. Arnesen! Das darf er nie wieder vergessen. »Halten sie dich an, dann frag nach Arnesen.«

Sie fahren durch eine bewaldete Gegend, die Bäume stehen weiß da, die Straße schlängelt und windet sich, es hat angefangen zu schneien. Odd Rustad behält das hohe Tempo bei, dreht das Steuer kräftig von einer Seite zur anderen, die Scheibenwischer knarren über die Windschutzscheibe, sein Fuß steht fest auf dem Gaspedal, er will jetzt einfach nur fertig werden. Er kennt sich aus. Diese Strecke ist er beim letzten Mal auch gefahren. Die Straße ist schmal und glatt. Der Schnee ist am Fahrbahnrand zu breiten und hohen Wällen aufgetürmt worden. Hinter der Kurve sieht er das Haus. Es steht so friedlich etwas oberhalb der Straße, ein weißes Haus, das im Schnee fast unsichtbar ist.

Odd Rustad drosselt die Geschwindigkeit, steigt auf die Bremse. Er dreht sich zu Ilse um, sie guckt ihn an, fragend. Er weiß nichts weiter, als dass er seine Arbeit erledigt hat, er hat von hier nach dort befördert.

Er hört, dass Ilse zu murmeln beginnt. Er schaut zu Boden, während sie spricht, bringt es nicht über sich, sie anzusehen, ist nicht in der Lage, ihre Worte anzunehmen. Was sie sagt, stimmt nicht, es gibt keinen Grund, ihm zu danken. Wieder diese Übelkeit, sie kommt hoch; wenn sie nur wüsste, wie verlogen er ist, wie er hier sitzt, sich am Steuer festhält und nach Arnesen fragt. Er kann es nicht annehmen, kann aber auch nichts sagen. Er sitzt bloß da und wartet darauf, dass sie zum Ende kommt, damit er in den Winter hinausfahren und schalten und lenken und bremsen und anhalten kann. Das ist das Einzige, was er kann, was er überhaupt je gekonnt hat.

Ein Mann kommt aus dem weißen Haus. Er geht durch den tiefen Schnee. Odd Rustad macht den Mund auf, die Lippen sind trocken, da drinnen sind Wörter, im Mund festgeklebt, zu einem Klumpen, den auszuspucken er nicht hinbekommt. Gott sei mit dir, Gott segne dich, er hat doch verdammt noch mal nie an Gott geglaubt. Er schaut Ilse an, den Mund offen und stumm. Es ist still.

Der Mann öffnet die Tür zum Rücksitz.

»Du kommst mit mir«, sagt er zu Ilse.

Er sieht ihren Rücken. Sie dreht sich nicht um. Gott segne dich. Odd Rustad wendet den Wagen auf der Straße, drückt den Fuß aufs Gaspedal.

Ein weißes Haus, der Mann, er trägt einen abgenutzten Blaumann, die Schuhbänder sind nicht zugeschnürt. Sein Rücken, sie geht einfach mit ihm mit, der Schnee tief. Wo ist sie hier eigentlich, was passiert hier? Alles zerfließt nur. In allen Fenstern sind die Vorhänge zugezogen, die Farbe blättert ab, die Treppenstufen, die zur Haustür führen, auf der untersten bleibt sie stehen, er umfasst die Türklinke – sie kann da nicht mit hineingehen, die Tür quietscht.

»Wer sind Sie?« Sie spricht laut. »Und wo bin ich hier, können Sie mir das sagen?«

Er reißt die Augen auf.

»Pssst!«, antwortet er und blickt sich um, legt ihr die Hand auf den Rücken, schiebt sie durch die Tür.

Ein schmaler Flur, Arbeitskleidung an Haken, ein Paar schwarze Gummistiefel stehen dort, weiter, hinein in einen größeren Raum, eine Treppe, Werkzeug liegt auf den unteren Stufen: Hammer, Farbdosen, Vorschlaghammer, Heckenschere. An der Wand hängt ein Gewehr.

»Jetzt hör mal zu, Fräulein.«

Seine Stimme ist leise, entschlossen.

»Du kannst Håkon zu mir sagen. Nach dem König. Und ab sofort stellst du keine Fragen mehr.«

Er nimmt die Mütze ab, fährt sich mit der Hand durchs Haar, es ist dunkelbraun, schöne Wellen, es passt nicht zu seinem Gesicht.

»Du gehst zu den anderen rein«, sagt er und nickt zu einer Tür ganz hinten im Raum.

Zu den anderen? Er hält die Tür auf, ein dunkles Zimmer dahinter. Jemand atmet da drinnen. Sie guckt durch die Tür und dort, da drinnen, sitzen sie voll angezogen und mit gepackten Sachen, die anderen, im Halbdunkel zusammengepfercht.

Viele sind es, jemand hat sich in ein Plaid gewickelt, sie sitzen auf dem Boden, auf Flickenteppichen, niemand sagt etwas. Ein Mädchen schläft unter einer Decke, sie hat ihre Mütze nicht abgenommen, zwei zerzauste Zöpfe lugen darunter hervor, eine Frau hält ein Kind im Arm, sie wiegt es, hektisch, schaut sich um, eine graue Wollsocke hängt schlaff an dem Bündel. Keine Fenster, die Luft ist stickig, es ist kalt und zugleich warm, Ilse schwitzt und fröstelt, zieht am Kragen des Wollpullovers. Nur eine einsame Kerze erhellt den Raum, sie flackert in einem Ständer, der auf einem Tisch steht, alles flackert in dem Licht: Augen, Plaids, atmende Menschen, wartende Menschen.

»Willst du Kartoffeln sammeln?«

Das kommt von dem Mädchen auf dem Boden, sie ist aufgewacht, guckt sie an, fragend.

»Mama hat gesagt, dass wir das machen. Ich habe einen lockeren Zahn, willst du mal sehen?«

Sie reißt den Mund weit auf, wackelt an einem Zahn im Oberkiefer, der hängt kaum noch fest.

Die Mutter ermahnt sie, still zu sein, sie flüstert zum Boden hinunter, das Bündel in ihren Armen, ganz schlaff.

Die Nacht hier drinnen. Stockfinstere Dunkelheit. Schlafen ist unmöglich, der Fußboden ist zum Liegen zu hart, sie friert. Im Dunkeln kommt so viel anderes hoch. Sie steht direkt vor Mutter. Steht bloß da. An dem Tag. Streckt die Hand aus, spürt ihren Wangenknochen, hart an der flachen Hand, kalt, wie ein Ei. Das Licht in der Wohnung ist so mild, so behaglich, Mutter nimmt ihre Hand, drückt die Finger, hält sich die Hand ans Gesicht; jetzt schreit niemand, niemand ruft, es ist einfach nur ganz still, ganz geborgen, sie und Mutter.

»Aber es liegt doch Schnee, wie sollen wir denn da Kartoffeln sammeln?« Das ist wieder das Mädchen. Es liegt gleich neben Ilse. Ilse kann kaum mehr als die Umrisse eines Gesichts, eines Mundes erkennen. Sie dreht sich auf die Seite, kehrt dem Mädchen den Rücken zu, sie hat auf nichts eine Antwort, nicht auf die Kartoffeln, nicht auf den Schnee, auf überhaupt nichts, will nur die Augen schließen, dort drinnen sein, in der Wohnung mit Mutter, mit dem Licht.

Håkon kommt im Lauf des Vormittags in den Raum. Er bringt Milchflaschen und aufgeschnittenes Brot, gibt jedem eine Scheibe. Die lauwarme Milch schmeckt sauer, das Brot fällt auseinander, zerbröckelt, die Rinde fällt ab, es schmeckt nach nichts, sie hat nicht einmal Hunger.

»Mein Bruder hat Fieber. Darum schläft er nur.«

Das Mädchen, sie zeigt auf das Baby, es liegt jetzt auf dem Fußboden, eingemummelt in ein Plaid, die Mutter daneben – sie bricht das Brot in kleine Stücke und steckt sie ihm in den Mund.

»Bist du ganz alleine? Wo ist deine Mama?«

Ilse schaut das Mädchen an, sie stopft das Brot in sich hinein, will eine Antwort haben. Hier ist es zu eng, es sind zu viele, zu wenig Luft, zu schwierige Fragen, sie muss pinkeln, ein Kloß liegt ganz unten im Bauch, sie erhebt sich.

Håkon steht mitten im Raum, er redet mit einem der Männer. Sie weiß nicht, was sie fragen soll, sie hat keine Stimme mehr, keine Töne im Körper. »Entschuldigung«, sie sieht ihn an, seine Haare, Augen, sie sind hellblau, »eine Toilette?« Håkon zeigt auf eine Tür im hintersten Winkel des Raums.

»Das Plumpsklo steht links hinterm Haus.«

Durch den Schnee verläuft ein Pfad, tiefe Abdrücke in all dem Weiß. Die Schneeflocken wirbeln umher, Kälte im Gesicht, beißend.

Alle Geräusche werden hier draußen so laut. Der Schnee ist pappig, sie hört jeden Schritt, eine Elster sitzt in einem Baum und gibt einen Laut von sich, sie hebt vom Ast ab, entschwindet in den weißen Himmel. Ein neues Geräusch folgt. Ein Auto. Ilse schaut zur Straße, Lichter, wie zwei stechende Augen, es bremst, hält an, auf der Straße unterhalb des Hauses. Zwei Männer steigen aus, Knallen der Autotüren, sie gucken zum Haus, einer von ihnen hat ein Gewehr.

Sie läuft, fällt in den Schnee, läuft weiter, den Pfad entlang, die Hintertreppe hinauf, hinein.

»Da kommen welche.« Sie ruft, viel zu laut. »Sie kommen!«

Håkon fuchtelt mit den Armen, gibt ihnen Zeichen, dass sie ihm folgen sollen, aus dem Raum, durch den Flur davor, niemand spricht, kein Ton. Er nimmt das Gewehr vom Haken an der Wand, zeigt aufgeregt auf die Treppe, dort ist eine Tür, in der Wand, unter der Stelle, wo die

Treppe in den ersten Stock abbiegt. Der Raum ist eine Abseite, sie zwängen sich hinein, der Druck der Körper, Ilse wird an die Wand gequetscht. Håkon schließt die Tür. Stockdunkel. Er dreht einen Schlüssel um. Schließt sie ein.

Atmen, durch die Nase, kurz und lautlos. Stimmen da draußen, sie hört sie, keine Wörter, bloß wie Geräusche. Schritte draußen im Flur. Niemand rührt sich. Wieder Stimmen. Schüsse. Da schießt jemand. Weitere Schüsse. Das Baby fängt an zu schreien. Die Mutter hält ihm die Hand vor den Mund, drückt die Töne wieder zurück in den Körper.

Draußen ist es ganz still. Kein Auto fährt los, kein Schritt im Haus, nur Stille. Jemand flüstert. Was, wenn? Er hat sie eingeschlossen. Nur er hat den Schlüssel. Håkon. Wenn er jetzt erschossen wurde? Das Baby weint wieder. Die Mutter legt die Decke über seinen Kopf, drückt den Kleinen an sich. »Wir werden sterben.« Es ist eine Frau, die spricht. »Wir ersticken hier drinnen.« Sie klopft an die Tür. Ein Mann verpasst ihr eine Ohrfeige.

Das Geräusch von Schlüsseln in der Tür. Niemand atmet. Erst wieder, als sie sehen, dass er es ist. Da kommt es, ein hohler Laut von aufgestautem Atem. Håkon hat Blut auf dem Blaumann, Schnee am Hosenbein, seine Haare sind zerzaust. Sie strömen aus der Abseite, das Licht, so hell ist es draußen. »Ihr müsst hier weg«, das sagt Håkon, leise. »Jetzt sofort.« Er zeigt in den Raum.

»Durch die Hintertür. Der Lastwagen wird euch da oben einsammeln. Bleibt im Wald und wartet, bis er kommt.«

Draußen, den Pfad entlang zum Plumpsklo, die beiden Körper liegen übereinander, die Augen offen und ausdruckslos, der Schnee rot. Ilse sieht zu Boden, auf die Füße des Mannes, der vor ihr geht, auf ihre eigenen Stiefel, auf die Spuren im Schnee. Alles beginnt im Herbst, sie denkt es plötzlich, eins, zwei, drei, vier, alles beginnt im Herbst, eins, zwei, drei, vier, es ist still, Nachmittag, eins, zwei, drei, vier, sie bleiben auf einem Höhenzug stehen, die Landstraße da unten. Jetzt müssen sie nur warten.

Sie stehen auf, als sie das Brummen hören. Der Lastwagen fährt ganz dicht an den aufgetürmten Schnee am Straßenrand heran, groß und grau, eine Plane über der Ladefläche. Ein Mann steht neben dem Wagen, weißer Anorak, eine Strickmütze. »Ihr könnt Håkon zu mir sagen«, erklärt er, »nach dem König. Auf der Ladefläche stehen volle Jutesäcke, versteckt euch, so gut ihr könnt.« Die Säcke riechen nach Brennholz, Ilse hockt sich hin, spürt das Rütteln beim Fahren, es zieht unter der Plane. Der Geruch aus den Säcken, der Geruch vom Wollpullover, Maridalen, plötzlich ist sie da, in der Hütte, Hermann, er ist auch dort, wo ist er jetzt? Der Wagen hält an.

»Sind wir jetzt bei den Kartoffeln?« Geflüster hinter einem Sack, das Mädchen, die Mutter gibt keine Antwort. Der Mann, der sich auch Håkon nennt, führt sie durch einen Wald, weiße Bäume – von ihnen rieselt es, der Schnee legt sich auf die Wimpern, schmilzt, die Strümpfe sind nass. Sie halten an einem Gewässer, an einem See.

Håkon spricht leise: »Jetzt müsst ihr euch aufteilen.« Er schaut von einem zur anderen.

»Wenn jemand von euch entdeckt wird, können die anderen immer noch nach drüben entkommen.«

Das Eis. Schwer unter den Füßen.

Alles hier draußen ist weiß. Das Licht am Himmel. Die Geräusche der anderen. Der Schnee. Abgeschnitten, wie Papierschnipsel.

Das Land da vorn. Der Gedanke daran. Alles, was wartet. Alles, was verschwunden ist.

Was es nicht mehr gibt.

Alles. Es ist nur weiß.

Der Winter ist vorbei.

Alles. Der Frühling. Bald Sommer.

Die Blätter haben sich aus den Zweigen gezwängt. Grün, kräftig. So üppig, ausdauernd. Wie ein Herzmuskel. Die Luft ist mild und erfüllt von einem Geruch, einer Wende. Die Insekten summen, brummen.

Die Wärme der Sonne legt sich auf ihr Gesicht, stechend, ihr kommt es vor, als wäre ihr schon lange nicht mehr richtig warm gewesen, der Körper unter einer dünnen Eisschicht, ganz still, aufbruchbereit, mehrere Jahre lang.

Die Toftes gate erstreckt sich vor ihr wie ein Boulevard, sie muss ihn nur hinaufgehen und dann geradeaus. An der Ecke zur Biermanns gate bleibt sie stehen. Steht ein paar Minuten reglos da. Die Wartezeit, die Bilder im Kopf. Die Träume vor nicht allzu langer Zeit. Die nie geträumten, die vergessenen, die bevorstehenden. Die, die Fragen stellen. Und die, die Antworten geben. Die immer um die Ecke der Toftes gate biegen, die, die immer genau dort liegen. Genau hier.

Das Licht fällt schräg auf das Tor. Das Mietshaus in dem kräftigen Sonnenschein. Eine leere Hülle, vier Stockwerke, eine Mauerwand mit geöffneten Fenstern. Das Tor ist offen. Der Tordurchgang dahinter.

Die Abfalltonne steht immer noch an der Wand, sie stinkt nicht mehr. Sie sieht den Fliederbusch ganz hinten im Hinterhof, die Bank unter den Zweigen, sie hat jetzt eine andere Farbe. Da ist jemand, draußen im Hinterhof, sie hört Lachen, ein rollendes Geräusch, ein kleiner Junge läuft einem Ball hinterher, ein Mann auf einem Stuhl. Er sitzt mit dem Rücken zu ihr, aber sie erkennt ihn sofort. Er dreht sich um, als sie den Hinterhof betritt, bleibt sitzen und guckt sie kurz an, bevor sich ein Lächeln auf seinem Gesicht ausbreitet.

»Ach, du liebe Güte, du bist's!«, sagt Odd Rustad und erhebt sich. »Aus dir ist ja eine Frau geworden.«

Er kommt auf sie zu, breitet die Arme aus, umarmt sie, ohne zu umarmen, sieht sie an, ohne zu sehen. Der Junge weint. Sein Ball ist unter dem Fahrradständer stecken geblieben.

»Wie heißt er?«, fragt Ilse und nickt zu dem Jungen.

»Das ist ein kleiner Odd geworden, weißt du. Er ist Weihnachten zwei geworden.«

Der Junge kommt zu ihnen. Er stellt sich hinter seinen Vater, hält sich an seinem Hosenbein fest.

»Jetzt ist noch eins unterwegs.« Odd streichelt dem Kleinen über den Kopf. »Sag mal, wie du heißt, Odd«, neckt er ihn.

»Odd«, antwortet der Junge und schiebt den Zeigefinger tief in seine verrotzte Nase.

Odd Rustad steht da und lächelt.

»Ach«, sagt er und guckt über den Hinterhof. »Ach.«

Ihr Fenster da oben, offen, eine weiße Gardine hängt halb heraus, flattert.

»Da wohnen jetzt andere«, erklärt Odd. »Sie sind eingezogen, kurz nachdem ihr …«

Er hält inne und nickt nur.

Die Wohnung, jedes Zimmer so deutlich. Der schmale Flur, Mäntel, Mützen und Hüte, die Küche, Mutter am Herd, der Duft von gebratenem Fleisch, von Gebackenem, Mutters Duft. Die Stube mit dem runden Esstisch, angezündete Kerzen, Vater im Sessel am Fenster, sein Pfeifen, sein Summen, der Spiegel zwischen den beiden Fenstern.

»Ja, das war eine schöne Zeit«, sagt Odd und zündet sich eine Zigarette an. »Ja, jetzt die letzte Zeit, meine ich. Wir waren unten und haben den König begrüßt, als er ankam. Das hättest du mal sehen sollen, Ilse. Das war ein Jubel.«

Er stößt den Rauch durch die Nasenlöcher aus, sieht sie an, verunsichert.

Die Fenster rechts. Hermanns Fenster, sie sind geschlossen.

»Du kannst ja mal hochgehen und klopfen«, sagt Odd, wirft die Zigarette weg, tritt sie aus, geht mit dem Jungen zur Eingangstür. »War schön, dich zu sehen«, er lächelt, öffnet die Tür und geht ins Haus.

Der Hinterhof, so still. Und doch so voller Geräusche. Vögel. Eine Hummel. Ein Topf aus irgendeiner Küche. Die Straßenbahn auf der Vogts gate, abwärts unterwegs. Atem. Aber dann. Ein Fenster wird geöffnet. Im zweiten Stock.

»Ilse Stern!«

Sein Kopf da oben. Das blonde, strubbelige Haar. Die winkende Hand, die schöne Hand. Das Lächeln.

Hermann Rød. Sagt sie. In ihrem Inneren.

»Warte auf mich, Ilse!«, ruft er, schließt das Fenster.

Die Sonne über dem Dach. Ein gelber Kreis. Lange Striche nach unten. Das Gras duftet frisch und trocken. Bald wird der Hinterhof voller gelber, verfaulter Blätter sein, bald frischt der Wind wieder auf und es gibt strömenden Regen, der gegen die Fenster, auf den Asphalt prasselt, tiefe Furchen in den Kies gräbt. Bald wird alles wieder weiß und kalt, zu einer harten Haut über allem, was tot ist.

Aber jetzt.

Das dumpfe Zuklappen der Haustür. Jetzt kommt er. Aus der Tür. Hinaus ins Sonnenlicht. In den Hinterhof. Von außen sieht es aus wie jedes andere Mietshaus.

Historische Notiz

Die Handlung von *Beinahe Herbst* ist frei erfunden, der Roman beruht jedoch auf historischen Tatsachen. Zur Zeit der deutschen Besetzung Norwegens 1940 lebten über 2000 Juden im Land. Im Oktober 1942 begann die Verhaftung aller männlichen Juden über 15 Jahre. Die zurückgelassenen Frauen wurden verpflichtet, sich täglich bei der Polizei zu melden. Ende November wurden sie ebenfalls inhaftiert. Am Nachmittag des 26. November 1942 verließ das deutsche Schiff *Donau* den Hafen von Oslo mit 529 Juden an Bord. Der Transport führte über Stettin mit dem Zug weiter in das Konzentrations- und Vernichtungslager Auschwitz. Dort wurde ein Teil der Männer als Häftlinge übernommen, alle anderen, darunter die Frauen und Kinder, wurden direkt in die Gaskammern geschickt. Am 24. Februar 1943 wurden weitere Juden mit dem Schiff *Gotenland* nach Auschwitz gebracht. Mit diesen beiden großen und weiteren kleineren Transporten wurden insgesamt 773, also mehr als ein Drittel aller norwegischen Juden, deportiert. Lediglich 38 von ihnen überlebten den Holocaust. Etwa 1000 Juden konnten nach Schweden fliehen, viele weitere entkamen nach Großbritannien oder versteckten sich im Land.

Marianne Kaurin, geboren 1974, absolvierte eine Ausbildung am »Norsk Barnebokinstitutt« für Kinder- und Jugendliteratur. 2012 debütierte sie mit *Beinahe Herbst*, der großartige Kritiken und zwei der wichtigsten Jugendliteraturpreise des Landes erhielt. Die Autorin hat außerdem zwei Kinderbücher veröffentlicht und lebt mit ihrer Familie in Oslo.

Dagmar Mißfeldt ist Skandinavistin und Übersetzerin aus dem Schwedischen, Dänischen, Norwegischen und Finnischen, neben Büchern auch fürs Fernsehen und Kino. Darüber hinaus ist sie Mitherausgeberin und -übersetzerin nordischer Anthologien. Sie lebt in Hamburg.

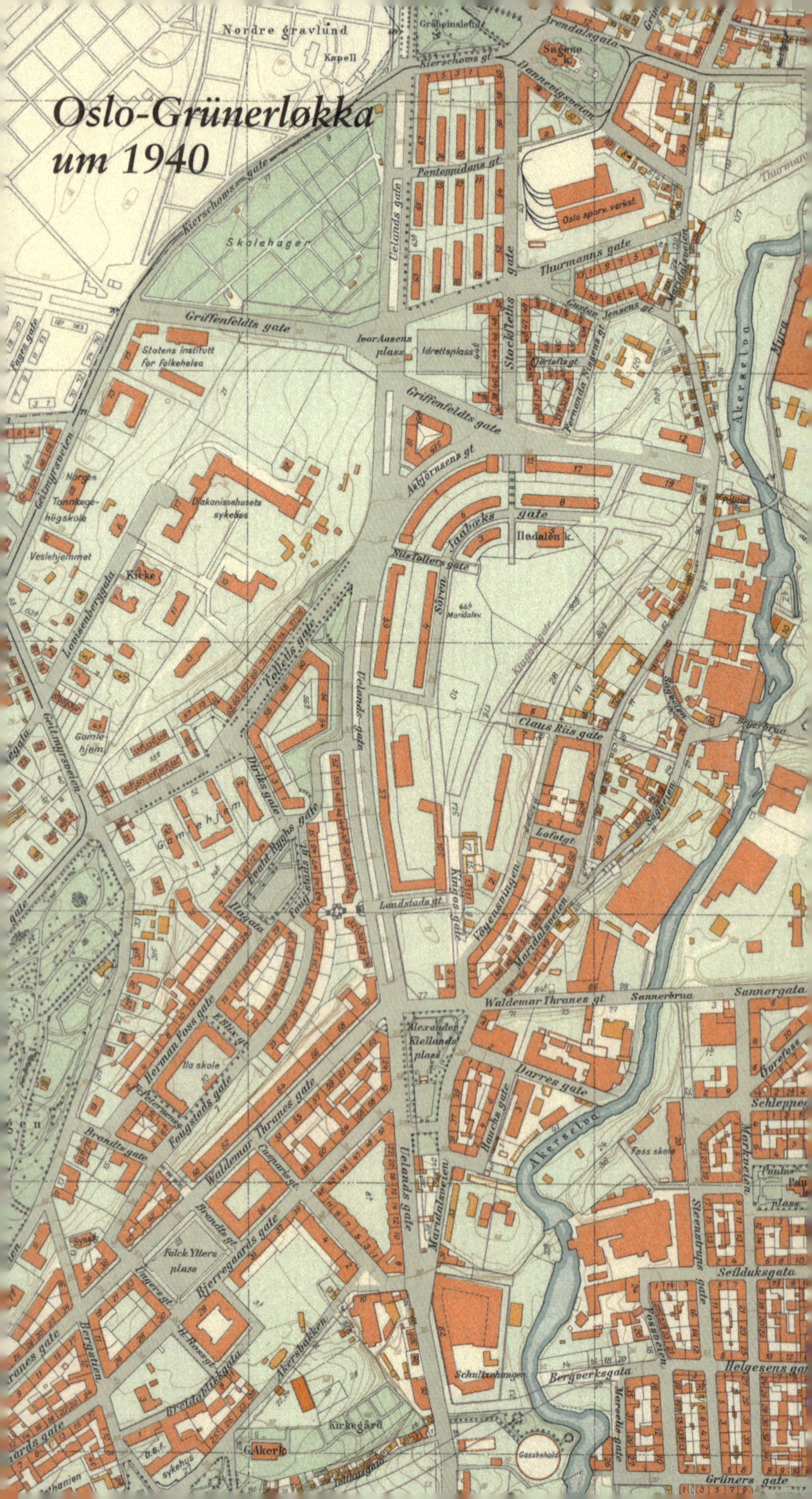
Oslo-Grünerløkka
um 1940
Nordre gravlund
Kapell
Kierschows gt.
Arendalsgata
Sagene k.
Dannevigsveien
Pontoppidans gt.
Oslo sporv. verkst.
Skolehager
Kierschows gate
Thurmanns gate
Uelands gate
Stockfleths gate
Gustav Jensens gt.
Griffenfeldts gate
Ivar Aasens plass
Idrettsplass
Statens institutt for folkehelsa
Griffenfeldts gate
Akerselva
Myra
Asbjørnsens gt.
Jaabæks gate
Iladalen k.
Nils Collets gate
Norges Tannlæge-høgskole
Diakonissehusets sykehus
Veslehjemmet
Kirke
Lovisenberggata
Geitmyrsveien
Collets gate
Uelands gate
Claus Riis gate
Bjerregaards gate
Sagveien
Beyerbrua
Gamle hjem
Dirriks gate
Gamle hjem
Ewald Ryghs gate
Lofotgt.
Landstads gt.
Kingos gate
Vøyensvingen
Maridalsveien
Ilagata
Waldemar Thranes gt.
Sannerbrua
Sannergata
Alexander Kiellands plass
Herman Foss gate
E. Blix gt.
Ila skole
Darres gate
Øvrefoss
Fougstads gate
Waldemar Thranes gate
Hauchs gate
Schleppegrells
Akerselva
Foss skole
Brandts gate
Uelands gate
Maridalsveien
Markveien
Paulus plass
Synag.
Falck Ytters plass
Brandts gt.
Bjerregaards gate
Stensbergs gate
Seilduksgata
Ullevålsveien
Fossveien
Helgesens gate
Bergstien
Schultzehaugen
Bergverksgata
Akersbakken
Marselis gate
Kirkegård
Gamle Aker k.
Gassbeholdt
Grüners gate
Bethanien
Tollbugata